DISPARUE

A ma mère, Margaret,
qui entendit de chaque âme la Voix.

PROLOGUE

Voici l'histoire telle qu'elle s'est déroulée. Tout commence dans le Vermont par une journée d'été, sur une petite route de montagne à quelques kilomètres en amont des Flatts, non loin d'Atkinson. Une équipe de cantonniers, le visage noirci et le dos en sueur, est en train d'étaler le goudron qu'on vient de déverser. Il fait affreusement chaud et les hommes se sentent d'humeur sombre et méchante. Ils ont travaillé presque toute la matinée en silence. Bien qu'il ne comprenne pas vraiment ce qui s'est passé, le petit homme en chemise brune et pantalon brun sait que leur nervosité pourrait très rapidement se retourner contre lui. Alors il travaille tout seul, loin du groupe.

Au bout d'un moment, la discussion s'engage. Ils s'appuient sur leurs râteaux et commentent à mi-voix ce qu'ils ont entendu. Il ne faut pas longtemps pour que leurs propos deviennent aussi sales que leur transpiration. Bientôt, l'un des plus jeunes, Bud, lâche une plaisanterie sur le mort, James E. Johnson, et raconte qu'il avait le pantalon à moitié carbonisé et que la police a trouvé tout un tas d'allumettes consumées sur son bas-ventre. T. Garth s'approche alors du groupe. Il est cousin germain de Johnson et aussi son oncle par alliance. La crasse lui sort par tous les pores de la figure. La colère brûle dans son regard. Il grogne : « Tué de sang-froid. » Et il ajoute : « On devrait la tirer à vue », puis il envoie un crachat qui se met à grésiller comme un œuf sur le plat au contact de l'asphalte brûlant. Bud serre les poings. « Complètement cinglée, cette petite salope », dit encore T. Garth qui crache de nouveau, son jet de salive atterrissant cette fois-ci sur la botte de Bud. Bud dit quelque chose et T. Garth le saisit brusquement par le foulard rouge qui enserre son cou moite pour l'amener à sa hauteur.

Hazlitt Kluggs s'avance vers les deux hommes et les sépare. Kluggs est le chef d'équipe, et c'est aussi le beau-père du petit homme. Il lui suffit de quelques mots pour calmer les ouvriers et les renvoyer au travail.

Un peu plus bas, le petit homme continue de marteler le goudron mou d'avant en arrière avec son compacteur. Il se déplace à pas prudents et mesurés à cause des grands carrés métalliques qui sont fixés sous ses semelles. S'il ne fait pas attention, il trébuche et s'écroule. Après tant d'années, il lui arrive encore d'oublier les plaques sous ses pieds. Il est à peine conscient de la dispute qui vient d'avoir lieu et il n'en connaît pas le motif. Cela ne le concerne pas. Peu de choses le concernent.

Le soleil monte de plus en plus haut – de même que les voix des hommes tandis qu'ils poussent leurs rouleaux compresseurs et tirent inlassablement leurs lourds râteaux de métal sur la chaussée brûlante. Hazlitt Kluggs lève vivement la tête. T. Garth et Bud recommencent à se disputer.

« Hé! T., lance Hazlitt à l'adresse de l'ouvrier au visage boutonneux. Que dit le fou au singe du joueur d'orgue de Barbarie?

– Comment veux-tu que je le sache? grommelle Garth. T'as qu'à demander à ton gendre.

– Hé! Wallace, appelle alors Hazlitt. Qu'est-ce que tu dis au singe du joueur d'orgue? »

Tout le monde s'esclaffe. Au loin, Wallace a un petit sourire confus. Il n'a pas entendu ce que lui a dit Kluggs. Il regardait travailler son ombre. Il aime son ombre. Ce qu'il préfère, c'est son ombre en fin d'après-midi, quand le soleil déclinant l'étire en une silhouette longue et mince. Il imagine parfois qu'il y a deux personnalités en lui – deux Aubrey Wallace : celui qui est en train de sourire maintenant et ce personnage sombre et vif au pas assuré et silencieux.

Il est midi. Ils déposent leurs outils englués de goudron et se succèdent devant les seaux d'eau pour s'asperger le visage et se passer les bras au savon noir. Le déjeuner du vendredi constitue le meilleur moment de la semaine. C'est le jour où ils s'entassent tous dans le plus gros des camions pour descendre prendre une bière et un sandwich chez Ida.

« Tu viens? crie Hazlitt depuis l'arrière du camion en direction de Wallace qui refuse d'un mouvement de tête.

« Allez, viens! insiste Hazlitt en lui faisant signe du bras.

– J'peux pas, assure Wallace d'une voix résolue qui les fait tous rire.

– Et pourquoi ça? demande Hazlitt qui connaît sûrement la réponse.

– Cause de Hyacinth, dit Wallace, mal à l'aise. Cause de son caractère.

– Comment ça, de son caractère? » crie Hazlitt. Wallace se mord la lèvre et réfléchit un instant. « Eh ben, si elle me sent avec ça, elle va me tomber dessus », répond-il avec un tel sérieux qu'ils ne peuvent se contenir plus longtemps. Ils éclatent tous de rire. Et c'est Kluggs qui rit le plus fort, Kluggs qui, en vérité, éprouve une secrète affection pour ce petit homme étrange qu'il ne reverra plus jamais une fois que le camion aura franchi le premier virage.

Aubrey Wallace s'assoit à présent sur une boîte d'obturateurs et pose sa gamelle en équilibre sur ses genoux. Il regarde le camion démarrer. De loin, il pourrait passer pour un enfant. Il est petit, menu même. Il a les mains et les bras courts mais puissants. C'est un garçon timide aux yeux bruns, doux et craintifs. Même ses cheveux sont aussi plats et fins que ceux d'un bébé.

Ses gestes sont parfois si gauches qu'ils en paraissent sournois. Sa femme, Hyacinth, en est convaincue. Elle est persuadée que son mari est un monstre de fourberie. Elle ne trouve pas d'autre manière d'expliquer comment elle a pu épouser ce simple d'esprit. Elle s'est fait avoir en beauté. Elle ne savait pas que s'il gardait le silence c'était parce qu'il n'avait rien à dire. Mais, comme chez un enfant, il n'y a en réalité rien de secret en lui sinon cet émerveillement devant les choses qu'il ne connaît pas ou ne comprend pas. Il n'est jamais allé plus loin que ce coin de montagne. Ce n'est pas parce qu'il ne veut pas mais simplement parce que l'idée ne lui en est jamais venue. Pourquoi partir alors qu'il y a ici tout ce dont il a besoin?

A peine le camion est-il hors de vue qu'il soulève le couvercle de sa gamelle et en sort un sandwich de pain de mie aux croûtes de fromage enveloppé dans le sac d'emballage du pain. « Sûr qu'y fait chaud, marmonne-t-il pour lui-même tout en s'efforçant de dénouer le sac de plastique. Putain de chaleur. » Il jette un regard autour de lui et dit un peu plus fort : « C'est assez chaud pour toi? » Puis il secoue la tête et glousse tout seul. « Comme j'te le dis. Fait vachement chaud. Chaud comme dans la culotte à Gorcey. » Puis il baisse les yeux d'un air honteux. Il ne sait pas très bien qui est Gorcey, mais c'est ce que disent toujours les autres. Entre eux, bien sûr. Jamais à lui.

D'ailleurs, on lui parle rarement. Mais cela ne le gêne pas. Discuter le rend nerveux. Le plus souvent, il fait tellement d'efforts pour essayer de trouver quelque chose à dire quand arrive son tour de parler qu'il en oublie le sens des mots, ou bien il ne remarque pas que la conversation a dévié et il en est toujours à la chèvre de Carson qui sent si mauvais alors que tous les autres parlent de la pauvre mère souffrante du révérend Brassey.

Hyacinth ne lui parle guère et il a remarqué que ses deux fils, Arnold et Answan, prennent le même chemin. Ces derniers temps, chaque fois qu'il essaie de leur dire quelque chose d'important, les choses que son père lui a enseignées, ils le regardent bizarrement. Avec les mêmes yeux que leur mère, froids et comme voilés. L'autre soir, il a essayé d'expliquer à Arnold que, s'il dormait les deux pieds hors des couvertures, il cesserait de mouiller son lit. Arnold l'a alors regardé bizarrement et Wallace a ajouté : « Je t'assure que c'est vrai. C'est comme ça que j'ai arrêté. Comme ça et aussi avec les coups que ta mère me donnait les matins où le lit était mouillé. »

Il mâche à petites bouchées prudentes, avec les incisives, et contemple devant lui la route frémissante de chaleur. Ses yeux pareils à des billes restent fixes comme ceux d'un écureuil, sur rien en particulier. Il faut qu'il fasse quelque chose ce soir... quelque chose pour sa femme. Mais bon sang, il n'arrive pas à se rappeler quoi. Il se met à loucher à force d'essayer de se souvenir. Cela avait à voir avec la mort. Rentre directement à la maison après le boulot, lui a-t-elle dit. Il y a eu un crime.

Il a essayé de ne pas écouter.

... trouvé le corps... profondément là où elle l'a traîné... dû le traîner toute la nuit et toute la matinée du lendemain pour l'emmener aussi loin...

Ses fils écoutaient avec une avidité horrifiée. Leurs céréales s'épaississaient pendant qu'ils la bombardaient de questions.

Mais pourquoi son papa? Il était méchant? Qu'est-ce qu'il avait fait?

« Dieu seul le sait », a-t-elle marmonné, les lèvres serrées sur une rangée d'épingles. Elle raccourcissait l'ourlet d'une robe noire que quelqu'un de l'église lui avait envoyée pour Mme Johnson, qui venait de perdre son mari.

« Il y a des papas qui sont mauvais, a-t-elle dit. Mais ce n'est pas une raison pour leur fracasser le crâne, bien sûr. On se contente de les éviter et on fait tout son possible pour devenir mieux qu'eux... »

C'est à ce moment-là qu'il a tout mélangé et qu'il a oublié ce qu'elle avait dit avant. De qui parlait-elle? De lui ou du type qui était mort? Il n'en savait rien.

Ses yeux se plissent en deux fentes maintenant, et il arrête sa mastication. De l'autre côté de la butte où la cime des sapins projette des ombres sur la route, une jeune fille en blanc semble flotter vers lui. A mesure qu'elle se rapproche, la lumière la heurte comme un scintillement dans un rêve trop sombre. Elle est pieds nus et tout juste vêtue d'une grande chemise d'homme blanche sans rien d'autre au-dessous (il le voit d'ici) qu'un slip.

Durant un long moment étrange, elle reste debout devant lui sans rien dire. Elle le regarde avaler puis tenter de déglutir, la gorge si sèche qu'il se met à larmoyer, ses yeux courant nerveusement de la jeune fille au pick-up bleu pâle de son beau-père. Sa première impulsion serait de courir s'enfermer dans la camionnette. Lorsqu'elle se décide à parler, sa voix sèche et rauque lui parvient comme le raclement d'un râteau sur du ciment.

« Y a pas un certain Bud par ici?

– Pas là.

– Vous savez où il est parti?

– Descendu chez Ida.

– Merde.

– Y sont allés manger des sandwiches.

– Monsieur, j'me sens pas bien.

– De la bière aussi. » Il cligne des yeux avec inquiétude. « Et puis ces sandwiches.

– Ça fait trois jours que j'ai rien mangé, monsieur. Je tiens plus debout.

– C'est pas loin chez Ida. Une petite dizaine de kilomètres, pas plus. Et ils sont très bons, leurs sandwiches.

– Pourriez pas me faire goûter ce que vous avez? S'il vous plaît, monsieur? »

Il lui tend le reste de son pain de mie trop mou

qu'elle saisit précipitamment. Elle s'écarte de quelques pas et, lui tournant à moitié le dos, engloutit le maigre sandwich. Il lui donne alors sa pomme, ses deux biscuits au chocolat et le reste de son café. Elle dévore tout cela sans prononcer un mot. Pas même merci. Puis elle lui réclame de l'eau pour ses pieds qui ne sont pas seulement sales, mais couverts de brûlures et d'écorchures. Ses mains aussi sont dans un état épouvantable, et ses longs cheveux blond-roux ne forment plus que broussailles emmêlées.

Les seaux d'eau ont déjà été vidés, alors il tend le bras en direction des bois, de l'autre côté de la route. « La rivière coule un peu plus loin, dit-il en clignant des yeux, étonné d'entendre sa propre voix aussi claire et posée. Il suffit de suivre le sentier », ajoute-t-il. Elle lui répond qu'elle a peur de se perdre encore. Sa voix s'est adoucie. On dirait une voix de petite fille. Il serait gentil de lui montrer le chemin.

Il la précède quelques instants à travers bois, jusqu'à ce qu'ils arrivent à un grand rocher plat qui surplombe la rivière. Elle s'assoit et laisse pendre ses pieds dans l'eau. Il reste debout derrière elle, songeant qu'elle lui est étonnamment familière. Elle se laisse glisser du rocher et commence à marcher dans l'onde, les bras levés de chaque côté. L'eau lui arrive maintenant à la poitrine. Un peu plus loin, elle se retourne, et, dans l'éclat du soleil et la pureté de l'eau qui heurte son menton comme une vaguelette de verre, il comprend soudain ce qu'elle évoque pour lui. Elle ressemble à une image dans un livre de contes. A l'image d'une fée. Un frisson le parcourt. Parfois, le soir, quand sa femme lit des histoires aux enfants, il écoute depuis le couloir, aussi captivé et envoûté qu'eux.

Quand Hyacinth est fâchée contre les garçons, il arrive qu'elle invente les fins les plus malheureuses. Toutes les princesses meurent, les crapauds restent à tout jamais des crapauds et seules les horribles marâtres connaissent un bonheur sans tache. Les garçons ne protestent jamais, ne disent jamais rien; ils n'osent pas. Le silence lugubre qui règne alors dans leur chambre le terrifie toujours. Ce silence pèse sur lui au point qu'il se sent devenir de plus en plus petit. Pendant toute la nuit qui suit, il attend, allongé près de sa femme, le bon moment pour se glisser dans la chambre des enfants, les réveiller et leur changer la fin de l'histoire. Pour que cela se termine bien, comme toutes les histoires le devraient. Mais il ne le fait jamais, il ne se relève jamais. La nuit ne lui convient guère.

Le matin, quand il pénètre dans la cuisine, ils ne lèvent même pas les yeux de leur bol de céréales. Ils lui paraissent toujours légèrement différents les lendemains de ces soirées-là : pincés, crispés. C'est comme s'ils se réveillaient de ces histoires qui finissent mal avec un peu plus de leur mère en eux; ce n'est pas qu'ils lui ressemblent, pense-t-il, mais ils sont comme elle. On dirait que pendant la nuit, en leur racontant son histoire, elle a enfoncé ses pouces crochus dans leur chair tendre pour remodeler un os par-ci, creuser une ride fine et dure, pareille aux siennes, par-là, si bien que même leurs yeux, autrefois aussi sombres que ceux de leur père, ont commencé de jaillir de leurs orbites comme ceux de leur mère, aussi mornes et usés que les petites pierres grises devant la bouche d'égout.

La jeune fille nage maintenant dans sa direction. Elle essaie de grimper sur le rocher mais ne cesse de glisser vers l'eau. Il frotte ses jointures sur l'arrière de son pantalon. La chemise mouillée de la jeune fille ne lui cache pas grand-chose. Elle a une poitrine incroyable pour une silhouette aussi frêle.

« Ohé! Monsieur! hurle-t-elle. Aidez-moi à sortir! »

Il s'accroupit sur le rocher et lui tend une main encore poisseuse de goudron qu'elle saisit avant de retomber brusquement en arrière avec un cri étrange, l'entraînant dans sa chute.

Elle se tient sur le rocher et le regarde. Mais il ne le sait pas. Il pense qu'il est en train de se noyer. Puis il croit rêver. Ses bras interrompent leurs battements désordonnés et ses jambes se raidissent tandis qu'il coule à pic au fond de la rivière, ses bottes toujours alourdies par les plaques de métal.

Quelques minutes plus tard, elle a hissé son corps pantelant et sans force sur le rocher. Il a l'impression qu'une partie de lui-même est déjà morte. Son cerveau clapote à l'intérieur de son crâne. Ses oreilles sifflent. Pareille au chant matinal d'un oiseau, la voix de la jeune fille filtre au travers des arbres et des rayons du soleil, totalement dépourvue de sens mais douce comme la rosée. Il regarde l'inconnue défaire les plaques métalliques de ses chaussures. Il n'est pas habitué à tant de douceur. Elle s'excuse tandis qu'ils reprennent le sentier à travers bois.

« C'est pas de votre faute si je sais pas nager, dit-il.

– Peut-être, mais j'aurais pas dû vous tirer là-dedans.

– Ouais, concède-t-il. On peut voir les choses comme ça. »

Arrivé à la route, il est soulagé de voir que les autres ne sont pas encore revenus. Il reprend sa place sur le bidon de joint mais la fille grimpe dans le pick-up de son beau-père.

« Ohé! M'sieu! lui lance-t-elle. Si on faisait un tour? »

Il voudrait dire : Ça suffit maintenant. Descendez de là. Mais elle met le moteur en marche et commence déjà à rouler. Il bondit et se lance à sa poursuite. Elle rit de le voir courir près du camion en la suppliant de s'arrêter. Il est au bord des larmes. Elle ralentit, juste assez pour qu'il puisse la rattraper; puis elle accélère, riant par-dessus son épaule tandis qu'il galope.

« Tu vas courir longtemps comme ça? » hurle-t-elle par la fenêtre avant de disparaître dans un rugissement de moteur au-delà d'un virage. Il est à bout de souffle. Son cœur cogne dans sa poitrine, mais il continue de courir avec ses bottes lourdes et détrempées. Sans ce camion je suis mort, ne cesse-t-il de se dire. Je suis mort. Il souffle et halète en suivant la courbe de la route. Et là, juste après le virage, elle l'attend, garée sur le bas-côté. Elle ne descend pas mais se penche pour lui ouvrir la portière du côté passager. A peine est-il monté qu'elle redémarre en trombe, lui laissant à peine le temps d'expliquer, la respiration affolée, qu'il ne peut surtout pas se permettre le moindre ennui avec Hazlitt ou l'un des Kluggs en ce moment. Elle continue cependant de rouler.

Elle conduit toujours. Il s'appuie contre la portière et s'efforce d'imaginer une explication plausible pour Hyacinth et pour son beau-père, l'homme au cou de taureau. Qui voudra croire qu'un adulte peut se faire enlever par une gamine de quatorze, quinze ou seize ans? Elle lui a donné trois âges différents et autant de noms au cours de l'heure écoulée. Finalement, elle a l'air d'en rester à Dotty.

Il ferme les yeux et se répète qu'il ne va pas tarder à trouver un moyen de se sortir de ce pétrin. Il appellera dès qu'ils trouveront une cabine téléphonique. Il prendra le volant et se sauvera dès qu'elle s'arrêtera pour aller aux toilettes. Mais il n'y arrive pas. Nom de Dieu! D'un côté, il ne peut supporter l'idée qu'elle soit arrivée ainsi de nulle part pour se retrouver livrée à elle-même. Et, d'un autre côté, elle conserve toujours les clés sur elle.

Cette première nuit, ils dorment à l'arrière du camion. Elle s'étend, bras et jambes écartés sous la nuit étoilée, et lui dit de se servir. C'est le moins qu'elle puisse faire, assure-t-elle. Rouge de confusion, il décline l'offre. Il voudrait lui dire qu'il n'est pas comme ça, qu'il est marié, qu'il a deux fils, qu'il a passé la quarantaine, mais, Seigneur Jésus, cette fille a une langue qui vous suce les mots et vous aspire le souffle depuis le fond des orteils. Les choses qu'elle fait...

Toute la nuit, il reste allongé près d'elle sans dormir. De longues mèches de cheveux cuivrés lui caressent le visage. Elle a un parfum doux et salé à la fois, comme son petit garçon en plein sommeil. Il n'a jamais rien éprouvé de pareil auparavant. Il se sent presque sacré. Pour la première fois de sa vie, la nuit lui paraît merveilleusement accueillante.

Le lendemain, elle le laisse conduire. Il est perdu, désespérément perdu. Il ne sait même plus très bien dans quel État ils se trouvent. Un peu plus tôt, ils étaient dans le New Hampshire. Mais maintenant, toutes les voitures sont immatriculées dans le Massachusetts. Il meurt de faim et le pot d'échappement fait un bruit d'enfer. Ils traversent villes après villes. Il a perdu la notion du temps.

Finalement, dans une de ces agglomérations, il sort de la nationale et prend une petite rue latérale en lui expliquant qu'ils doivent faire demi-tour. Dès qu'il aura fait réparer le pot d'échappement. Pas de mais, de et ou de si. Il est désolé pour la nuit dernière, mais ce genre de chose arrive parfois sans crier gare, si vite qu'on n'a même pas le temps de se demander si c'est bien ou mal, et c'est exactement ce qu'il dira à Hyacinth et aux Kluggs.

Là-dessus, elle arrache la clé de contact du tableau de bord, bondit sur le trottoir, dévale la chaussée et disparaît au premier coin de rue. Il n'a plus qu'à rester là à attendre. Elle ne tarde pas à réapparaître précipitamment et s'engouffre dans le pick-up tenant une miche de pain, un bocal bleu rempli de pièces de monnaie et une toute petite fille avec un ruban rose pâle dans ses cheveux très blonds. A peine l'enfant pose-t-elle le regard sur lui qu'elle se met à hurler.

« A qui c'est? » ne cesse-t-il de demander.

Elle prétend d'abord que c'est sa petite sœur. Puis elle assure que c'est une dame qui la lui a donnée. Enfin elle dit qu'elle l'a trouvée. Il éprouve une telle panique qu'il manque de mouiller son pantalon. A chaque fois qu'il la regarde, la petite crie. Alors il garde les yeux rivés au-dessus du volant. La jeune fille lui hurle de démarrer. Qu'il y aille, dit-elle, ou ils finiront tous les deux en taule.

Vas-y! Mais vas-y!

Le voilà donc avec deux histoires à régler maintenant. La sienne et celle de la petite fille. Mais il n'arrive pas à réfléchir clairement. Dotty le panique trop. Il est tellement plus facile de rouler quand elle dit de rouler, de tourner quand elle dit de tourner, de faire tout ce qu'elle veut.

CHAPITRE I

Cinq ans s'étaient écoulés. Et peut-être plus d'un million de kilomètres. Il était coincé et il le savait, coincé dans un rêve, un cauchemar ou l'une des histoires de Hyacinth, et il n'y avait plus d'issue possible, aucune qu'il pourrait choisir en tout cas. Même s'il avait fini par aimer la petite fille qu'ils appelaient Canny, ses deux fils lui manquaient encore. Mais, quand il essayait de réfléchir à son problème, il se sentait submergé par une impuissance tellement écrasante que la seule voix audible à l'intérieur de sa tête était justement celle de Hyacinth, qui terminait leur histoire à sa façon : *Pas après tout ce temps. Plus moyen de redresser la situation. Il a creusé lui-même sa tombe.*

Sa tombe, sa tombe, sa tombe, martelait impitoyablement son cœur, et il l'avait martelé toute la nuit durant, pendant qu'il attendait dans les deux pièces sans lumière, les yeux rivés sur la porte, le couloir et l'escalier invisibles, puis, dehors, la grande rue déserte. Il tendit la tête au premier son annonçant son arrivée, au claquement de ses talons, le clic, clic, clic de ses hauts talons sur le trottoir, puis à la voix d'homme râpeuse qui se perdit dans la caresse inimitable du rire de Dotty.

A l'instant où elle entra, il lui annonça qu'ils devaient partir. C'était devenu trop risqué ici.

Elle jura et s'empara de ses 33-tours. Il l'entendit les glisser dans un carton qu'il avait laissé près de la table. L'un des disques tomba par terre avec un bruit sec et mat. Il se figea.

Canny ouvrit grands les yeux dans le noir. Il ne la voyait pas mais il savait, au changement de sa respiration, qu'elle était réveillée maintenant, et prête à partir. Elle avait dormi sur le divan. Mis à part ses sandales de caoutchouc qu'il lui avait demandé de ranger dans son sac à jouets, elle était tout habillée.

« Merde », marmonna Dotty en ramassant le disque. Le carton dans les bras, elle s'avança vers lui à l'aveuglette.

« Je peux plus rien mettre, chuchota Wallace. Le coffre est plein.

– Mets-les derrière, alors, sur la banquette.

– Il y a juste assez de place pour Canny! protesta-t-il.

– Je ne laisse pas ces disques! » avertit-elle.

La petite fille se redressa et passa ses jambes pardessus le bord du divan.

« Il est trop gros, ce carton, insista-t-il. Trouves-en un plus petit.

– Et où est-ce que je vais en dégoter un plus petit à quatre plombes du mat, d'après toi?

– A la cave, chuchota-t-il en sachant pertinemment qu'elle n'irait pas.

– Pas question que je descende! dit-elle d'une voix qui prenait du corps et perdait en prudence. T'as qu'à y aller toi-même.

– Chut! Y vont t'entendre, souffla-t-il nerveusement.

– Eh bien qu'ils m'entendent, ces connards!

– Chhhut...

– Je voudrais seulement me coucher, grogna-t-elle. Je suis vannée.

– Chut! Tu pourras dormir dans la...

– Arrête de me faire taire comme ça. Et puis t'as sûrement encore tout inventé, de toute façon.

– Non, c'est pas vrai. Je te jure, Dot.

– Nom de Dieu, gémit-elle. Chaque fois que je commence à me marrer un peu, c'est toujours le même truc. Faut qu'on s'en aille à cause d'elle.

– Mais c'est vrai, murmura-t-il. Elle est venue. Demande à Canny. » Sa voix trembla et faiblit encore. « On était en train de dîner et puis elle a frappé et moi j'ai demandé : " Qui c'est? – Inspection scolaire ", qu'elle a dit. Et moi j'ai demandé : " Qu'est-ce que vous voulez? " Alors elle a dit : " Vous avez une petite fille en âge d'aller à l'école et il faut que je sache comment ça se fait qu'elle y va pas. "

– J'espère que tu lui as dit d'aller se faire f...

– J'y ai dit : " Non m'dame, on n'a pas de petite fille. " Alors elle a dit : " C'est pas ce qu'on nous a dit, monsieur Wallace. " Elle savait mon nom et tout! " On nous a dit que vous et votre femme, vous envoyez pas votre fille à l'école, et ça c'est contre la loi ", qu'elle a expliqué. Alors moi j'ai plus rien dit et puis elle a fini par partir et j'ai commencé à faire les bagages.

– Nom de Dieu! jura-t-elle. J'en ai tellement ras le bol de tout ça. Tiens », dit-elle. Il grogna et fléchit sous le poids du carton qu'elle venait de lui mettre dans les bras.

« Mais y a plus qu'un tout petit coin pour Canny! protesta-t-il faiblement.

– D'accord, siffla-t-elle. On prend les disques et on laisse Canny! C'est ça que tu veux? »

On entendit aussitôt des pas précipités d'enfant. « Maman? chuchota la petite fille en tendant les bras dans l'obscurité. Maman!

– Elle est là, indiqua Wallace. A côté de la porte. »

Dotty eut un rire gêné. Elle se baissa et hissa l'enfant sur sa hanche. « T'es déjà là depuis un moment, hein? » dit-elle à l'oreille de Canny.

Les bras maigres de la petite fille serrèrent le cou de Dotty qui descendit l'escalier grinçant et passa devant l'appartement de la propriétaire sur la pointe des pieds. Wallace retint sa respiration. S'ils parvenaient à partir sans se faire arrêter par la propriétaire, ils pourraient vivre sur l'argent du loyer jusqu'à ce qu'ils trouvent un nouveau logement.

Ils laissèrent la porte d'entrée entrouverte puis se hâtèrent jusqu'au coin de la rue, au sommet de la côte, où Wallace avait garé la voiture plus tôt dans la soirée. Dotty se pencha pour installer Canny à l'arrière, sur un nid de couvertures et d'oreillers. Wallace posa le carton de disques à côté d'elle puis doucement, tout doucement, repoussa la portière de sorte qu'elle ne produise qu'un léger déclic. Dotty et lui se glissèrent alors sur la banquette avant et tirèrent la portière sans la fermer. Une main sur le levier de vitesses, l'autre sur le frein, il mit la vieille voiture en première et abaissa le frein. Aux aguets, toujours sans oser respirer, il ne regarda ni à droite ni à gauche mais fixa les yeux droit devant lui. Puis un miaulement de gros matou retentit soudain dans la nuit moite et musquée. Dotty se tourna vers le bruit. Elle parut se tendre. Il se représenta sa main se posant sur la poignée et son pied touchant le bord du trottoir. Fermant les yeux, il balança la tête d'avant en arrière, comme pour donner du mouvement à la voiture. A cet instant, les pneus légèrement aplatis commencèrent à tourner. Lentement. Lourdement. Très lentement. Dotty regardait toujours derrière elle. Puis la voiture se mit en branle, prit de la vitesse, dévala la pente, roula de plus en plus vite pour s'animer tout d'un coup, au bas de la colline. La portière claqua, le moteur rugit, les phares s'allumèrent, les roues s'emballèrent et Aubrey Wallace émit un petit reniflement nerveux. Il jeta un coup d'œil vers Dotty qui regardait sombrement par la vitre latérale. Elle exhalait des relents de bière et de mauvais parfum. Elle éructa discrètement dans le dos de sa main puis contempla Canny à l'arrière. « Regarde, elle dort comme un sonneur, soupira-t-elle. Elle se fiche bien de savoir quelle putain de vie je mène. » Elle abaissa sa vitre et offrit son bras au vent nocturne. L'air qui s'engouffrait dans la voiture lui renvoyait les cheveux dans la figure. Voyant qu'elle ne les écartait pas, il sut qu'elle pleurait certainement. Elle irait mieux dans quelques kilomètres. Elle retrouverait le moral dès qu'ils auraient roulé un peu. C'était toujours comme ça.

Quand elle se décida à parler, ce fut d'une voix blanche et monocorde. « Tu sais combien de fois on a déménagé depuis un an?

– Non.

– Huit fois », dit-elle en le dévisageant.

Il hocha la tête. Il n'avait pas eu l'impression que cela faisait autant.

« Mais pour toi, quatre-vingts ou rien, ce serait pareil », commenta-t-elle sans le quitter des yeux.

Il se voûta sur son volant et scruta le faisceau argenté grouillant d'insectes de ses phares. Elle alluma une cigarette et l'odeur piqua les narines de Wallace. Son nez se mit à couler.

« L'année d'avant, c'était cinq fois. » Elle tira si fort sur sa cigarette que, à la lueur d'une voiture passant en sens inverse, son visage parut aussi creusé et osseux qu'un crâne. « Et quatre fois l'année encore avant », dit-elle dans une exhalaison de fumée.

Il la regarda avec un petit sourire contracté puis s'essuya le nez du revers de la main. Elle l'embrouillait.

« Bientôt, au rythme où ça va, on n'aura même plus besoin de décharger la bagnole. » Elle jeta un coup d'œil sur Canny, qui gémissait dans son sommeil. « Elle a l'air chaude.

– Elle est pas bien, reconnut-il en regardant dans son rétroviseur. Elle dit qu'elle a mal à la tête.

– Où on va?

– Je sais pas, dit-il. On va peut-être bien rouler jusqu'à ce qu'on tombe sur un marché. »

Elle appuya la tête sur le dossier de son siège. « Ce soir, quand je suis rentrée et que j'ai vu que tu avais préparé la voiture pour qu'on parte, j'ai eu une envie complètement dingue de pas m'arrêter. De continuer à marcher et de vous laisser vous barrer sans moi.

– J'aurais jamais fait ça.

– Ouais, dit-elle avec lassitude. C'est bien ce que je me suis dit. » Elle se pencha pour hausser au maximum le son de la radio. Le vacarme soudain surprit la petite fille. Elle s'assit et se frotta les yeux. Elle tressaillit de douleur sous les assauts tonitruants de la musique. « Maman », fit-elle doucement, mais Dotty ne l'entendit pas. Elle balançait la tête et roulait des épaules et faisait claquer ses longs doigts aux ongles peints au rythme de la musique. Elle reprenait les paroles qu'elle connaissait d'une voix forte et rauque.

Hey, lonesome lady,
There's gonna be hearts to break.
And gonna be love to make,
You lonesome lady, lady there...

Wallace crispa les mains sur le volant. Ses regards se portaient sans cesse sur le rétroviseur où une lumière bleue tournoyait au loin. Sa première pensée alla à la propriétaire. Elle avait mis la police à leurs trousses pour récupérer son loyer.

« Nom d'un chien! marmonna-t-il tandis que la lumière bleue enflait dans le rétroviseur.

– *Little, lonesome lady come on home,* chantait Dotty qui tendit le bras derrière elle pour tapoter la joue de Canny.

– Nom d'un chien! répéta-t-il.

– Qu'est-ce qui va pas, encore? aboya-t-elle.

– Les flics.

– Merde! » Elle se retourna pour voir. « Mais à combien tu roulais, espèce de dingue? » cria-t-elle alors que le gyrophare bleu les enveloppait d'une lueur menaçante. Une sirène se mit à hurler.

« Quatre-vingts, répondit-il en essuyant la sueur qui l'aveuglait.

– Connard! gueula-t-elle tandis que la voiture de police déboîtait. Ça y est! On est foutus, maintenant! » glapit-elle alors que le véhicule les dépassait. Elle se recroquevilla sur son siège, le visage enfoui dans les mains. « C'est ce que tu voulais, hein? Eh bien voilà! On y est! Ils vont nous tirer dessus! Ils vont tous nous buter maintenant, sale connard!

– Maman! Maman! hurla Conny, prise de terreur. Les laisse pas nous tuer, maman!

– Oh que si! Mon Dieu que j'aimerais qu'ils nous tuent tous et que ce soit fini!

– Maman!

– La ferme, nom d'un chien! grogna-t-il. Toutes les deux! » lança-t-il par-dessus le vacarme de la radio et de leurs cris conjugués. Pareille à un poisson vif et brillant dans les hauts fonds, la voiture de police les doubla rapidement puis disparut dans la nature. « Ils sont partis! Ils sont partis! » s'exclama-t-il en prenant la voie de dégagement. Dotty pleurait. Il éteignit la radio et lui prit le bras. Il avait encore la main tremblante. « C'était pas après nous qu'ils en avaient! Ils sont partis », lui répéta-t-il inlassablement.

Elle continua de sangloter, la figure plongée dans les mains.

« Arrête, Dotty, supplia-t-il.

– Salauds de flics! hoqueta Canny, sa poitrine souffreteuse se soulevant rapidement. Putains, salauds de flics... »

Il lui saisit le poignet et l'avertit : « Attention aux gros mots!

– Je voudrais être morte, gémissait Dotty. Je voudrais être morte.

– Tout va bien, maman », assura Canny en s'essuyant les yeux. Elle respira à fond. « Y a personne d'autre que moi et papa, maintenant. Regarde, maman, c'est nous.

– Je peux plus supporter ça, sanglota Dotty. Tout le temps la trouille, tout le temps à fuir.

– Allez, m'man, ça va aller très bien, dit Canny en laissant courir ses doigts sur les cheveux longs de Dotty.

– Mais non. Ça va jamais bien pour moi. Ça n'a jamais été bien et ça n'ira jamais bien...

– Si, maman, je te jure! » Canny déposa un baiser sur la nuque de Dotty.

« Tout ce que je veux, c'est m'amuser un peu, pleura la jeune femme. C'est tout, juste m'amuser un peu pour une fois... »

Wallace ferma les yeux. Il était fatigué.

« On va s'amuser, maman, insista la petite fille. Papa va nous chercher un cirque ou un parc d'attractions et on va tout faire. On va s'amuser! Tu vas voir! »

Dotty se redressa. « Tu ne mens pas? On ferait vraiment tout? »

Canny hocha la tête.

« Tu te dégonfleras pas comme la dernière fois? » Dotty pleurait et riait en même temps. « Tu te rappelles? Quand t'as dit que tu allais dégueuler?

– Je le ferai plus, promit Canny.

– Même sur les montagnes russes? » demanda Dotty en s'essuyant les yeux sur l'ourlet de sa jupe.

Canny acquiesça solennellement puis sombra à nouveau dans son petit espace entre deux cartons.

Lorsque Wallace eut redémarré, son regard croisa celui de Canny dans le rétroviseur. Elle lui sourit malgré sa fatigue. Un besoin curieux le submergea tout d'un coup. Il voulut lui dire quelque chose. Quelque chose de merveilleux. Quelque chose de beau. Il la regarda de nouveau.

« Canny, appela-t-il doucement.

– Oui papa? murmura-t-elle d'une voix ensommeillée.

– Rien », répliqua-t-il en se concentrant sur la route sombre. Il ne lui fallut que quelques kilomètres pour sombrer dans la rêverie – pour rêver en restant pleinement éveillé, exactement comme quand il était petit. Seulement, à l'époque, on disait qu'il était ensorcelé. Il aimait ces instants-là et ne cherchait jamais à leur échapper. Il y avait là une fenêtre voilée de soleil qui laissait filtrer toutes les voix et tous les visages qu'il connaissait. C'était là, au cœur même des choses, qu'il avait appris à exister. Là où le calme régnait – un calme tellement immuable qu'il semblait avoir consistance, couleur et son. Il y avait là tout ce qu'il ne connaissait pas ou ne comprenait pas, et, ici, rien n'avait d'importance. C'était là qu'il conservait Hyacinth, Answan et Arnold, la petite maison blanche avec sa porte bleue et aussi une gamine démente aux bras couverts d'écorchures qui portait une petite fille dont personne ne voulait, ou c'est du moins ce qu'elle prétendait.

« Où on va maintenant?

– Roule, nom d'un chien! Je vais trouver quelque chose.

– Mais je vais où?

– Là! Tourne là, et puis prends cette route...

– Et après?

– Mais continue, merde! »

Continue. Tourne quand elle te dit de tourner. Au bout de quelque temps, il ne sait même plus quels États ils traversent. Le bébé embellit et forcit de jour en jour. Elle l'appelle papa.

« Et moi, qui je suis? glousse Dotty.

– Maman, répond la petite fille. Maman. » Elle le dit comme une chanson qui lui trotterait dans la tête jour et nuit. « Maman », dit-elle en fermant les yeux.

Certaines nuits, il se réveille couvert d'une sueur glacée, et elle est là. Elle, l'autre, si maigre dans sa robe brune, ses mains trop rouges appuyées sur ses hanches décharnées. Devant la porte. C'est aveuglant et il n'arrive plus à discerner très bien son visage.

« Où que t'étais? s'acharne-t-elle à demander. On a attendu pendant tout ce temps. Où que t'étais? »

C'est drôle, il ne le sait pas. Mais ici, cela n'a aucune importance. Parce que, de toute façon, il a toujours été ici; mais ça, on peut toujours s'accrocher pour le lui expliquer.

CHAPITRE II

Il n'y avait pas de carte au Blue Caboose, juste des affichettes écrites à la main et scotchées au mur, à la caisse enregistreuse, au distributeur de lait. FRITES MAISON – 85 c... PURÉE DE MAÏS AVEC DEUX ŒUFS AU CHOIX – $ 1,65... ŒUF AU BACON – $ 1,55... LES PRODUITS SONT DE PREMIÈRE. C'EST LA CUISINE QUI N'EST PAS TERRIBLE... A VENDRE – CHIEN DE GARDE. DRESSÉ A L'ATTAQUE – $ 65 A DISCUTER. RENSEIGNEMENTS A CÔTÉ.

On avait joint à cette annonce la photo racornie d'un berger allemand aux petits yeux haineux et qui montrait les crocs. Wallace s'efforça de ne pas le regarder. Les chiens lui faisaient peur. Tous les chiens, même le bâtard de Hyacinth. Quand elle était fâchée contre lui, elle laissait le chien monter sur le lit... de son côté à lui. Ces nuits-là, il dormait sur le canapé. La situation n'avait pas tardé à prendre un tour ahurissant. Wallace avait fini par devenir aussi jaloux du chien qu'il eût pu l'être d'un homme, étendu de tout son long sur les couvertures, la tête posée sur l'oreiller de Wallace et les pattes postérieures appuyées contre le dos de Hyacinth. Ses fils eux-mêmes semblaient préférer parler au chien plutôt qu'à leur propre père.

Dotty s'installa entre Wallace et Canny devant le long comptoir d'acier inoxydable. Elle dormait profondément lorsqu'ils s'étaient arrêtés. Si tôt le matin, Dotty ne prenait jamais rien d'autre que du café. C'était Canny qui devait manger dès qu'elle ouvrait les yeux.

Il n'y avait pas de serveuse; juste un grand bonhomme aux cheveux gris portant une serviette nouée autour de son ventre proéminent. Il se tenait à l'autre bout du comptoir, penché au-dessus d'un journal. « J'arrive tout de suite », marmonna-t-il avant de tourner sa page en marmonnant de nouveau.

Canny commença à faire tourner son tabouret grinçant. Dotty se crispa au crissement aigu que provoqua Canny en tournant de plus en plus vite. La jeune femme finit par attraper l'enfant par l'épaule. Le regard de Wallace passa avec lassitude de l'enfant qui protestait en gémissant à l'homme qui pliait enfin son journal. Le mois précédent, Dotty avait frappé Canny si fort que la petite en avait eu l'œil poché et un saignement de nez. Une semaine après, elle l'avait poussée d'une chaise et Canny s'était mordu la langue en tombant. Les deux fois, Dotty en avait pleuré toutes les larmes de son corps et ne voulait plus lâcher l'enfant. Il semblait parfois que Dotty n'était faite que d'amour passionné et de colère aveugle, avec, au milieu, guère plus qu'une chandelle brûlant par les deux bouts.

Elle présentait un visage bouffi et blafard à la lueur des minces néons suspendus au plafond de tôle emboutie. Sa main tremblait lorsqu'elle se protégea les yeux de la lumière et du regard du serveur. Celui-ci se planta devant elle et attendit sa commande. Il se passa un mégot de cigare sur la langue et adressa un clin d'œil à Canny qui se tourna aussitôt vers Dotty. La jeune femme le faisait attendre comme il les avait fait attendre. Canny lui donna un coup de coude.

« Café, bâilla enfin la jeune femme. Noir.

– C'est tout? » demanda le serveur.

Elle ne répondit pas mais se contenta de le congédier d'un claquement de doigts.

« Mettez-en deux, dit Wallace, désireux d'accélérer un peu les choses. Et un jus de fruits pour elle. » Il indiqua du regard la petite qui se frottait les yeux pour en chasser le sommeil. « Et des corn-flakes aussi », ajouta-t-il en passant le bras devant Dotty pour écarter la main de Canny de sa figure. Elle attrapait toujours des infections. Surtout autour des yeux qui, il le voyait bien, redevenaient rouges et irrités.

Le barman s'était éloigné de quelques pas. Il versait du café d'un pot de verre opaque.

« Sans lait! » s'exclama soudain Wallace.

Le barman posa la tasse. « Quoi, sans lait? » demanda-t-il par-dessus son épaule.

Dotty ricana.

« Les corn-flakes... elle les aime sans lait, répondit timidement Wallace.

– Ils ont des beignets », remarqua Canny, pleine d'espoir, en montrant la pyramide de pâtisseries protégée par une feuille de plastique rayée et jaunie.

Wallace fit non de la tête.

Canny se pencha au-dessus du comptoir. « On pourrait en partager un », proposa-t-elle.

Il secoua à nouveau la tête.

« S'il te plaît, papa? insista-t-elle.

– Donne-lui un beignet, grogna Dotty en se pinçant l'arête du nez, les paupières toujours closes.

– J'ai pas assez », lui souffla Wallace du coin des lèvres.

Le barman était tout près et fourrageait dans une boîte à chaussures pleine de couverts pour en extraire trois petites cuillers qu'il plaça devant eux.

« Papa, s'il te plaît! répéta Canny d'une voix de plus en plus aiguë. J'ai dix cents!

– Ça suffit pas, fit-il entre ses dents serrées. Et puis la dernière fois, t'as tout rendu sur la banquette.

– Et merde! » grommela Dotty en enfouissant la tête dans ses mains. Le barman sourit.

« Je vomirai pas, papa, je te promets! S'il te plaît, papa, s'il te plaît!

– Nom d'un chien, j'ai dit non! siffla-t-il en regardant droit devant lui. Arrête cette comédie maintenant.

– Bon Dieu! lâcha Dotty qui ouvrit son sac rouge. Tiens! » Elle en tira une coupure de vingt dollars et l'abattit sur le comptoir, juste à côté du café que le barman venait de lui servir. « Donnez-le-lui, son foutu beignet, s'il vous plaît.

– Confiture, sucre ou nature? » demanda le barman à Canny avec un large sourire. Wallace savait que l'autre se réjouissait de le voir aussi gêné. Cela se voyait à ses yeux, à la lueur qui les animait soudain, aussi vive et furtive que les grattements frénétiques des rongeurs derrière les murs, la nuit.

« Rien, merci », répondit Canny, les yeux baissés, l'air malheureux.

Wallace contemplait le billet de vingt dollars. Dotty le rangea vivement dans son porte-monnaie. « Je l'ai trouvé, expliqua-t-elle. Tu vas arrêter de me regarder comme ça, dis? » grogna-t-elle en sautant de son tabouret pour s'engouffrer dans les toilettes. Canny fit signe à Wallace de se rapprocher d'elle. « C'était pas un mec, chuchota-t-elle en collant sa main contre l'oreille de Wallace. C'était rien que des pilules. Je l'ai vue en vendre. »

Il hocha la tête et se redressa. Dotty paraissait toujours avoir de l'argent. Il ne savait pas ce qui était le pire : les hommes qui la payaient pour aller avec eux ou les pilules. Certaines la rendaient réellement heureuse, d'autres la faisaient dormir. Et il y en avait encore d'autres qui la mettaient hors d'elle, comme ces dernières fois avec Canny.

Le barman apporta un jus d'orange à Canny et une petite boîte de corn-flakes. Wallace sourit en regardant la petite fille ouvrir soigneusement le rabat sans le déchirer. Il avait oublié à quel point elle aimait ces petites boîtes. Un jour, il lui en avait acheté tout un paquet, chaque petite boîte contenant des céréales différentes. Elle les avait fait durer pendant quinze jours, n'en mangeant qu'un petit peu chaque matin.

Dotty sortit des toilettes. Elle s'était coiffée et avait mis du rouge à lèvres et un trait d'eye-liner. Elle s'assit et écarta son tee-shirt de ses aisselles mouillées qu'elle venait de laver. Arrivée au milieu de son café, elle s'anima soudain. « Hé! Qu'est-ce que c'est que ça? s'exclama-t-elle en désignant l'affichette collée au distributeur de lait.

– Quoi, ça? demanda le barman en levant le nez de son journal.

– Hortonville, répondit Dotty. La foire d'Hortonville, lut-elle sur l'affiche.

– Dans les trois, quatre cents kilomètres d'ici, vers le nord, indiqua-t-il.

– A quoi ça ressemble? A une foire régionale ou quelque chose de ce genre? »

Le serveur haussa les épaules. « C'est une foire... avec des jeux et des attractions, je suppose. J'y ai jamais été. Ma femme y va. Elle aime bien chiner et elle ramène toujours un tas de saloperies. »

Dotty se tourna vers Wallace et sourit. « C'est ce qu'on fait, nous, expliqua-t-elle au barman. La chine. On vend sûrement le même genre de bric-à-brac que ce que votre femme vous ramène à la maison, ajouta-t-elle non sans fierté.

– Ah ouais? » Le barman vint s'appuyer au comptoir. Il se frotta le ventre et le remit en place. « Faut comprendre que c'est à vous que je dois m'en prendre pour toutes ces petites statues et ces flacons de parfum vides qui vaudront sûrement une fortune un jour? » Il s'esclaffa.

« Ne riez pas. J'ai déjà entendu dire que c'était arrivé », assura Dotty. Elle remua la tête pour renvoyer ses cheveux derrière ses épaules. « On ne sait jamais sur quoi on va tomber.

– Ah bon, ça serait donc vrai? fit le barman en

s'appuyant en arrière sur ses coudes, ce qui fit ressortir son ventre en avant de manière obscène.

– Il y a une fille que je connais qui s'est acheté une bague. Une très jolie bague, mais elle l'avait peut-être payée deux dollars, alors elle n'y faisait pas très attention », raconta Dotty. Son visage s'enflammait pendant qu'elle parlait. Ses yeux se faisaient plus brillants et sa voix plus essoufflée et mouillée tandis que ses mains s'agitaient comme de petits drapeaux blancs, qu'elle rejetait ses cheveux en arrière et qu'elle se passait la langue sur les lèvres. « Et puis un soir, y a un gars qui lui dit : " Je vous donne vingt dollars pour ce bout de verre. " Et elle, elle lui répond : " D'accord, pourquoi pas? " Ça faisait beaucoup plus que les deux dollars qu'elle avait payés, remarquez. Alors le mec s'en va avec la bague, et on se retrouve toutes les deux à boire des mai-tai avec ses vingt dollars en se marrant comme des folles et en ayant un peu honte de l'avoir entubé comme ça. Après, tout ce qu'on sait, c'est que le type est revenu avec une liasse de billets incroyable et qu'il a dit : " Hé!... " »

Wallace examina le marc au fond de sa tasse. Il avait entendu cette histoire une bonne centaine de fois. Il s'agissait parfois d'une bague en diamants. Parfois d'un gros bracelet en or. Il arrivait que le type à la liasse de billets éprouve quelques remords et leur donne cinquante ou soixante dollars supplémentaires. D'autres fois encore, la fille se mettait à gueuler quand elle se rendait compte qu'elle avait laissé un objet aussi précieux lui filer entre les doigts, et c'était Dotty qui se chargeait d'éclaircir la situation.

Quoi qu'il en soit, Canny et lui pouvaient se détendre maintenant que Dotty semblait avoir retrouvé son état normal : cette envie inextinguible de parler et ces étranges accès de rire qui semblaient toujours flotter dans l'air longtemps après que le silence fut retombé, de sorte que des heures, voire des jours après Wallace continuait à les percevoir comme l'écho lointain d'un cri de créature blessée.

Le barman et elle s'esclaffaient. Il la montrait du

doigt. « Ouais! s'exclamait-il en agitant le doigt. Dès que vous êtes rentrée, vous savez, je me suis dit que vous me faisiez penser à quelqu'un. » Rajustant de nouveau son estomac, il se pencha par-dessus le comptoir pour examiner les traits de la jeune femme. Puis il claqua des doigts. « Raquel Welch, c'est ça?

– C'est ça! glapit-elle.

– C'est bien à elle que vous ressemblez, déclara le serveur. Sauf pour les cheveux roux. »

Elle eut un rire joyeux. On lui disait cela tout le temps. Elle alluma une cigarette. « Bon. » Elle sourit et montra Wallace. « Et lui maintenant... à qui il vous fait penser? »

Sous l'examen attentif du barman, le regard de Wallace courut d'une affichette à l'autre. Dotty savait qu'il avait horreur de ce jeu-là.

« Eh bien, je peux déjà vous dire à qui il ne me fait pas penser, ricana le gros homme. Robert Redford, Cary Grant, John Wayne, Burt Reynolds...

– Pas vraiment, non! gloussa Dotty en se tortillant sur son tabouret. Regardez bien. »

Le barman se rapprocha encore pour scruter le visage étroit et mal rasé de Wallace. Celui-ci se crispa. Comme celle de Dotty, l'haleine du barman sentait le mauvais alcool.

« Je sais pas », avoua le barman. Il secoua la tête et se tourna vers Dotty.

« Willie Nelson! s'écria-t-elle. Sans les nattes, bien sûr. »

Le barman plissa les paupières et inclina la tête. Wallace soupira et baissa les yeux sur Canny qui mangeait avec les doigts et un par un ses pétales de maïs grillés.

« Vous savez que vous avez raison! s'exclama le barman. C'est vrai, ça. Mais c'est les cheveux courts qui déroutent un peu.

– Et les petits yeux méchants aussi, insista Dotty.

– Maman! » protesta Canny, ce qui fit rire le barman.

Wallace voulait s'en aller mais Dotty avait

commandé un autre café. Elle alluma une deuxième cigarette et s'étira paresseusement en arrière. Le barman lui servit son café et se mit à frotter le comptoir juste devant elle. « Je crois que Raquel Welch est plus grande que vous, déclara-t-il en fronçant pensivement les sourcils comme si cela comptait, comme si cela avait la moindre importance.

– Pas du tout! répliqua Dotty, ravie de revenir à ce sujet. On a exactement la même taille. Un mètre soixante-treize. »

Le barman croisa les bras et l'enveloppa du regard. « Et les yeux? Les siens sont bruns, c'est ça?

– Ils sont verts, corrigea Dotty en soufflant sur son café brûlant. Comme moi. »

Le regard du barman descendit vers le tee-shirt de Dotty sur lequel on pouvait lire BAS LES PATTES en lettres rouge vif.

« Les mêmes aussi », commenta Dotty en riant.

L'homme s'empourpra. « Et toi, lança-t-il à l'adresse de Canny. A qui tu ressembles? »

Canny haussa les épaules.

« En tout cas tu ressembles pas à Raquel ni à Willie, commenta-t-il en lui pinçant le bout du nez. Pas avec des grands yeux bleus et des cheveux tout blonds comme ça.

– Je vous dois combien? grommela Wallace en se levant de son tabouret.

– Deux dollars », répondit le barman, surpris par ce brusque changement d'humeur.

Dotty sauta de son siège et sortit vivement de la salle. Canny attrapa sa boîte de céréales et lui courut après.

Le barman se planta près de la fenêtre en se grattant le ventre. Il les regarda grimper dans la vieille Chevrolet cabossée. La lunette arrière et le coffre étaient couverts d'autocollants et de décalcomanies tandis que le toit disparaissait sous les paquets. Lorsqu'ils reculèrent pour faire demi-tour devant le café, Dotty lui envoya un baiser du bout du majeur.

« Choisis, dit-elle en ouvrant son sac.

– Maman! piailla Canny en se penchant par-dessus le dossier. J'avais pas vu que t'en avais acheté, dit-elle en sélectionnant un beau beignet couvert de sucre glace.

– Et ce connard non plus », rétorqua Dotty en éclatant de rire. Avant que Wallace ait pu dire quoi que ce soit, elle lui posa les doigts sur les lèvres pour qu'il puisse en lécher le sucre.

A quatre heures, ils n'avaient pas parcouru plus de trente kilomètres depuis leur arrêt au café. D'abord, la courroie du ventilateur avait cassé et Wallace avait dû faire six kilomètres à pied pour atteindre la ville la plus proche et autant pour revenir avec une courroie neuve. Une fois la courroie installée, ils n'avaient pu parcourir que quelques kilomètres avant que le moteur se mette à chauffer et le radiateur à manquer d'eau.

Il avançait maintenant sur le bord de la route avec un seau d'eau et une boîte de liquide réfrigérant. Il se sentait épuisé. Il avait les épaules endolories et les yeux injectés de sang sous le soleil implacable. L'asphalte lui brûlait les pieds à travers la semelle trop mince de ses vieux mocassins noirs. Sa jambe droite le tiraillait plus qu'à l'habitude. Les voitures passaient en trombe, lui crachant comme avec un lance-pierres de petits gravillons sur les jambes. Il poussa un grognement en voyant la côte raide qui l'attendait. Sa jambe se mit à trembler dès qu'il commença l'ascension, et la douleur lui vrilla le tibia à chaque pas.

Alors qu'il était encore enfant et nouvel arrivant au foyer, un médecin avait traversé très tôt le matin les rangées de lits pour s'arrêter devant lui et lui braquer une lumière en pleine figure. Le docteur avait alors vérifié sa fiche puis il avait écarté les couvertures et avait demandé à Aubrey de tendre la jambe droite. Il ne lui avait fallu que quelques minutes pour fixer l'appareil orthopédique de métal froid sur la jambe de l'enfant et refermer la plaque inférieure sur son talon. L'homme ajusta les courroies, serra quelques écrous et repartit si vite qu'Aubrey se rendormit, certain qu'il avait dû rêver jusqu'à ce que la cloche sonne et qu'il ait besoin d'aide pour sortir de son lit.

« Pourquoi on lui a mis ça? » avait demandé son père lors de sa dernière visite. L'éducateur de garde n'en savait rien. Les éducateurs de service le dimanche ne savaient jamais grand-chose. Alors son père le lui avait demandé à lui. « Je sais pas, avait dit Aubrey. – Mais tu dois savoir, s'était emporté son père. On se laisse pas mettre un truc pareil sans même demander pourquoi... à moins d'être un peu attardé. »

Quelques années plus tard, un autre médecin s'était présenté, en sueur, et il avait retiré l'appareil orthopédique qui était en fait prévu pour la jambe de Barney Hobbs. Mais Barney était parti depuis longtemps et la jambe imberbe et atrophiée d'Aubrey s'était à tout jamais fixée dans sa démarche raide. Privé de son appareil, il connut une période épouvantable. Non seulement il dut réapprendre une toute nouvelle façon de marcher, mais son soudain manque de pesanteur l'effrayait. Il avait certains jours l'impression qu'il n'y avait plus rien en lui d'assez réel ou d'assez solide pour l'empêcher de dériver loin de la surface de la terre.

Il parvint enfin au sommet de la côte et trébucha un instant sous le poids du seau. Il embrassa du regard l'autre versant de la colline et n'aperçut aucune automobile, juste la naissance d'une nouvelle côte, plus abrupte encore que celle qu'il venait de gravir. Il posa le seau et ôta sa casquette de base-ball pour essuyer du revers de la main la sueur qui l'aveuglait. Il vit alors une camionnette brunâtre avec des rideaux dorés aux fenêtres dévaler la colline suivante puis entamer la montée de celle-ci. Le chauffeur était perché très haut au-dessus de son volant. Les yeux de Wallace s'écarquillèrent douloureusement en remarquant la jeune femme aux bras nus installée près de lui. De longues mèches de ses cheveux sombres s'échappaient par la vitre baissée lorsque le véhicule le croisa. « Dotty », voulut-il appeler, mais il avait la gorge aussi sèche et contractée que le reste de ses entrailles. Les larmes stagnaient dans ses yeux comme des lentilles laiteuses. Il reprit l'ascension de cette colline malencontreuse et irrégulière, l'eau clapotant contre les parois du seau et lui arrosant les jambes, et il sut avec certitude que, lorsqu'il arriverait au sommet, la vieille voiture désolée à demi enfouie dans l'herbe poussiéreuse qui l'attendait en bas serait vide. Bien sûr qu'elle serait vide.

C'était le moment qu'il redoutait depuis le début, et cet abandon, parmi tous les mystères et les choses qu'il ne savait pas sur Dotty, constituait pour lui la seule certitude, l'élément fixe sur lequel il revenait sans cesse, au point que l'idée de perdre Dotty provoquait en lui les mêmes souffrances que sa mâchoire aux dents jaunies, cariées et fendues par la douleur fantôme qui menaçait de l'engloutir tout entier à chaque bouchée, chaude ou froide, salée ou sucrée, à chaque respiration. Il haletait maintenant en courant vers la voiture, la voiture vide. Évidemment qu'elle serait vide, vide comme le centre si tranquille de son être, comme ce silence étrange et simple. Tout ce qui dépassait n'était que des fables, des mots tirés d'une histoire, tout comme une voix au téléphone n'était rien de plus... qu'une voix au téléphone. Curieusement, il appelait toujours tard dans la nuit. Peut-être était-ce à cause des deux enfants. Peut-être craignait-il que, en entendant leur voix, l'horreur de ce qu'il avait fait ne devienne brusquement réelle. Il ne parlait jamais, se contentait d'écouter; qu'aurait-il pu dire? Comment aurait-il pu expliquer ce qu'il n'avait jamais réussi à clarifier lui-même? Il suffisait de penser : *C'est arrivé, tout simplement. C'est tout. Il y a des choses qui arrivent, comme ça, et personne n'y peut rien...*

« Je sais très bien qui c'est, disait-elle. On me la fait pas. Arrête de nous empoisonner. » Puis, une nuit, de la voix éraillée de sorcière qu'elle prenait lorsqu'elle racontait des histoires aux enfants, elle avait chuchoté : « Ils sont tous partis. Les deux garçons et elle. Ils ont déménagé et ils sont partis pour toujours. Alors arrêtez d'appeler ici. » C'est ce qu'il avait fait. Il avait cessé de téléphoner et avait commencé à se préparer au départ de Dotty et à celui de Canny; Canny qui n'était pas à lui mais qui, d'une certaine façon, l'était quand même, avait-il un jour essayé d'expliquer à Dotty. Elle était à lui parce qu'elle était tout ce qui lui restait et qu'il était tout ce qui lui restait au monde. « C'est pas vrai, elle m'a aussi », avait violemment protesté Dotty et, bien qu'il sût que ce n'était pas vrai, il avait retenu l'affirmation et l'avait rangée dans son petit coin tranquille, près du vieux numéro de téléphone – Piedmont 8-6705 et *elle m'a aussi* –, parce que là, d'une certaine façon, tout était lié et vrai.

« Mais où est-ce que t'étais, bordel? » cria-t-elle par la fenêtre.

Il regarda à l'intérieur, soulagé de voir Canny endormie, la tête posée sur les genoux de Dotty. La sueur perlait à ses tempes. Elle avait les lèvres blanches et craquelées. Il passa la main par la fenêtre pour lui tâter le front.

« Elle est chaude, dit-il.

– Bien sûr, qu'elle est chaude, répliqua Dotty en repoussant sa main. A cramer toute la journée dans cette putain de fournaise, toi aussi, tu serais chaud. »

Il remplit le radiateur d'eau, ajouta le fluide réfrigérant puis referma le capot aussi doucement que possible afin de ne pas réveiller la petite fille. Dotty l'observait à travers le pare-brise maculé. Lorsqu'il monta dans la voiture, elle continua de regarder droit devant elle.

« Tu crois qu'elle est malade? demanda-t-il.

– Non, je crois pas qu'elle est malade! rétorqua-t-elle avec mépris.

– Elle a l'air malade », insista-t-il en tournant la clé, le visage crispé et plein d'espoir. Le moteur démarra. Il sourit. « On devrait peut-être bien se chercher un coin pour ce soir, lança-t-il par-dessus les vrombissements du moteur. Histoire de prendre une bonne nuit de sommeil.

– On va à Hortonville, lui rappela-t-elle. Tu as promis. »

Il reprit donc la route. D'avoir conduit toute la nuit précédente et autant marché pendant la journée l'avait complètement épuisé. Mais ils se rendaient à Hortonville, où que cette fichue ville puisse se trouver, et c'était comme ça. Il la conduisait partout où elle voulait aller, comme toujours. Remonter une route, en descendre une autre, il les confondait toutes maintenant, à moins que ce ne fût effectivement la même route, qui menait aux mêmes villes, toutes identiques même si elles portaient des noms différents comme Moundsville ou Hayestown, avec les mêmes gens fatigués dérivant dans les mêmes rues fatiguées sur les mêmes trottoirs effondrés. C'était toujours dans les mêmes bicoques, les mêmes chambres, les mêmes lits fatigués qu'ils louaient une nuit ou toute une saison, jusqu'à ce qu'elle ait envie de repartir pour n'importe quelle raison, n'importe quelle lubie : il faisait trop chaud, trop froid, la propriétaire était trop fouineuse ou bien le type la regardait bizarrement, comme s'il l'avait déjà vue quelque part, assurait-elle d'une voix précipitée en remplissant à toute vitesse les sacs et les cartons qu'ils ne jetaient jamais car ils vivaient avec. Canny elle-même avait pris le pli maintenant et elle gardait toujours son nounours, ses albums de coloriage et ses crayons dans un sac bien solide, facile à embarquer au premier signe.

« Où on va? demandait Canny.

– Demande à maman », répliquait-il.

Où on est? Demande à maman. Quand est-ce qu'on arrive? Demande à maman.

« Mais tu sais rien, toi, papa? » questionnait-elle alors du même ton timide, désolé et attentif que prenaient autrefois ses fils.

Ils remarquèrent bientôt des affiches annonçant Hortonville. Sur des poteaux télégraphiques, des granges, et même, maintenant, à la radio. « La foire de Hortonville », clamait l'annonceur d'une voix traînante et nasillarde.

« On dirait toi, Aubie », commenta Dotty en riant et montrant l'autoradio du doigt.

« La plus grande foire à la brocante du monde! Vingt-quatre heures d'attractions, de bingo et de spectacle! Faites vos achats et détendez-vous pendant que vos enfants font des cartons au tir et que votre petit mari déguste un rafraîchissement mousseux à la véritable, l'authentique taverne munichoise. L'entrée est absolument gratuite et, avis à tous les marchands du coin, il y a encore des espaces disponibles! »

Dotty fouillait dans la boîte à gants. Elle en sortit une carte qu'elle approcha tout près de sa figure. « Nom de Dieu, j'arrive à peine à voir les numéros des routes, dit-elle.

– T'as peut-être besoin de lunettes », dit-il en regardant Canny qui dormait encore par le rétroviseur. Au dernier arrêt repos, il avait retiré les disques du carton pour les mettre par terre, avec des couvertures par-dessus. Canny avait ainsi davantage de place pour s'étendre. Elle s'était plainte d'avoir mal au ventre et son front en nage paraissait plus chaud encore qu'auparavant.

« Ouais, quatre-z-yeux, ça va bientôt venir! railla Dotty en faisant courir son doigt sur la carte.

– Ça t'irait bien, des lunettes », dit-il, plus pour lui-même que pour elle. L'idée lui plaisait. Avec des lunettes, elle aurait l'air... il n'arrivait pas à trouver le mot juste. Nette? Non, ce n'était pas ça. Elle donnerait l'impression d'être plus complète. Quelque chose comme ça.

Elle tendit soudain le bras. « Prends cette sortie! »

Au moment où il s'engageait vivement sur la rampe, Canny poussa un gémissement. Puis elle se mit à tousser.

« Non, à gauche, indiqua Dotty.

– Elle a vraiment pas l'air bien », dit-il en regardant la petite par-dessus son épaule. Il tourna à droite.

« Nom d'un chien! hurla Dotty. Je te dis à gauche et toi tu prends à droite! »

Canny se redressa au même instant, les joues en feu et le regard lourd dans le petit rétroviseur. Sans un mot, elle se laissa retomber sur la banquette. Certain qu'elle avait dû s'évanouir, Wallace tendit le bras derrière lui mais ne put la toucher. Il aperçut un centre commercial au bas de la route. Il accéléra et se gara sur le parking.

« Elle est bouillante », dit-il en touchant le front de l'enfant. Il prit un dollar dans sa poche et le tendit à Dotty. « Va lui chercher de l'aspirine et un truc à boire. »

Elle laissa retomber sa tête sur le dossier et ferma les yeux. « T'as qu'à y aller, soupira-t-elle. J'en peux plus.

– Tiens! fit-il en cherchant un autre dollar. Prends-toi à boire aussi.

– Je suis fatiguée, répliqua-t-elle.

– Elle est malade! » Il regarda avec impuissance les billets tendus puis Dotty puis de nouveau les billets.

« Elle est malade, répéta Dotty, les paupières toujours closes, à voix basse, presque en chuchotant. Elle a froid; elle a mouillé sa culotte; elle a les fesses irritées; elle a le nez qui coule. Merde! grogna-t-elle en ouvrant la portière. J'en ai marre de tout ça.

– C'est pas de sa faute », murmura-t-il lorsqu'elle ne fut plus à portée de voix. Il la regarda avancer dans la brume poussiéreuse du parking, son sac de paille rouge se balançant à son épaule, ses petites hanches rondes bien fermes et haut perchées sur des jambes longues et minces et des talons aiguilles qui jetaient comme des éclairs à chaque pas. Un jeune homme en tee-shirt noir s'approcha d'elle, et chaque parcelle de son corps parut soudain s'animer. Sa tête se redressa, ses épaules frémirent et ses fesses semblèrent s'arrondir et s'adoucir sous l'étoffe mince de sa jupe.

« Mets de la glace dans son verre, lui cria soudain

Wallace par la vitre baissée. Et lui prends pas de jus de raisin! Elle déteste le jus de raisin! »

Une demi-heure plus tard, Dotty revint avec deux gobelets pleins.

« Où est l'aspirine? vociféra-t-il depuis la voiture.

– La ferme! siffla-t-elle en roulant des yeux vers le grand type en costume argenté qui l'avait suivie hors du magasin. Quelle grande gueule tu fais », grogna-t-elle en grimpant dans la voiture. Elle ouvrit son sac et, d'un mouvement brusque, lui mit deux flacons d'aspirine pour enfants sur les genoux. Elle retira également de son sac deux tubes de rouge à lèvres tout neufs, un eye-liner, du mascara, du vernis à ongles et de l'ombre à paupières dorée, tous volés. Wallace s'agenouilla sur son siège afin d'administrer à Canny quatre aspirines et la *ginger ale* qu'elle engloutit aussitôt. Puis, avec un pauvre sourire reconnaissant, elle se rendormit.

« Qu'est-ce qui t'a pris si longtemps? demanda-t-il lorsqu'ils eurent regagné l'autoroute.

– J'arrivais pas à trouver l'aspirine, expliqua-t-elle en essuyant l'excès de rouge à lèvres prune sur la carte routière.

– T'as payé pour tout ça? » questionna-t-il.

Elle abandonna son petit miroir de poche et sourit. « Comment tu me trouves? » Il prit un air béat. Elle avait tressé ses cheveux et elle était plus belle que n'importe quelle star de cinéma qu'il eût jamais vue. Elle cligna des yeux, et le soleil couchant se refléta dans les paillettes de ses paupières. Il se dit qu'elle était encore plus jolie que le jour de leur rencontre; qu'elle s'était muée en femme magnifique maintenant.

« J'ai une sale gueule », décida-t-elle en refermant le petit miroir d'un geste brusque. Elle baissa le pare-soleil et ferma les yeux. Sur le dessus du rabat, il y avait une photo qu'elle avait trouvée dans un vieux National Geographic abandonné sur un marché aux puces. Elle représentait les premiers pas laborieux de l'astronaute sur la poussière lunaire. Canny trouvait cette photo quelque peu effrayante, et Wallace ne l'aimait pas non plus. L'idée d'aller se balader sur des planètes et sur la lune avait toujours fasciné Dotty. Une fois, ils avaient conduit vingt-quatre heures d'affilée pour voir un lancement de fusée. Dotty affirma que c'était la plus belle chose qu'elle eût jamais vue. Tout en regardant la traînée flamboyante s'évanouir dans les nuages, elle raconta à Canny que c'était exactement comme cela que les esprits quittaient le corps des morts. Exactement comme une fusée. Canny voulut savoir où allaient les esprits. « Dans le trou noir, répondit Dotty. – Et qu'est-ce qu'il y a dedans? – Personne ne le sait », dit Dotty. Canny en avait eu des cauchemars pendant des semaines. Wallace ne se sentait pas très rassuré non plus. Le mot *esprit* lui-même le mettait déjà mal à l'aise. Un esprit, c'était un fantôme, et ses rêves en furent peuplés pendant des nuits et des nuits.

« Hortonville, encore cent trente kilomètres, annonça Dotty en rangeant la carte dans la boîte à gants. En admettant que tu ne te paumes pas une fois de plus.

– Je me perdrai pas », assura-t-il d'un air penaud. Après avoir quitté le centre commercial, Dotty s'était endormie et il s'était trompé de route, les faisant revenir en arrière sur une centaine de kilomètres.

« T'as pas le moindre sens de l'orientation, commentait Dotty. On croirait pourtant qu'après tout ce temps et tous ces déménagements, tu aurais pu apprendre un peu. »

Il rit. L'habitude qu'il avait de se perdre sans cesse était une vieille plaisanterie entre eux.

« Je ne rigole pas, dit-elle, et il cilla à l'intonation dure de sa voix. Mais comment tu faisais pour te démerder pendant toutes ces années avant qu'on se rencontre? » Elle le dévisagea. « Hein? »

Il haussa les épaules. « Je restais toujours sur les mêmes routes, sûrement », murmura-t-il. Elle avait quelque chose en tête. C'était là, dans sa voix, dans ses mots qui fusaient comme de petits poissons luisants sous la surface sombre et tranquille.

« Je parie que t'avais même jamais quitté Atkinson avant de me rencontrer. » Il ne répondit pas. Canny s'assit et bâilla. « Où c'est, Atkinson? questionna la petite fille en s'appuyant entre eux, sur le dossier de la banquette avant.

– Même pas Atkinson, s'esclaffa Dotty avec mépris. Mais les Flatts. C'est le pays de ton vieux papa, dit-elle en embrassant Canny sur la joue. Ça y est, tu es toute fraîche! » Elle tendit les bras pour que la petite vienne s'y blottir.

« Où c'est, les Flatts? interrogea Canny en grimpant sur les genoux de Dotty.

– C'est tout en haut, dans des montagnes froides et pleines de neige où les Mooney, les Kluggs et les Wallace habitent tous et font des bébés avec leurs mères et leurs sœurs, expliqua Dotty en riant, puis elle posa le menton sur la tête moite de l'enfant.

– Mais où c'est? insista Canny. Dans quel État?

– Les Flatts, c'est un état d'esprit, dit Dotty en allumant une cigarette au-dessus de la tête de Canny.

– Mais je te parle des cinquante États », protesta Canny d'une voix un peu geignarde. Elle écarta la fumée.

Wallace gardait les yeux rivés sur la route. Elle n'allait pas tarder à mettre Dotty en colère.

« Comme tous les États où on a déjà été, poursuivait Canny. En Floride, au Nouveau-Mexique, dans le Tennessee... tu vois ce que je veux dire. C'est quoi, l'État de papa?

– Comment veux-tu que je le sache, moi? dit Dotty en tirant de profondes bouffées de sa cigarette.

– Si, tu sais! insista Canny.

– Commence pas à pleurnicher! l'avertit Dotty, qui reposa la petite fille sur le siège, entre eux deux.

– Je pleurniche pas, bouda la petite. Dis-moi l'État.

– C'est le Vermont », répondit Dotty. Wallace en resta bouche bée. Elle le regarda et haussa les épaules. « Eh bien quoi? lâcha-t-elle avec un nouveau mouvement d'épaules.

– Et toi aussi, maman, tu es de là?

– Mais non », fit Dotty en riant. Puis elle frotta ses jointures sur le crâne de la petite au point de la faire crier. « Je suis une créature venue de l'espace. Je suis arrivée dans un OVNI. On avait fait je ne sais pas combien de fois le tour du pays pour essayer de dégoter le mec le plus beau et le plus futé de la terre. Et puis j'ai fini par en avoir tellement marre de passer ma vie en orbite que j'ai dit au chauffeur – enfin, plutôt au pilote –, je lui ai dit : " Pose-moi ce bordel, Zeebor, je me prends le premier pantalon qui passe. " » Dotty éclata de rire et donna une petite claque sur l'épaule de Wallace. « Et regardez qui est là! »

Canny et Dotty gloussèrent. Wallace frissonna. Un frémissement lui parcourut l'échine lorsqu'il repensa au jour où elle avait surgi de nulle part. Ses yeux s'agrandirent. Elle était arrivée pieds nus sur l'asphalte brûlant. Comme si elle avait flotté au-dessus. Comme seule une créature de l'espace pouvait flotter. Lorsqu'elle s'était approchée de lui, elle avait fixé ses yeux sur les siens à la façon d'un chat qui regarde un oiseau.

« Eh papa, c'est comment la neige quand on marche dessus? » demandait Canny.

La voiture qui arrivait derrière klaxonna lorsqu'il changea brusquement de file pour se faufiler sur la bande d'arrêt d'urgence. « Je reviens tout de suite », dit-il. Il sauta de la voiture puis dévala le fossé tout en défaisant sa braguette. Il revint ensuite en boitillant. Il ressentait de telles brûlures, ces derniers temps, qu'il avait envie de crier chaque fois qu'il urinait. Il se sentait trop gêné pour oser en parler à Dotty et, la dernière fois qu'il avait vu un médecin, c'était au foyer.

Dotty se changeait. Elle retira son soutien-gorge et l'expédia sur la banquette arrière. Canny lui ouvrait deux enveloppes de pansements. Wallace grattait la crasse des rainures de son volant et s'efforçait de ne pas regarder la poitrine nue de Dotty. En fait, il ne voulait pas que Canny pense qu'il regardât jamais Dotty nue – même si Canny et Dotty se moquaient éperdument qu'il la voie ainsi. Mais c'était important pour lui. Ce que Canny pouvait penser de lui était important.

Dotty appliqua un pansement sur chaque téton rose. « Ça fait pas mal quand tu les retires? s'enquit Canny en la regardant avec curiosité.

– Ça dépend qui les retire », plaisanta Dotty en levant les bras pour enfiler la petite robe de jersey blanche dont la jupe s'ornait sur le devant d'un gros perroquet rouge. Elle leva le coude. Une étiquette pendait à son aisselle. « Tu peux la retirer? demanda-t-elle à Canny, qui saisit le mince cordon de plastique entre ses dents et le sectionna d'un coup.

– Trente dollars! s'exclama la petite en regardant le prix indiqué.

– Oh! c'était juste le prix demandé, s'esclaffa Dotty en jetant l'étiquette par la fenêtre.

– Maman! » Canny se tordait de rire. « Tu l'as quand même pas piquée, si?

– Bien sûr que non! intervint sombrement Wallace. Tu sais bien que ta maman ne ferait jamais une chose pareille. » Il mit le contact.

« Bien sûr que non! » assura Dotty en s'efforçant de conserver une expression sérieuse. Canny elle-même avait du mal à se retenir de rire.

CHAPITRE III

Dotty annonça que Hortonville ne se trouvait pas très loin de Washington D.C. C'était, depuis cinq ans, la première fois que Wallace remontait autant vers le nord. Régulièrement, des voitures de police les rattrapaient puis les dépassaient à toute allure. Dotty assura que Wallace délirait, mais il était certain de n'avoir jamais vu autant de flics sur un même tronçon de route. Il ralentit à soixante-quinze kilomètres à l'heure et s'avachit sur son volant, la visière de sa casquette de base-ball lui touchant presque le nez.

A mesure que la nuit avançait, Dotty se laissait gagner par l'excitation. Elle chantait avec la radio, claquait des doigts, tapait des pieds et s'empressait de passer sur une autre station dès qu'une chanson s'arrêtait, de sorte qu'il ne pouvait y avoir ne fût-ce qu'une seconde de silence. Dotty tenait le silence en horreur. Elle prétendait que, quand tout devenait trop calme, on entendait les planètes se renvoyer des ondes sonores et aussi le grésillement des parasites que provoquaient les âmes des morts en essayant d'entrer en contact avec quelqu'un sur terre.

Même toutes vitres baissées, il faisait très chaud dans la voiture surchargée. L'énergie fiévreuse de

Dotty semblait faire crépiter l'air nocturne qui s'engouffrait à l'intérieur. Durant la dernière demi-heure, elle n'avait pas cessé un instant de chanter ou de parler. La radio crachait du rock dont les percussions résonnaient dans les tempes de Wallace. Dotty avait du mal à rester tranquille. Comme une enfant, elle se tortillait puis s'étirait sur la banquette, elle croisait les jambes, les ramenait sous elle, croisait les bras et appuyait sa tête sur le dossier, puis elle se redressait brusquement, poussait un soupir et laissait son bras pendre par la fenêtre dans la nuit noire et humide.

Son rire éclatait comme un léger bris de verre, et Wallace n'avait pas besoin de la regarder pour savoir qu'elle avait les joues en feu. Il se sentit petit et exsangue à côté d'elle, et prit soudain conscience qu'il était absolument épuisé, endolori, mal rasé et qu'il avait la bouche pâteuse. Ses yeux secs le piquaient et sa gorge le brûlait chaque fois qu'il déglutissait. On aurait dit qu'il n'y avait plus d'air à respirer. Dotty prenait tout.

A l'arrière, Canny s'agitait inconfortablement et gémissait dans son sommeil. « Papa », murmura-t-elle en dormant. Il baissa le son de la radio, certain que Dotty, furieuse, n'allait pas manquer de le remettre à plein volume. Mais elle était trop occupée à se brosser les cheveux. Il pouvait suivre du coin de l'œil le mouvement rapide de ses bras frais et blancs fouettant sa chevelure. Une traînée d'étincelles semblait suivre la brosse. Le frémissement qui commençait à animer le souffle de la jeune femme lui fit bientôt penser à un battement précipité d'ailes minuscules. « Est-ce que je suis jolie? Mes cheveux sont bien? Mince, ils ne sont pas assez brillants... On l'a pas passée, hein? Remonte la vitre, mes cheveux vont s'emmêler... Canny! Réveille-toi! Réveille-toi, on est presque arrivés... » Elle s'agenouilla sur le siège et se pencha pour secouer la petite fille. Une fois rassise, elle se mit à examiner attentivement les lumières qui défilaient et lut une pancarte qui indiquait : HORTONVILLE 5 KILOMÈTRES. Avec une exclamation excitée, elle se remit à brosser ses cheveux. Puis elle leva chaque bras au-dessus de sa tête afin de se mettre un peu de déodorant. Elle tira ensuite de son sac un mince atomiseur de verre et s'imprégna le cou d'un parfum de rose séchée au soleil. Elle ouvrit et referma nerveusement son sac puis commença à marteler le tableau de bord de ses ongles longs et brillants. Il pensa qu'elle ressemblait au canari que ses fils gardaient dans le temps, les plumes gonflées et frémissantes, espérant toujours que la petite porte de la cage métallique allait s'ouvrir toute grande.

Dotty se raidit. Devant eux, des rais de lumière déchiraient le ciel sombre. « On y est! s'écria-t-elle en tendant le bras pour secouer Canny. Ça y est! Regarde! »

Le champ de foire semblait une mer de lumières ondoyantes, de musique pulsée et de voix humaines qui gonflait, culminait, retombait puis enflait à nouveau dans un tumulte de déferlante.

Canny s'assit, pas encore réveillée. Son petit visage paraissait grisâtre et creusé à la lueur des néons du parking. Elle cilla et se frotta les yeux. La foire à la brocante faisait partie de la fête foraine. Des centaines de tréteaux et étals de fortune s'éparpillaient parmi les attractions et circuits divers. Wallace ne sortait généralement pas la marchandise du coffre de la voiture. De cette façon, il lui suffisait de refermer le capot et de partir si jamais quelqu'un commençait à se demander d'où il tenait ce qu'il vendait. Il arrivait, rarement il est vrai, que les flics fassent des descentes sur ces foires pour tenter de repérer des objets volés. Cela ne lui était arrivé qu'une fois, et, heureusement, Dotty s'était trouvée là. Malgré sa nervosité, elle avait tellement dragué et embobiné le flic qu'il avait fini par acheter à Wallace un brise-glace en plastique alors qu'ils se trouvaient au sud de Tampa par trente-deux degrés à l'ombre.

Les voix des camelots claquèrent à leurs vitres comme des banderoles effilochées tandis qu'ils longeaient le périmètre du champ de foire.

« ... Vous voulez aller toujours plus vite?... Elle marche, elle parle, elle rampe sur le ventre... cinq paquets de Camel sur le carré rouge... que la vitesse de la lumière... sur le coup de minuit, tous les circuits seront... visez-moi ce petit bout de chou, là-haut – mais oui, celle-ci! Celle avec le petit singe en peluche... De cinq, on y va de cinq, de cinq... »

« Le Vol de l'Angoisse! piailla Dotty en énumérant les attractions qu'ils dépassaient. Le Reptile! La Sonde des Étoiles! Bon sang, ce truc est tellement haut que j'arrive pas à voir le bout... Le Tourbillon merveilleux! Regarde Canny! Le Trou noir... »

Le regard de Canny pesait sur celui de Wallace dans le rétroviseur. « J'ai envie de vomir », lui glissa-t-elle à l'oreille. Craignant la réaction de Dotty, il feignit de ne pas entendre. « J'ai mal au ventre », gémit la petite.

Dotty se retourna brusquement. « Suffit! J'en ai ras le bol que tu fiches tout le temps tout par terre!

– Ça va aller mieux, assura vivement Wallace. Hein Canny? »

Elle ferma les yeux et hocha la tête.

« Elle a intérêt, marmonna Dotty, reportant son attention sur les mouvements de la foule et sur les courbes et tourbillons des circuits. J'en ai jamais vu autant de différents! s'exclama-t-elle.

– Y me reste pas grand-chose à vendre, lui rappela Wallace.

– Regarde-moi tous ces gens! » fit Dotty en souriant par la fenêtre aux hommes portant chemises colorées et cravates-lacets et à leurs femmes blanchâtres et fessues, toutes endimanchées, qui erraient entre les stands et les étals en grignotant de la barbe à papa, le regard à la fois rêveur et fixe, guettant quelque chose à acheter de joli et pas cher, de ni trop abîmé ni trop usé.

« Rien que des frimeurs », grommela Wallace qui conduisait lentement afin de trouver une place suffisamment éloignée du reste des voitures pour éviter toute conversation avec les autres vendeurs. Dotty bondit hors de la Chevrolet avant même qu'il ait eu le temps de couper le contact. Elle resta près de la portière et lissa sa robe sur ses hanches. Canny sortit à son tour et s'appuya contre elle. Avant de les laisser partir, Wallace fit promettre à Dotty de ne pas laisser la petite manger n'importe quoi.

« Sinon, elle va être malade, leur cria-t-il. Surtout pas de beignets... »

Il les regarda s'éloigner vers les attractions, là où la Grande Roue tournoyait comme une roue de vélo emballée dans la nuit sans étoiles. Canny avait l'air d'une petite mendiante à côté de Dotty. Elle portait des sandales de caoutchouc, un anorak rose et malpropre dont la capuche était à moitié arrachée sur un short orange vif, si grand qu'il battait ses petits genoux maigres commes les pans d'une jupe. Il avait récupéré tout ce qu'elle portait dans les poubelles de l'Armée du Salut et du Secours populaire. Il ôta sa casquette et se gratta la tête. Canny se retourna juste à ce moment-là et lui fit signe, puis elles disparurent avant qu'il eût le temps de lever lui aussi la main.

Il déchargea deux cartons du coffre et disposa leur contenu sur le capot tiède et poussiéreux de la voiture. Il y avait un peu n'importe quoi, quelques figurines de plâtre prêtes à peindre, plusieurs bandes huit pistes de musique de Noël, une demi-douzaine de pots de fleurs en plastique vert, une boîte à outils rouillée et une douzaine de cintres en bois. Ce soir, sa plus grosse marchandise se limiterait aux huit bidons d'huile de moteur haute qualité qu'il avait fauchés lors de leur dernier arrêt à une station-service. Il sortit ses étiquettes blanches et fixa le prix de ses bidons à un dollar pièce. Les autres objets portaient encore l'étiquette du marché précédent. Certains avaient été soldés tant de fois qu'ils présentaient quatre ou cinq étiquettes.

Minuit était passé depuis longtemps et la seule vente de Wallace avait été les huit bidons d'huile, deux heures plus tôt. Personne ne s'était arrêté depuis, pas même pour regarder.

Un peu plus loin, l'allée centrale avait perdu de son éclat et la nuit s'épaississait en gagnant du terrain. Les grandes roues et les montagnes russes semblaient se mouvoir de plus en plus lentement, et même les cris des camelots fatigués prenaient un son grêle et plaintif. Wallace restait tout près de la voiture pour fouiller d'un regard vif et furtif les rangées de véhicules garés de part et d'autre de la large voie conduisant à l'allée centrale. Où qu'il regardât, il croyait voir Hyacinth, dont l'apparition le guettait toujours à la périphérie nuageuse de son champ de vision. Mais son degré de culpabilité et de peur était tel à présent qu'il la reconnaissait sous des aspects aussi lointains que les traits d'un policier, d'un chien aux aguets, d'une brute complètement camée ou même d'un vieux poivrot qui marmonnait des imprécations en passant devant lui d'un pas chancelant.

Il sentit ses cheveux se hérisser sur sa nuque. Il en allait toujours ainsi lorsqu'il restait seul trop longtemps. Sans Dotty et Canny, il perdait tous ses moyens et paniquait. Ses genoux se raidissaient et s'engourdissaient à mesure que la solitude, la suspicion et la peur se mettaient à lui vriller le crâne comme ces chansons gueulardes et discordantes qui ne lui laissaient même plus de place pour penser. Planté ici, il ne parvenait plus à bouger. Dotty avait pris possession de son cerveau, et l'enfant de son cœur, et il savait que, si elles ne revenaient pas, il pourrait ne plus jamais bouger d'ici.

A droite et à gauche de la voiture, les deux vendeurs aux yeux lourds de fatigue repliaient leurs étals et rangeaient les marchandises invendues dans leurs coffres.

« Pas terrible, ce soir, lança celui de droite à l'adresse de l'autre.

– Complètement mort, tu veux dire », grogna le type à la gauche de Wallace. Jusqu'à présent, celuici avait ignoré leur bavardage; les mots heurtèrent sa solitude comme des sons étranges et incompréhensibles, sur lesquels il ne pouvait plaquer aucune image.

Plus tôt dans la soirée, les deux vendeurs avaient vu sauter de sa guimbarde toute rouillée une jeune femme à la poitrine avantageuse, ses hanches rondes se trémoussant avec impatience sous la robe moulante, puis un spectre d'enfant ensommeillé et hagard aux cheveux filasse et emmêlés et aux membres malpropres. Ils avaient dû remarquer la façon dont le petit homme les couvait d'un regard à la fois passionné et craintif, les creux mangés de barbe de son visage s'assombrissant à mesure que la femme et l'enfant s'éloignaient. Puis, au moment où elles s'étaient évanouies dans la foule, les deux hommes avaient assisté à la brusque et violente attaque, curieusement figée pourtant, qui l'avait étreint, le projetant contre sa voiture, à l'endroit même où il se trouvait maintenant, aussi immobile et insondable qu'une ombre.

Ils regardèrent dans sa direction puis, avec un haussement d'épaules presque simultané, rassemblèrent le reste de leurs marchandises – des éventails en plumes de paon et des représentations sur velours d'Elvis Presley, de Jésus-Christ et de John F. Kennedy. Le type de gauche fit claquer son capot puis, en se retournant, lança à l'adresse de Wallace : « Eh bien dites donc ! Vous avez vu tous ces coins-là ? » Il désignait tous les autocollants et décalcomanies qui ornaient l'arrière de la voiture.

D'un mouvement vif et coulé, Wallace avait fait le tour du véhicule, s'était agenouillé puis couché sur le dos pour plonger sous la voiture. Ne laissant dépasser que ses pieds, il prit une pierre et se mit à cogner bruyamment sur son pot d'échappement. L'homme pouvait continuer de parler, Wallace n'entendrait rien tant son simulacre de réparation était frénétique.

C'est à cet instant-là qu'il sentit quelque chose lui saisir la cheville. Son regard parcourut la longueur du plancher rongé de la voiture jusqu'au petit visage blême qui le contemplait.

« Papa ! » hoqueta Canny.

Il s'extirpa de dessous la voiture, soulagé que les deux hommes fussent déjà partis. Canny avait les yeux rouges et le nez qui coulait.

« Où que vous étiez, bon Dieu? grommela-t-il en retournant son mouchoir raide de crasse dans tous les sens afin de trouver un petit coin propre pour l'enfant. Où est ta mère? demanda-t-il en regardant vers l'allée centrale pendant que Canny se mouchait.

– J'arrivais pas à retrouver la voiture, papa, expliqua-t-elle avec un long reniflement. Je m'étais trompée de parking. »

Il se dressa sur la pointe des pieds et regarda par-dessus le toit de la voiture. « Elle arrive par où? Je la vois pas.

– Elle a dit de te dire qu'elle serait bientôt là, lâcha Canny en clignant des yeux. Elle a dit de l'attendre.

– Mais il est presque deux heures et demie! grogna-t-il.

– C'est pas de ma faute, protesta Canny, le visage crispé par les pleurs. Elle voulait pas venir.

– Eh bien t'aurais dû rester avec elle! Et si elle s'en va, maintenant? s'écria-t-il, sautillant d'un pied sur l'autre comme s'il cherchait à se propulser vers l'allée centrale.

– Elle voulait pas non plus! assura Canny. Elle m'a forcée à m'en aller!

– T'avais qu'à pas l'écouter, merde! Tu sais bien! dit-il, son piétinement devenant de plus en plus nerveux.

– Mais le monsieur..., bégaya Canny. Il n'arrêtait pas de... » Elle baissa la tête et croisa les bras contre sa maigre poitrine, haussant les épaules avec accablement. Wallace s'était immobilisé. Il regardait Canny, mais sans tourner complètement la tête, les paupières lourdes et les yeux las. Ses mains pendaient le long de son corps. Un petit vent poussiéreux se leva et fouetta l'étoffe molle de son pantalon contre ses jambes.

« On a pris des granités et des beignets, racontait Canny. Et puis on a fait un tour de Montagnes russes et aussi du Lézard en Folie. Ça se tortille à toute vitesse, comme ça, dit-elle en mimant le mouvement du véhicule. Et puis hop! Ça saute comme ça, fit-elle en claquant des doigts en l'air. Et ça redescend. C'est là que j'ai vomi. Quand ça descendait. Alors j'ai dit à maman que j'avais trop mal au cœur pour faire d'autres tours et elle n'a pas été contente du tout. Surtout à cause du Trou noir. C'était avec des étoiles filantes et de la musique de l'espace, alors on a regardé un peu et puis m'man n'arrêtait pas de me pousser à essayer. Elle disait que c'était construit spécialement, comme les vaisseaux spatiaux des astronautes, et elle m'a expliqué qu'on n'avait même plus le mal de l'espace maintenant – alors que c'était sûrement pas moi qui allais être malade, ce coup-là. » Elle haussa de nouveau les épaules, mais en un mouvement plus proche du frisson cette fois-ci. Sa voix se fit plus perçante. « Et alors les deux types en chapeau de cow-boy sont arrivés. Maman commençait vraiment à se fâcher contre moi. Elle répétait tout le temps que je lui avais promis toute la journée de faire des tours et que je ne tenais jamais mes promesses et que c'était pas juste. Il y a un des types qui a rigolé et qui a dit que maman avait l'air d'être la petite fille et moi la maman. » Canny eut un petit rire gêné. « M'man leur a dit que oui, c'était souvent comme ça. Alors il y en a un qui a proposé de faire le Trou noir avec m'man pendant que j'attendais dehors avec l'autre. On a fait comme ça et, quand ils sont revenus, celui qui avait attendu avec moi est parti faire le tour avec maman et l'autre est resté. Il m'a fait grimper sur la barrière, et puis il m'a touchée quelque part, papa... » Elle leva les yeux vers lui, mais il ne comprit pas.

Dotty ne se trouvait ni au Trou noir, ni à la Grande Roue, ni, pour autant que Wallace pouvait en juger, sur aucun circuit. Canny n'en pouvait plus de marcher et d'être bousculée par la foule. « Viens, papa, on va l'attendre dans la voiture, suppliait-elle. J'ai sommeil, papa, s'il te plaît. » Elle s'effondra contre lui en gémissant alors qu'ils atteignaient pour la deuxième fois le bout de l'allée centrale. Elle avait les yeux et les joues enflammés; son front était brûlant sous la main de Wallace. Une femme les croisa en fronçant les sourcils, puis secoua la tête d'un air écœuré.

« Je suis tellement fatiguée », prononça faiblement Canny. Elle se laissa aller contre lui tandis qu'il jetait un coup d'œil à l'intérieur de la taverne munichoise, sorte de pavillon de béton qui surplombait l'allée centrale. De là où il se tenait, il ne pouvait voir que des tables, des chaises et un amas de jambes et de pieds battant la mesure. Les haut-parleurs crachaient de la musique country.

Canny gravit les marches à sa suite et ils se frayèrent un chemin dans l'atmosphère enfumée et le brouhaha de voix imbibées d'alcool jusqu'à l'autre extrémité de la salle, là où Dotty était installée entre deux hommes coiffés d'un chapeau de cow-boy. L'un d'eux la tenait par la taille, sa main épaisse posée comme une grosse patte velue sur le ventre doux de la jeune femme. L'autre présentait le visage cuivré aux traits burinés d'un Indien. Il contempla son bock de bière d'un regard vide lorsque Dotty approcha le menton de son ami afin de poser ses lèvres charnues sur les siennes.

« Je m'excuse... pardon... je m'excuse... », marmonnait Wallace en passant devant chaque table, Canny sur les talons. Quand il arriva à leur table, il baissa la tête et dit, d'une voix à peine audible : « Faut qu'on y aille... »

Dotty sourit et ferma résolument ses yeux peinturlurés en appuyant sa tête contre l'épaule du type.

Wallace se racla la gorge et déglutit avec peine. « Canny va pas bien, prononça-t-il, essayant de n'être entendu que d'elle seule.

– Laisse-moi tranquille », grogna-t-elle. La main du type se souleva de son ventre, mais Dotty la remit en place et la tapota doucement.

L'Indien sourit. Ses yeux sombres et ternes passant avec intérêt de son ami à Wallace.

« Allez, Dotty, demanda celui-ci à voix basse.

– M'man, on peut y aller? geignit Canny en se frottant les yeux.

– Viens là, petite », invita l'Indien en ouvrant les bras. Canny se serra contre Wallace.

« Mais emmène-la d'ici, bordel », fit Dotty entre ses dents serrées. Les couples de la table voisine commençaient à regarder.

« Qui c'est? » interrogea l'homme assis contre Dotty. Il enfouit son visage dans les cheveux de la jeune femme. Elle gloussa puis lui chuchota à l'oreille quelque chose qui le fit rire.

« Faut qu'on y aille, maintenant », insista Wallace en s'emparant du sac de Dotty posé sur la table. Elle se précipita en avant pour le rattraper et son compagnon fit de même.

« Laisse ça », gronda le type en pointant un doigt sur lui comme un revolver. Dotty émit un rire nerveux. L'Indien se mit à rire aussi. Alors le compagnon de Dotty se leva et saisit le bras de Wallace par-dessus la table. Il tira, renversant à moitié Wallace en travers de la table. L'Indien restait hilare.

« Laissez-le tranquille! » hurla Canny. Tout autour d'eux, des têtes se tournèrent et, pendant une seconde, on n'entendit plus que la voix de la petite fille. « Laissez-le tranquille, espèce de salaud! Lâchez-le! » Elle saisit un bock et le fracassa sur la tempe du type. Il gémit et libéra Wallace avant de s'écrouler sur son siège. Une tache de sang s'élargit sur le bord blanc sale de son chapeau, et son menton retomba sur sa poitrine. « Maman! » hurla Canny, terrorisée, alors que l'homme tentait de se relever et s'effondrait sur la table, la brisant en deux. Le pichet de verre et les bocks s'écrasèrent sur le sol en ciment. Des femmes crièrent et se bousculèrent tandis que l'Indien se penchait sur son ami qui râlait.

Pendant toute une heure, Dotty et Canny sanglotèrent tandis qu'il conduisait droit devant lui. Les panneaux routiers ne signifiaient plus rien. Seule importait pour lui la distance qu'il mettait entre eux et la police de Hortonville. Dotty s'était recroquevillée contre la portière, le visage enfoui dans ses mains.

« Est-ce qu'il est mort? demanda Canny dans un sanglot, sur sa banquette arrière.

– Sûrement! hoqueta Dotty.

– Qu'est-ce qui va se passer? pleurnicha Canny. Les flics, qu'est-ce qu'ils vont faire?

– Ils vont te descendre! vociféra Dotty.

– Va plus vite! » hurla Canny en jetant les bras autour du cou de Wallace.

Lorsqu'ils eurent couvert environ cent cinquante kilomètres, Wallace trouva une station-service ouverte pour acheter une poche de glace qu'il enveloppa dans une serviette avant de l'appliquer contre le front fiévreux de la petite. Elle était à bout de forces. Avec son aspirine, elle ne put avaler que quelques gorgées du Coca qu'il lui avait acheté.

« Tiens, prends-en encore un peu », fit-il en agitant la boîte pour la tenter. Elle ne répondit rien. Son visage ensommeillé luisait de sueur.

Dotty se pencha en avant et fit passer sa robe par-dessus sa tête. « Tu sais, le type qu'elle a frappé? dit-elle en arrachant précautionneusement le sparadrap du bout de ses seins. Grâce à lui, j'allais pouvoir faire un bout d'essai. Il m'a dit qu'il connaissait quelqu'un. » Elle jeta les bandes de sparadrap par la fenêtre et soupira. « Le rêve de toute ma vie va se réaliser et voilà que cette petite conne lui fracasse le crâne.

– Tiens », fit-il en lui tendant une couverture. Elle ne lui accorda pas un regard et se remit à pleurer. « Je n'ai jamais de veine, Aubie. Jamais... »

Deux automobilistes quittèrent la route pour s'arrêter devant les pompes à essence.

« Couvre-toi! » commanda-t-il en mettant le contact, le pied déjà sur l'accélérateur. Puis, les traits crispés, il regagna la route, la voix rageuse de Dotty s'échappant par la fenêtre telle une écharpe au vent.

« C'est un vrai boulet, cette gamine! Un putain de boulet que je me traîne, et il n'y a pas de raison! J'en ai ras le bol de tout ça. Putain de bordel de merde, mais qu'est-ce que j'en ai marre. Faut que je prenne un peu de bon temps, Aubie, sinon, je vais devenir dingue! Tu m'entends? gueula-t-elle en martelant la boîte à gants de ses deux poings serrés. Il faut que je m'amuse, merde! Je n'en peux plus! J'en peux plus! J'en peux plus!...

– Arrête! supplia-t-il. Arrête ça tout de suite!

– D'accord, j'arrête! » glapit-elle. Dotty s'empara alors du volant et braqua violemment, projetant la voiture sur l'autre voie. « J'arrête tout ça. Toute cette putain de vie à la con. »

Il repoussa la main de la jeune femme tandis qu'un cri s'étranglait dans sa gorge. Il éprouva un vertige en songeant qu'une voiture arrivant en face aurait signifié la fin. Il jeta un coup d'œil vers Canny. Elle dormait toujours.

Dotty, figée dans un silence hostile, gardait les yeux rivés droit devant elle, les bras croisés sur sa poitrine nue. Au fil des années, il s'était habitué à ses scènes. Mais c'étaient surtout ses silences haineux et glacés qui l'effrayaient. Dans ces moments-là, elle lui rappelait trop Hyacinth, qui avait tenu sept semaines et six jours sans lui adresser la parole, ni même faire allusion à lui, précisait-elle ensuite non sans fierté.

Dotty s'était mise à parler, mais sur un ton doux et résigné qui lui donna la chair de poule. Comme si de rien n'était, elle pouvait passer de la rage au plus grand calme, de la haine à la douceur, d'un accès de folie meurtrière à une offensive de charme, ses seins caressant maintenant le bras de Wallace.

« Ce serait si facile, Aubie », murmurait-elle, ses lèvres papillonnant tout contre son oreille.

Il se sentait le cerveau embrouillé et douloureux. Voilà, elle revenait encore là-dessus. Elle en parlait sans arrêt depuis quelque temps.

« Tu te rappelles le jour où on l'a embarquée, quand tu as mis un mot sur elle pour la laisser dans la station-service? » Elle lui donna un coup de coude. « Hein, tu te rappelles? »

Il acquiesça d'un mouvement de tête crispé.

« Eh bien on n'a qu'à refaire la même chose. Sauf que je me disais... qu'on pourrait la laisser dans une église. Une église, ça serait...

– Chut!

– Elle dort, répliqua Dotty. Une église, ça serait parfait. On la laisserait avec un mot pour expliquer qui elle est, et puis on filerait tout droit à Hollywood! » Elle lui prit le bras et le pressa entre ses seins. « Réfléchis, Aubie! Rien que toi et moi! » Elle se redressa et désigna la pancarte indiquant la prochaine bretelle : INTERÉTAT 1, NORD. « Prends celle-ci! »

Un camion arriva à leur niveau et commença à klaxonner.

« Mets une chemise! cria Wallace par-dessus le vacarme du camion dont le chauffeur grimaçait un sourire incrédule.

– Si tu tournes! » répliqua Dotty en nouant ses mains derrière sa nuque pour s'appuyer contre le dossier.

A peine eut-il pris la rampe de sortie qu'elle enfila un tee-shirt et lui jeta les bras autour du cou en poussant des cris de joie perçants.

NEW YORK NOUVELLE-ANGLETERRE
NORD TOUTES DIRECTIONS

La sueur lui dévalait les flancs. Il ne parvenait pas à réfléchir. Son pied appuyait à peine sur la pédale d'accélérateur, et pourtant la voiture filait à toute allure. Dotty ronflait doucement contre son épaule. Des mèches de ses cheveux vinrent chatouiller le nez de Wallace. Luttant contre le sommeil, il écarquillait les yeux au maximum. Il se tenait très droit derrière son volant, et une pensée des plus étranges l'assaillit. Il songea : je pourrais fermer les yeux maintenant, lâcher le volant et la pédale d'accélérateur, on arriverait quand même là-bas. N'importe comment, on y arriverait.

CHAPITRE IV

Le matin venait de s'infiltrer dans sa conscience. Le soleil naissant s'élevait dans le ciel gris, comme un œuf gorgé d'eau.

« Alors, ça te fait quoi? demandait Dotty.

– Qu'est-ce qui fait quoi?

– De se retrouver aussi haut vers le nord?

– Je sais pas. J'y ai pas beaucoup pensé », répondit-il d'un ton bourru.

Elle éclata de rire. « Eh bien moi, ça me fait du bien. » Elle respira à fond en se penchant par la fenêtre. « Et que ça sent bon! Ça sent le linge qui sèche dehors, tout raide et tout propre. »

Canny remua sur la banquette arrière. « Maman? » appela-t-elle d'une voix lointaine et apeurée.

Dotty s'agenouilla sur le siège et fit passer la petite par-dessus le dossier pour la prendre dans ses bras. « Pauvre gosse, tu es trempée, soupira-t-elle en lui retirant son gilet mouillé.

– La glace a fondu, s'excusa Canny.

– La fièvre est tombée », commenta Dotty en appliquant sa joue contre les mèches emmêlées de la petite fille. La main de Canny alla se nicher sous la nuque de Dotty, en quête des petits cheveux si doux qu'elle aimait caresser entre ses doigts.

« Tu es vraiment mignonne, tu sais? » fit Dotty d'un ton câlin. Canny ramena ses jambes malpropres sous elle et se lova dans le creux des bras de la jeune femme. « Tu étais un bébé tellement adorable, ajouta Dotty avec un soupir.

– Est-ce que je pleurais beaucoup? » interrogea Canny.

Dotty s'esclaffa. « Seulement quand tu regardais ton papa. » Elle se remit à rire.

« J'étais comment? ronronna Canny.

– Tu étais le bébé le plus magnifique que j'aie jamais vu. Tu avais de grands yeux très, très bleus, un tout petit bout de nez et une bouche qui ressemblait à un petit cœur pulpeux. Et tu avais des boucles douces et si blondes qu'elles devenaient presque blanches en été. Partout où on allait, on nous disait qu'on aurait dû te faire faire des pubs à la télé tellement tu étais jolie.

– Est-ce que je suis encore jolie? » demanda Canny, pleine d'espoir, en rejetant la tête en arrière pour regarder Dotty.

Dotty l'examina un instant. « Eh bien, je dirais que maintenant, tu es jolie autrement.

– Est-ce que je suis aussi jolie que toi? » La petite fille parut se recroqueviller, sa voix devenant à peine audible.

« Mais bien sûr que oui! assura Dotty.

– Est-ce que je te ressemblerai quand je serai grande?

– Tu seras toi », répondit Dotty en riant.

Canny se renfrogna. « Mais je veux être comme toi, maman. »

Wallace se racla la gorge. Non, pensa-t-il, non, ne dis rien. Ne lui dis pas...

« Tu ne peux pas vouloir être comme moi, mon chou. » Dotty soupira amèrement. « Mon Dieu, je n'arrive même plus à être moi-même. »

Il fut étonné d'entendre Dotty annoncer qu'ils se trouvaient dans le New Jersey. Elle lut à voix haute toute une série de plaques minéralogiques. Outre toutes celles du New Jersey et de New York, elle en avait repéré deux du Maine et une du Connecticut.

« Regarde! s'exclama-t-elle en le bourrant de coups de coude. Une du Vermont! »

Il regardait droit devant lui. Et s'il tombait sur *elle*? Et s'il levait les yeux pour *la* trouver tout près de lui, après tout ce temps, au premier coin de rue, et qu'elle ne veuille plus le lâcher quelle que soit sa vitesse ou la route qu'il emprunterait? Ses yeux se brouillèrent à la pensée de son profil de granit le poursuivant d'État en État, de côte en côte...

Il donna un brusque coup de volant qui les projeta sur une petite route, et il ne s'arrêta que lorsqu'ils arrivèrent à une petite épicerie. Il donna deux dollars à Canny et lui demanda d'acheter trois beignets et deux cartons de lait. Un camion se gara juste derrière eux. Le chauffeur traversa le parking sur les talons de Canny et lui tint la porte ouverte.

« Je reviens tout de suite, déclara Dotty. J'ai besoin de me dégourdir les jambes. »

Il l'attrapa par le poignet avant qu'elle puisse ouvrir la portière. « Il faut qu'on parle, Dotty. Avant que Canny revienne.

– Qu'on parle de quoi?

– De la rendre.

– Et alors? » fit-elle en lui adressant un regard froid. Il détourna les yeux. Il ne savait pas trop ce qu'il voulait dire. « Eh bien? » insista-t-elle.

Il réfléchit un instant. « Il va y avoir quoi, sur le mot? »

Elle haussa les épaules. « Juste qu'on voudrait qu'elle soit rendue à sa famille, j'imagine.

– Et qui est-ce qui va faire ça?

– Les gens qui la trouveront! » Elle commençait à s'énerver.

« Mais, je croyais que tu avais oublié la ville.

– Il suffira de mettre Massachusetts, et ils sauront. Ils pourront deviner en tout cas. » Elle le regarda bien en face. « A moins qu'ils ne soient complètement débiles. »

Canny arriva en courant près de la voiture et tendit à Dotty son carton de lait avec les beignets. Elle allait ouvrir la portière quand Wallace secoua la tête. « Ta maman et moi, on parle, dit-il. C'est personnel.

– Je n'écouterai pas, assura Canny.

– Tu attends dehors, ordonna-t-il. Va t'asseoir là-haut, sur la butte, pour manger ton beignet.

– Non, papa! L'herbe est toute mouillée! Et puis il fait froid », pleurnicha la petite fille en coinçant le carton de lait sous son menton afin de saisir la poignée.

Il tendit le bras et l'empêcha d'ouvrir la portière. Elle le foudroya du regard.

« Là-haut », décréta-t-il en lui montrant la pente herbeuse qui bordait la route. Il la regarda gravir la butte d'un pas léger puis s'asseoir face à la voiture.

« Alors? demanda Dotty, amusée par son accès d'autorité envers Canny. Que veux-tu savoir d'autre? »

Il n'avait pas quitté des yeux la petite fille grave qui frissonnait en mordant dans son beignet. « Et si les gens qui la trouvent ne veulent pas faire autant de chemin pour la ramener chez elle? » Il regarda Dotty. « Et s'ils la gardent? » questionna-t-il, la voix assourdie par l'inquiétude.

Dotty ouvrait son carton de lait. Elle enfonça une paille à l'intérieur. « Elle peut tomber chez des gens charmants, dit-elle entre deux gorgées. Une famille très gentille avec des gosses, un chien et une belle maison. » Elle mordit dans son beignet et un nuage de miettes s'amoncela au coin de ses lèvres.

« Mais si c'est pas comme ça? S'ils ne sont pas gentils et s'ils en ont assez d'elle et qu'ils la laissent sur un bord de route et que quelqu'un d'autre la prenne et puis ne l'aime pas non plus, et qu'elle n'arrête pas de changer de famille? » La frayeur lui écarquilla les yeux. « Et à force, le mot sera devenu tellement sale qu'on ne pourra même plus le lire, ou encore il aura été perdu...

– Et qu'est-ce que tu dirais si je te laissais avec

elle, Aubie? Comme ça tu pourrais faire attention au petit mot à chaque fois qu'on vous prendrait et qu'on vous abandonnerait. » Elle inclina le carton afin d'aspirer les dernières gouttes de lait. « J'écrirai même en majuscules, ajouta-t-elle avec mépris. Avec de grosses lettres bien dessinées, comme ça, même toi, tu pourras lire. »

Il réfléchit un instant puis secoua la tête. « Ça ne marchera pas, répliqua-t-il sombrement. Personne ne voudra prendre un grand dans sa famille. »

Dotty s'étrangla en buvant. Ses yeux larmoyèrent et le lait lui ressortit par les narines.

« Et la voiture, si elle tombe en panne, reprit-il. Qu'est-ce que tu feras? Et pourquoi qu'on irait pas tous les trois à Hollywood? Je pourrai bien faire les marchés là-bas et on se trouverait un petit coin agréable et puis tu pourrais jouer dans un film et avoir des diamants et des manteaux de fourrure, et peut-être même que là-bas, on ne demande pas d'extrait de naissance pour l'école et que je pourrai acheter à Canny un service à goûter avec le thermos assorti comme elle en rêve depuis si longtemps – avec Cendrillon dessus – et peut-être que je lui préparerai tous les jours son goûter dans un petit sac et que je lui ferai traverser la rue bien dans les lignes jaunes... »

Il cligna des yeux. Dotty s'éloignait en courant sur la route. Il ne l'avait même pas vue quitter la voiture. « Canny, appela-t-il en commençant à rouler sur le bas-côté, la portière grande ouverte. Monte! Vite! »

Canny avait déjà commencé à dévaler la butte. Elle s'engouffra dans la voiture et claqua la portière. A quelques centaines de mètres d'eux, Dotty trottait à reculons en levant le pouce. « Fils de pute! » hurlait-elle à toutes les voitures qui la dépassaient à toute vitesse.

Wallace se rangea derrière elle et continua d'avancer, au rythme de la course inverse et désordonnée de la jeune femme.

« Fous le camp d'ici! leur cria-t-elle.

– Maman! » appela Canny. Puis elle se dressa soudain sur son siège et sortit le torse par la fenêtre pour jeter les bras autour du cou de Dotty.

« Mais quelle petite conne! gueula Dotty en essayant de se dégager. Laisse-moi partir... mais laisse-moi donc... je t'en prie... »

Canny dut à nouveau attendre à l'extérieur de la voiture. Elle resta cette fois-ci tout près de la portière de Wallace, accrochée à la poignée. Les larmes de Dotty commençaient à embuer les vitres remontées. La jeune femme venait de faire promettre à Wallace qu'ils fonceraient directement sur le Massachusetts et qu'ils abandonneraient Canny dans la première église qu'ils trouveraient sur leur chemin.

« Et ensuite? demanda-t-elle en sanglotant.

– Ensuite on fait demi-tour et on va tout droit à Hollywood », répéta-t-il docilement. Canny tambourina contre la vitre. « Vous avez dit une minute, leur rappela-t-elle.

– Tu promets? » insista Dotty avec un hoquet mouillé.

Il acquiesça. Canny commençait à taper plus fort. « Papa, s'il te plaît! gémissait Canny, le visage collé à la vitre.

– Je promets, assura-t-il.

– Tu le jures? Tu le jures sur la tête de ta femme?

– Je le jure.

– C'est trop facile, dit Dotty en se mouchant. De toute façon, tu as dit toi-même que tu ne l'aimais pas.

– Ce que j'ai dit, c'est qu'elle, elle m'aimait pas. » Il étira le bras pour ouvrir la portière à Canny. « Tiens, dit-il en lui tendant une serviette. Tu as du sucre glace plein la figure. »

Canny se frotta la bouche et les joues. Elle était furieuse mais n'osait proférer un mot. Chaque fois que Dotty piquait une crise, Canny savait très bien se tenir.

« Comment s'appelait-elle, déjà? demanda Dotty en se barbouillant les lèvres de rouge. J'ai oublié. »

Il se faufila dans la circulation. « Hyacinth », répondit-il au bout d'un moment.

Dotty s'agenouilla sur son siège et sourit. « Dis-moi son nom de famille, j'adore comme tu le prononces.

– Kluggs, dit-il avec un petit clin d'œil qui la fit glousser.

– A quoi ressemble-t-elle?

– Oh! à pas grand-chose.

– Allez, dis-moi! » minauda gaiement Dotty. Canny les examina l'un et l'autre.

« J'en sais rien, moi. Plutôt petite. » Il haussa les épaules. Il rencontra le regard de Canny dans le rétroviseur. Il savait qu'elle brûlait d'envie de savoir qui pouvait bien être cette Hyacinth, mais qu'elle n'osait pas rompre le charme de la gaieté de Dotty.

« Et ses dents?

– Elles étaient toutes de travers et elles partaient en avant, répondit-il doucement.

– Et comment elle marchait? Dis-moi comment elle marchait.

– Avec les pieds en dedans... » Il la regarda d'un air coupable. « Si je t'ai pas raconté tout ça au moins cent fois, Dotty...

– Oui, mais j'aime bien quand tu me racontes », dit-elle en s'appuyant contre le dossier et en mettant les bras autour de ses jambes. Elle avait le menton posé sur ses genoux et, sous cet angle, elle ressemblait à une petite fille, plus jeune certainement que l'enfant au regard acéré qui se tenait derrière eux. « C'est comme une famille que j'aurais jamais rencontrée. Comme si elle était une grand-mère qui serait morte depuis longtemps ou quelque chose comme ça, et il faudrait que tu me racontes tout, tout le temps pour que je puisse toujours savoir qui est qui... Alors tu comprends..., prononça Dotty, rêveuse.

– Non. »

CHAPITRE V

A midi, le soleil pâle s'était dissous dans un ciel gris et bas. Le pare-brise se couvrit de fines goutelettes, et seul l'essuie-glace du côté conducteur fonctionnait encore. Au bout de quelques kilomètres à peine, la voiture était glaciale et humide. Cela faisait deux ans que le chauffage ne marchait plus.

« Bon Dieu », murmura Dotty avec un frisson. Elle attrapa une couverture à l'arrière. « J'avais oublié à quel point on se les gèle ici. Et on est en juin. » Elle fit tomber la couverture jusqu'au plancher déjà trempé de glace fondue. Canny commençait à claquer des dents sur la banquette arrière. Ils approchaient du motel Star Bright. Wallace jeta un coup d'œil interrogateur à Dotty. Elle hocha la tête et il se gara sur l'aire de stationnement. Les petits motels étaient trop difficiles. Celui-ci avait l'air juste assez grand.

« On dirait que personne ne s'en va, commenta Dotty.

– Tiens, en voilà un, indiqua Canny en désignant un grand type aux yeux bouffis et en costume trois pièces qui sortait par la porte principale.

– Pas de valise, marmonna Wallace. M'étonnerait qu'il parte.

– Je peux quand même essayer », fit Dotty avec un soupir tout en descendant de la voiture. Elle se dirigea vers l'homme alors qu'il posait son attaché-case par terre afin de chercher ses clés dans ses poches.

« Bonjour, lança la jeune femme d'un ton léger. J'espère que vous vous plaisez ici!

– Tout à fait, répondit l'homme d'une voix pâteuse.

– Bon, eh bien je ferais mieux d'aller faire votre chambre avant que vous reveniez », dit-elle avec un petit signe de la main. L'homme ouvrit la portière de sa voiture. « J'ai réglé ma note, dit-il.

– Oh! quel dommage, fit-elle en se frottant les bras pour se réchauffer. C'était quelle chambre déjà?

– La 212.

– Ah oui, vous êtes M. Jones! s'exclama-t-elle.

– Carleton », corrigea l'homme en plongeant dans sa voiture juste au moment où la pluie fine se transformait en grosse averse.

Wallace appuya sa tête contre le dossier et un léger sourire étira ses lèvres. Dotty allait dire au réceptionniste qu'elle venait retrouver son mari, M. Carleton, et qu'ils avaient décidé de garder la chambre 212 une journée de plus. Si tout se passait bien, comme c'était généralement le cas, l'employé lui remettrait la clé et, dès qu'elle serait dans la chambre, elle prendrait une douche. Si la porte de la chambre donnait directement sur l'extérieur et qu'il n'y avait personne alentour, Dotty irait rafler tout ce qu'elle pourrait : verres, savonnettes, petits flacons de shampooing et de démaquillant, tubes de dentifrice pour elle et pour Canny; et aussi de quoi vendre dans les foires : serviettes, tapis de bain, couvertures, draps, oreillers, couvre-lits et même, parfois, les gravures qui ornent les murs, les abat-jour ou encore, un jour que ses cachets l'avaient rendue particulièrement téméraire, les rideaux des fenêtres. Wallace fut secoué d'un petit rire et ferma les yeux.

« Papa? appela Canny, sur la banquette arrière. Tu sais le type d'hier soir? Celui que j'ai frappé?

– Oui, oui, murmura-t-il mollement, ses jambes et ses bras déjà engourdis par le sommeil.

– Tu crois qu'il est mort?

– Non.

– Tu es sûr? » Sa voix lui parut de plus en plus lointaine.

« Mais oui, marmonna-t-il, laissant tomber le menton sur sa poitrine avec un ronflement.

– Il avait mis la main là où c'est sale, papa. »

La tête de Wallace se redressa. « Peut-être qu'il avait envie d'aller au cabinet », dit-il, mal à l'aise. Depuis quelque temps, Canny se demandait si les bébés naissaient vraiment dans les choux. Mais elle ne posait jamais de questions à Dotty. Toujours à lui. Elle l'observait par le rétroviseur. Elle tordit un peu la bouche et détourna les yeux. « Mais, c'est mon endroit à moi qu'il a touché », fit-elle d'une voix misérable. Il ne sut pas quoi lui dire. Il se courba en avant et entreprit de tracer une trouée dans la buée de la vitre. Puis il se gratta la poitrine. Il était crasseux. Il leva le bras et respira. Sa chemise puait la transpiration. « Merde, grogna-t-il. Elle met beaucoup trop de temps. »

Canny se pencha par-dessus le dossier. Elle aussi sentait mauvais, une âcre odeur de rance. La saleté lui faisait comme un collier autour du cou. Elle avait les mains malpropres et ses ongles rongés étaient cerclés de noir.

« C'était pas de ma faute, papa...

– Je sais.

– Ça faisait mal!

– Arrête! s'étrangla-t-il.

– J'ai tapé sur sa main.

– Arrête. » Il secoua la tête et frotta sa mâchoire mangée de barbe. Ses dents le faisaient souffrir, enfin, celles qui lui restaient. « C'est pas beau de parler de ça », prononça-t-il d'une voix enrouée. Il éprouvait trop de honte pour la regarder. Excepté la pluie qui tambourinait comme des doigts creux contre le toit de la voiture, la voiture était aussi froide et silencieuse qu'un tombeau.

Il avait parfois l'impression d'avoir cent ans au lieu de cinquante-deux, ou trois, il ne savait plus trop. Il lui arrivait quelquefois d'avoir tellement peur de la mort que le simple mot le faisait frissonner. D'autres fois, comme maintenant, cette drôle de sensation enflait autour de lui telle une bulle transparente, et tout ce qui survenait arrivait en réalité à quelqu'un d'autre. Et c'était parfait, tout à fait parfait. Rien ne faisait mal, rien n'importait. Ses fils se réveillaient souvent la nuit en pleurant et lui étreignaient alors la taille en parlant de fantômes. Les morts ne meurent qu'une fois, disait Hyacinth depuis l'obscurité de son lit, elle-même pareille à un spectre, à quelque chose qui attendait d'être rejoint dans la mort.

« Quelqu'un vient », dit-il en se tendant en avant tandis que la porte du motel s'ouvrait sur une femme en pantalon noir et veste violette. Puis il se rendit compte qu'il s'agissait de Dotty, vêtue d'une tenue qu'il ne lui avait jamais vue auparavant. Ses cheveux se balançaient en mèches mouillées tandis qu'elle traversait le parking en courant, une valise de toile rouge à bout de bras. Elle fit un geste énervé en direction de la voiture. D'un même mouvement, il tourna la clé de contact et mit la première, se dirigeant vers elle sans quitter des yeux l'entrée du motel.

« La porte! » vociféra-t-il à l'intention de Canny qui se glissa à l'avant, ouvrit la portière puis regagna l'arrière au moment même où Dotty fourrait la valise sur le siège avant de sauter dessus à son tour. Elle riait tellement qu'il lui fallut une trentaine de kilomètres pour raconter toute l'histoire.

Après sa douche dans la chambre de Carleton, elle avait entendu des voix dans le corridor. Les époux de la 210 se disputaient pour savoir où ils devaient laisser leurs bagages pendant le déjeuner. La femme voulait les mettre dans la voiture. Le mari la traitait d'emmerdeuse. Pourquoi se faire tremper à trimbaler les valises jusqu'à l'auto alors que la direction enverrait quelqu'un de toute façon? Puis ils étaient partis. Dotty s'était alors glissée dans leur chambre et avait emporté la plus grosse valise dans la 212. Elle l'avait vidée, ne gardant que les vêtements qu'elle portait maintenant. Le reste n'était que de la camelote, assura-t-elle. Puis elle avait pris les couvertures de M. Carleton, des serviettes propres, et « ça », annonça-t-elle en riant. Elle ouvrit la fermeture à glissière de la valise et brandit une flasque de scotch à moitié pleine. « Avec les compliments de M. Carleton », gloussa-t-elle en glissant le flacon sous son siège. Elle donna une couverture à Canny et en étendit une autre sur ses jambes.

Au moins dix dollars, songea Wallace en lorgnant la valise. Les bagages se vendaient facilement sur les marchés.

« Moi qui ai toujours voulu avoir une belle valise, commenta Dotty. Là, fit-elle en tendant soudain le doigt. C'est là qu'on sort.

– Où est-ce qu'on va? demanda Canny tandis que la vieille automobile attaquait en rugissant la bretelle de sortie.

– On roule, c'est tout, soupira Dotty en fermant les yeux.

– Tu dis toujours ça, fit remarquer Canny.

– Je sais, répliqua Dotty avec un nouveau soupir.

– Maman, tu m'aimes?

– Bien sûr que je t'aime », répondit la jeune femme d'une voix somnolente.

La pancarte annonçait : BIENVENUE AU MASSACHUSETTS.

La pluie s'était arrêtée et le soleil se chauffait un passage entre les nuages pressés, mais l'air demeurait encore vif et frais. Ils quittèrent la nationale à Worcester et s'arrêtèrent devant un drugstore où Dotty alla acheter un bloc de papier à lettres et des enveloppes. Ils s'arrêtèrent ensuite à une station-service afin de faire faire un brin de toilette à la petite.

Wallace rapporta la clé des toilettes pour dames.

« Prends celle des hommes aussi, lui dit Dotty en

mordillant le bout de son stylo. Il faut que j'écrive ça et j'ai besoin de calme. » Elle leva les yeux. « On est quelle date?

– Quelque chose en juin, répondit-il.

– Mon Dieu, quelle aide précieuse tu fais! »

La puanteur qui régnait dans les toilettes pour hommes était telle qu'il dut laisser la porte ouverte. Il boucha le lavabo avec un tampon de serviettes en papier et dit à Canny de se tremper les mains pendant qu'il lui frottait la figure et le cou avec une des serviettes du motel. Puis il la maintint au-dessus du lavabo afin qu'elle puisse plonger ses pieds dans l'eau qui ne fut bientôt plus qu'une grosse flaque noirâtre. Il était en train de lui essuyer les jambes avec la partie encore sèche de la serviette quand il perçut des voix masculines en provenance de la réception. Canny essayait de lui dire quelque chose. Elle ne cessait de le tirer par la chemise. Deux autos s'étaient arrêtées devant les pompes, l'odeur de leurs gaz d'échappement dérivant jusqu'à la porte. Dotty était toujours en train d'écrire la lettre. Il tapota soigneusement la serviette sur la croûte épaisse qui couronnait le genou de Canny. Il l'examina de plus près. La plaie virait en partie au rouge et se cerclait de pus. Encore une journée et le genou tout entier serait certainement enflammé.

« Papa! Papa! »

Mais, dans une journée, elle serait sous la responsabilité de quelqu'un d'autre. Ce serait à quelqu'un d'autre de la soigner.

Elle lui secoua l'épaule. Non, faillit-il dire. Ne parle pas. Ne me laisse pas y penser. Je ne peux pas penser. Je ne veux rien entendre, rien dire. Simplement faire ce qui doit être fait; ce qui aurait dû être fait bien avant, avant que son cœur d'homme ne soit si... si attaché à celui de la petite.

« Et mes cheveux? demandait-elle.

– Le lavabo n'est pas assez grand », répondit-il d'une voix rauque, s'apprêtant à enfoncer le peigne dans la chevelure emmêlée. Certains nœuds atteignaient la taille d'un œuf.

« Aïe! » glapit-elle tandis qu'il tentait de démêler les plus gros avec ses doigts. Elle avait des larmes plein les yeux. « Papa, gémit-elle alors qu'il se penchait plus près encore pour s'attaquer à un autre enchevêtrement. Je crois que j'ai encore des poux. »

Il la poussa vers la lumière, devant la porte ouverte, et écarta les mèches de cheveux jusqu'au crâne couvert de croûtes. Elle pencha la tête en retenant sa respiration.

« Je vois rien », marmonna-t-il en séparant chaque mèche. Elle poussa un soupir de soulagement. « Il y a des lentes?

– Non. » Il remit vaguement les cheveux en place d'un coup de peigne, s'efforçant de couvrir au maximum les nœuds qui subsistaient au-dessous. Puis il roula la serviette et retourna rapidement à la voiture. Dotty lécha le rabat de l'enveloppe et la posa sur le tableau de bord en adressant un clin d'œil à Wallace. Celui-ci s'installa derrière le volant et hésita un instant avant de mettre le contact. Il avait ce sentiment de vacuité qu'il éprouvait à chaque fois qu'ils déménageaient..., l'impression qu'il oubliait quelque chose. Quelque chose de vital. Comme une partie de lui-même. Le moteur se mit à tourner paresseusement. Le volant vibrait sous les jointures blanches de Wallace. Ses bras lui semblaient engourdis. Ne parle pas. Ne pense pas. Leurs voix papillonnaient autour de son regard fixe.

« Je peux venir devant maintenant que je suis propre?

– Attends un peu.

– J'ai faim.

– Tu viens juste de manger!

– Tu m'as fait manger trop vite.

– Tourne ici... Assieds-toi, Canny.

– Tu es en colère contre moi, m'man?

– Bien sûr que non; essaie celle à gauche, là-bas. Bon sang, Canny, tu m'empêches de respirer!

– On cherche quelque chose? Parce qu'il y a un panneau, là! Tu vois?

– Canny, tais-toi!

– C'était juste pour aider!

– On ne t'a rien demandé. A droite, là. A droite! Merde, mais tu vas t'arrêter! » Dotty hurlait. Les veines de son cou se gonflaient comme des vers.

I! écrasa la pédale de frein.

« Mais c'est une église! » s'exclama gaiement Canny. Elle les tannait depuis longtemps pour qu'ils l'emmènent dans une église. Elle n'en avait jamais vu de près.

Dotty en était à lui expliquer qu'ils ne pouvaient l'accompagner à l'intérieur. Il fallait qu'elle y aille seule. C'était très important. Wallace ne tourna pas la tête lorsqu'elle ouvrit la portière. Il la vit du coin de l'œil descendre de la voiture. Elle était si petite. Ses cheveux se soulevèrent dans le vent, aussi raides qu'une perruque sans vie. Il savait qu'en regardant de plus près il verrait la chair de poule lui hérisser les jambes. Il abaissa la visière de sa casquette sur ses yeux.

Dotty expliquait : « Tu attends simplement à l'intérieur. Très vite, quelqu'un viendra et tu lui donneras la lettre.

– Mais pourquoi? demanda Canny en approchant sa tête de la fenêtre de Wallace.

– Pour que ton père trouve du travail », répliqua Dotty, un brin d'impatience dans la voix.

Il se raidit tandis que leurs voix se croisaient sous son nez.

« Mais pourquoi papa ne le fait pas lui-même? insista Canny.

– Parce qu'il est bien trop coincé pour ça. Tu le sais », répliqua Dotty. Canny regarda l'enveloppe qu'elle tenait. « C'est quoi, comme travail?

– Faire le ménage dans cette putain d'église, Canny! Vas-y maintenant!

– Vous allez m'attendre? »

Dotty leva les yeux au ciel. « Évidemment qu'on va t'attendre! Et maintenant, dépêche-toi avant que ce soit quelqu'un d'autre qui la prenne, la place! »

Canny s'appuya sur le bord de la fenêtre et glissa

à l'oreille de Wallace : « Dis papa, je pourrai t'aider à faire le ménage? »

Il hocha la tête et avala sa salive avec peine. Dotty s'agita sur son siège. « Tu vas te dépêcher, oui! »

Ils regardèrent l'enfant courir vers le grand escalier de granit qui menait en haut de la petite colline raide, à l'église de pierre sombre. « Tiens-toi prêt, siffla Dotty. Dès qu'elle est à l'intérieur, tu démarres. » Méfiante, elle tendit la jambe.

« Qu'est-ce qu'il y a dans la lettre? » fit-il d'une voix tout aussi sifflante.

Dotty suivit Canny du regard jusqu'en haut des marches. Elle se mouilla nerveusement les lèvres. « Juste que c'était une ville du Massachusets et qu'il y a cinq ans de ça; que la maison avait un grand porche arrondi; que nous regrettons et que nous ne voulons pas d'ennuis. »

Arrivée à la dernière marche, Canny se retourna et agita l'enveloppe dans leur direction. Elle souriait.

Dotty lui rendit son salut et respira à fond. « Prépare-toi », dit-elle, le visage vide d'expression.

Il avait vu Canny avancer jusqu'à la lourde porte de chêne. Il ferma alors les yeux et frissonna tandis qu'un cri roulait dans sa poitrine et lui montait à la gorge, un sanglot muet d'une telle force, d'une souffrance lancinante tellement intense qu'il crut mourir, certain qu'on venait d'arracher un organe vital de son logement, tout déchiqueté et sanglant.

« Merde! grogna Dotty en se penchant par-dessus lui, son coude lui poignardant l'aine. Tire plus fort! cria-t-elle par la fenêtre.

– C'est fermé à clé! leur cria Canny.

– Bordel! gueula Dotty. Tire avec les deux mains! Tire plus fort! » Elle eut un mouvement de tête rageur. « Plus fort! Tu peux y arriver!

– Non, je ne peux pas, cria Canny. Elle veut pas s'ouvrir.

– Vas-y », dit Dotty en reprenant sa place. Elle demeura parfaitement immobile. « Vas-y! » Il crut d'abord qu'elle s'adressait à Canny, jusqu'à ce qu'il sente ses ongles pourpres s'enfoncer dans son poignet. « Vas-y! Maintenant, bordel de merde! Mais vas-y! »

Il ouvrit les yeux et la dévisagea. Le sanglot résonnait au plus profond de son crâne. Il n'arrivait pas à penser. Il ne savait même plus qui était cette femme qui vociférait en lui secouant le bras, la figure allongée et mouvante comme dans le reflet d'un miroir déformant.

« Mais ne reste pas là à me regarder, rugit-elle. Partons! C'est le moment! » Elle donna un grand coup de poing sur le tableau de bord. « Allez, démarre cette putain de bagnole! »

Canny commençait à redescendre l'escalier d'un pas hésitant. Elle se tenait à la rampe de fer forgé et ne cessait de jeter des coups d'œil par-dessus son épaule. A cet instant, un vieux prêtre en longue soutane et bonnet noirs surgit du coin de l'église. Les mains croisées derrière le dos, les yeux baissés, il présentait une attitude méditative et mesurée. Il n'avait pas encore remarqué la petite fille.

« Hé, m'sieur! » cria Canny qui agita l'enveloppe en remontant précipitamment les marches.

« Merde! » murmura Dotty tandis que Canny traversait la pelouse et tendait la lettre au prêtre. Canny esquissa un geste raide vers l'église puis vers la voiture. Le prêtre se pencha vers elle et sourit. Son expression se fit plus grave lorsque son regard se porta de l'enfant à la vieille voiture garée en bas. Il se redressa et retourna l'enveloppe entre ses mains. De nouveau, il regarda vers la voiture.

« Ne reste pas comme ça! implora Dotty. Fais quelque chose! » Il sourit tristement. Des larmes coulaient le long de ses joues. Il porta la main à sa bouche et se mit à sangloter.

« Tu me le paieras, espèce de poule mouillée! » cracha-t-elle. Puis elle sauta de la voiture et monta rapidement l'escalier.

Wallace pencha la tête d'un air perplexe devant l'attitude calme et maîtrisée de Dotty, devant la façon dont elle posa la main sur la tête de Canny, comme si c'était là sa place naturelle, comme si rien au monde ne pouvait jamais mal tourner.

Le prêtre hocha la tête en l'écoutant parler; puis il tapota la tête de Canny et se mit à rire. Dotty riait elle aussi, et c'est en riant qu'elle lui adressa un geste d'adieu, l'autre main posée sur l'épaule de Canny pour la reconduire vers la voiture.

Dotty ouvrit la portière et jeta l'enveloppe sur le siège. « Et merci encore », lança-t-elle par-dessus le toit de la Chevrolet. Le prêtre les salua d'un geste. Canny monta dans l'auto et s'installa juste derrière Wallace. « Tu n'aurais pas dû changer d'avis, papa. Il était tout prêt à t'engager. » Elle rit et lui pinça l'oreille. « Je lui ai dit qu'on était une famille nécessiteuse et qu'on voulait bien faire n'importe quoi comme travail pour rester un peu dans la région. » Elle lui fit un clin d'œil dans le rétroviseur et il s'efforça de sourire. Mais il n'obtint qu'un pauvre rictus.

« Démarre! ordonna Dotty tout en déchirant la lettre. Qu'est-ce que tu lui as dit d'autre? demanda-t-elle à Canny d'une voix tendue lorsqu'ils eurent perdu l'église de vue.

– Il a demandé d'où on venait, alors je lui ai dit : “ De partout. ” Et puis il a dit que tout le monde vient toujours de quelque part et je lui ai dit que pas nous. Qu'on restait jamais trop longtemps au même endroit et que...

– Ça fait une sacrée grande gueule pour une aussi petite fille », l'interrompit Dotty. Elle saisit le poignet grêle de l'enfant et le tira violemment par-dessus le dossier. Elle avait le visage décoloré, les lèvres minces et grises. « Mais qu'est-ce que tu veux, bordel, nous tuer tous?

– Tu avais dit que papa voulait du travail!

– A partir de maintenant, tu vas la fermer! coupa Dotty en rejetant la petite main d'un air dégoûté.

– Qu'est-ce que j'ai fait de mal, papa? Pourquoi elle m'en veut comme ça? » Canny se jeta sur la banquette et se mit à pleurer. « Je voulais juste aider... »

NORD, indiquait le panneau sous les nuages de plus en plus menaçants.

« Où on va? demanda-t-il. – Roule », répliqua-t-elle d'une voix glacée, si cassante qu'il n'osa l'éprouver ne fût-ce que d'un soupir, et encore moins d'une question.

Dotty ne lui adressait pas la parole. Ils mangeaient leur pizza dans la voiture. Il y avait une mare derrière le restaurant, et Canny enveloppa ses miettes de pizza dans sa serviette pour courir les donner aux canards. « Garde-moi les tiennes », lança-t-elle à Dotty, qui n'avait pas terminé. La pizza, c'est Wallace qui en avait eu l'idée. Une pizza aux poivrons, la préférée de Dotty, avec de la bière. La jeune femme en était à son deuxième verre. Elle rejeta la tête en arrière contre le dossier et en vida les dernières gouttes. Puis, sans ouvrir les yeux, elle jeta le gobelet par la fenêtre et frissonna soudain avec une éructation sonore.

« Tu en veux encore? » s'enquit-il d'une voix haut perchée.

Elle fit rouler sa tête d'un côté du dossier puis de l'autre et éructa de nouveau. Elle renifla et se frotta le nez. Wallace la regarda pour voir si elle pleurait. Elle ouvrit un œil et s'effondra contre la portière.

« Je m'excuse, dit-il. J'ai eu peur.

– Laisse tomber, fit-elle de cette voix morne qui le paniquait toujours. Oublie tout ça.

– Mais...

– Il n'y a pas de mais. » Elle se redressa et entreprit de nettoyer le tableau de bord. Elle jeta les miettes de pizza à la poubelle et lança un coup d'œil vers Canny avec un sourire faux.

« Qu'est-ce tu veux faire, maintenant? » demanda-t-il.

Elle se massa la taille à deux mains. « Je vais d'abord te dire ce que je ne veux pas faire. Il n'est pas question que je passe une nuit de plus dans cette putain de caisse.

– On pourrait trouver quelque chose, dit-il, plein d'espoir. Pour une ou deux nuits peut-être, jusqu'à...

– Non, Aubie, l'interrompit-elle fermement. Tout ce que je veux, c'est un motel et une bonne nuit de sommeil. » Elle regarda vers le bord de la mare, là où Canny se tenait agenouillée au milieu d'une bande de canards avides. « Et après ça, vous continuez tout seuls. Toi et elle. » Elle prit une profonde inspiration. « Je décroche, Aubie. »

Il la dévisagea. Sa bouche se mit à béer et il agita la tête en essayant de proférer une parole. « Je... je... » Puis il eut un mouvement d'impuissance et un grognement frustré.

« Merde! gémit-elle. Aubie, je me sens tellement coupable à cause de toi.

– Je m'excuse, prononça-t-il.

– Tu ne piges pas vraiment, hein? Hein? » demanda-t-elle.

Il hocha la tête. « Tu es en colère après moi, fit-il à mi-voix.

– Ouais, mais tu crois que je te raconte des craques, hein? Tu crois que je pense pas un seul mot de tout ça, pas vrai? »

Il acquiesça; puis, se reprenant, secoua vigoureusement la tête.

« Qu'est-ce que ça veut dire? » questionna-t-elle, méprisante.

Il haussa les épaules. Elle l'avait complètement embrouillé. Il ne savait même plus si elle était fâchée ou non. On aurait dit qu'elle parlait dans son sommeil.

« Tu n'arrives pas à penser à autre chose qu'à l'instant présent, disait-elle. Tu es comme elle, là-bas, un petit môme. Tu me laisses tout décider. Tout. Et puis, quand il est temps de faire enfin quelque chose, tu restes paralysé. »

Il jouait avec le bouton de sa chemise. Soudain, il leva les yeux et serra le poing. « Je vais trouver quelque chose! s'écria-t-il avec force. Je le jure! » Ses yeux se plissèrent pour n'être plus que deux fentes tandis que sa mâchoire se bloquait tout contre son palais.

« Aubie, quelle connerie! lâcha-t-elle en éclatant d'un rire amer et frémissant de larmes. Tu n'arriverais même pas à trouver ton chemin pour sortir d'une cabine téléphonique. »

CHAPITRE VI

Il allait lui montrer. Son plan était de retourner dans le Sud. Si Dotty paniquait autant, c'était parce qu'ils étaient trop remontés vers le nord. Ses épaules se voûtaient sur le volant. Il priait pour qu'elle ne se réveille pas, pour qu'elle ne découvre pas à quel point ils s'étaient perdus. A peine s'était-elle endormie qu'il avait quitté la nationale et conduit comme un fou sur ce qu'il avait pris pour une route menant vers le sud. Mais il n'avait réussi qu'à s'empêtrer dans un cercle sans espoir. Juste devant eux, il découvrait maintenant un petit restaurant dont l'enseigne au néon indiquait : *Pizzeria de la Mare aux Canards.* Il retint son souffle pendant qu'ils la dépassaient. Non, se raisonna-t-il, il ne pouvait s'agir de la même. Il devait y avoir des tas de pizzerias avec des mares aux canards. Des centaines, probablement.

« Papa ! » l'avertit Canny, qui l'avait vue aussi, mais un regard de ses yeux rouges et exorbités de fatigue dans le rétroviseur la fit taire.

Les cheveux de Dotty s'agitèrent par-dessus le dossier, mais elle garda les yeux fermés. Elle avait une respiration rauque et agitée, comme si elle faisait un cauchemar. Ou, pis encore, comme si elle ne dormait pas. Elle fait semblant, se dit-il en la regardant. Elle attendait juste une nouvelle bourde qui lui donnerait l'occasion de les plaquer pour de bon.

Ils arrivaient à un embranchement. Son cerveau chercha à devancer la machine, sa respiration s'accéléra et ses mains parvinrent à peine à tourner le volant tant elles étaient glissantes de sueur. A droite ou à gauche. Gauche ou droite. Droite... mais à peine eut-il effectué son virage qu'il avait à nouveau oublié son chemin.

Les derniers lambeaux du crépuscule s'enfoncèrent comme des lames jaunes et froides derrière le bois de sapins sombres qui enserrait la route étroite. La voiture dépassa une petite maison cubique dont la porte d'entrée s'ornait d'une guirlande de Noël lumineuse. Quelques kilomètres plus loin, sur la gauche, il y avait une minuscule caravane toute ronde, enracinée à la colline par des bouteilles de propane et le bidon de lait à barreaux métalliques qui lui servait de marchepied.

Canny se rapprocha tout près de Wallace. « On est déjà passés là », chuchota-t-elle.

Juste à ce moment, Dotty remua et murmura quelque chose. Elle s'enfonça un peu plus bas sur son siège et appuya les genoux contre la boîte à gants. « T'en as pas trouvé encore? bâilla-t-elle.

– Tu veux la radio? » demanda-t-il, tournant le bouton avant qu'elle puisse se redresser. Elle tendit le bras et éteignit le poste d'un coup sec. Puis elle regarda par-dessus le tableau de bord. « Où est-ce que tu vas comme ça?

– En voilà un! » s'exclama Canny en désignant une pancarte en carton rédigée à la main qui pendait, toute passée et gondolée, à un poteau de clôture mal planté.

BUNGALOWS A LOUER – A L'HEURE –
A LA NUIT – OU A LA SEMAINE.

Il quitta la route et emprunta en cahotant l'allée poussiéreuse qui conduisait à un corps de ferme battu par les intempéries. Le toit semblait ployer entre deux sapins comme une couverture détrempée pesant trop lourd sur une corde à linge.

« Non, mais tu rigoles? dit Dotty en se redressant pour regarder autour d'elle.

– Ils sont où, les bungalows? » demanda Canny.

Un chien grogna dans l'obscurité, puis une lumière s'alluma au-dessus du châssis grinçant de la moustiquaire tandis qu'un grand type large d'épaules sortait sur le perron. Il descendit la première marche et s'immobilisa, les mains sur les hanches et la tête légèrement penchée pour éviter la lueur de leurs phares.

« Qu'est-ce que vous voulez? » gueula-t-il sur un ton agressif plutôt qu'interrogateur.

Un gros chien roux jaillit de sous le perron et se mit à courir frénétiquement autour de la voiture. Des filets de bave s'écoulaient de sa gueule.

« Ça ne me plaît pas ici, murmura Canny, tout près d'eux.

– Vous allez répondre, oui? aboya l'homme en descendant une autre marche.

– On s'en va, décida Wallace en mettant la marche arrière.

– Vous avez des chambres à louer? cria Dotty par sa fenêtre.

– Combien vous en voulez? rétorqua-t-il, toujours en gueulant.

– Une seule, dit-elle avec un rire nerveux.

– Prenez-la », répondit l'homme.

Le bungalow reposait sur des parpaings, juste de l'autre côté de l'allée, face à la maison. Ils gravirent des marches composées elles aussi de parpaings, pas même scellés et peu sûrs sous les pieds. Dès que le type eut réussi à ouvrir la porte, une odeur aigre et fétide les enveloppa pour s'éparpiller dans la nuit.

« Pour cinq dollars, trouverez pas mieux », dit le propriétaire, optimiste. Il alluma l'ampoule nue et terne qui pendait au plafond, seule lumière de la chambre tout en longueur. Wallace cligna des yeux. La pièce comprenait deux étroits lits de fer dont les matelas striés de rouille semblèrent se ratatiner sous la lumière crue et vacillante de l'ampoule. Les deux lits étaient séparés par une chaise de bois au siège fendu et couvert de brûlures de cigarette.

L'homme montra un rideau de plastique turquoise suspendu devant une porte, au fond de la pièce. « Là, c'est les chiottes, expliqua-t-il. Tirez pas la chasse tant que vous partez pas. C'est une fosse septique. »

Wallace hocha sombrement la tête, la main serrée au fond de sa poche. Jamais Dotty ne voudra rester ici, pensa-t-il.

« A quelle heure on doit laisser la place? » demanda Dotty, depuis le chambranle de la porte. Elle tira une longue bouffée de sa cigarette puis poussa un soupir enfumé. Le type se tourna vers elle et lui sourit. « Quand vous voulez.

– C'était pas marqué cage à poules sur votre putain de pancarte, monsieur. » Elle le dévisagea. « C'était marqué bungalow! » Elle secoua sa cendre par terre d'un geste méprisant. Le type lui faisait face, maintenant. « Je vais vous dire un truc, fit-il, ses yeux d'un bleu glacial, son sourire guère plus qu'un tiraillement. Vous faites comme si c'était un vrai bungalow, et moi je fais comme si vous étiez une vraie dame. »

Sa cigarette tomba sur le sol et elle l'écrasa lentement, les yeux grands ouverts et résolument braqués sur ceux de l'homme. Wallace esquissa un pas vers la porte.

« Donne-les-lui, ses cinq dollars merdiques », lâcha Dotty d'une voix rauque.

Dès que le type fut parti, la jeune femme s'écroula sur le lit d'un air abattu. Elle demeura là, les yeux fixés sur les combles, pendant que Canny et Wallace déchargeaient les oreillers, les couvertures et un sac de vêtements. Il fit les lits aussi vite qu'il put. Jamais il n'avait eu autant besoin de sommeil.

Les ressorts du lit sur lequel dormaient les deux filles grinçaient à chaque fois que Dotty se tournait et se retournait. Les paupières de Wallace se fermèrent lourdement. Il dormait déjà.

« Je te gratouille le dos? » proposa Canny, dans le noir. Dotty ne répondit pas.

« Maman, tu pleures?

– Dors, répliqua Dotty d'une voix tendue.

– Je t'aime », prononça Canny à mi-voix.

Quelques heures plus tard, il ouvrit douloureusement les yeux dans l'obscurité. Dotty se tenait devant la moustiquaire, bras croisés et cheveux flottant sur ses épaules. Elle fumait. Elle regarda vers la maison, où l'on entendait un enfant pleurer. Des lumières s'allumèrent au premier et les pleurs cessèrent. Dotty retourna au lit lorsque les lumières s'éteignirent.

Le lendemain matin, la chambre lui parut d'un blanc éclatant dans les premiers rayons du soleil que déversaient les deux petites fenêtres. Wallace se dressa sur un coude et mit sa main en visière. Dotty était partie. Canny occupait seule le lit, la tête enfouie sous la couverture. Il enfila ses mocassins et se précipita vers la porte, soulagé de découvrir que la voiture était toujours là. Il secoua la petite et lui dit de se dépêcher. « Faut qu'on retrouve maman avant qu'elle aille trop loin! »

Canny récupéra les couvertures des deux lits puis descendit les marches en chancelant avant de grimper dans la voiture. Ses yeux se fermaient tout seuls.

« Merde... merde... », grommela-t-il en faisant démarrer l'auto pour entamer son demi-tour.

« Hé! Hé! Où est-ce que vous allez? appela une voix en provenance de la maison.

– C'est m'man! » s'exclama Canny en désignant le perron où se tenait Dotty qui leur faisait signe.

A l'intérieur, la maison était petite, encombrée et étouffante. La cuisine, qui était la pièce la plus vaste, était aussi la plus encombrée. Il y avait des jouets partout; des poupées, des livres découpés et des crayons cassés. Juste à côté de la grosse cuisinière à gaz blanche trônait une cuisinière miniature rouge toute rouillée, et, encore à côté, un évier miniature, rouillé lui aussi et présentant un gros creux sur le devant, comme s'il avait pris un mauvais coup de pied. Un séchoir en bois garni de chaussettes blanches raidies occupait l'autre côté de la cuisinière. La table et les quatre chaises métalliques se dressaient au milieu de la pièce. Il y avait un pot de gelée de raisin et un couteau maculé sur la table, à côté d'un tennis bleu d'enfant. Par terre, derrière l'une des chaises, un grille-pain au fil électrique effrangé était branché sur la seule prise de la cuisine. Une tranche de pain venait juste de remonter, âcre et fumante. Une paire de chaussons roses, sales et affaissés, gisaient près du grille-pain.

De là où il était, Wallace pouvait voir le séjour : un grand canapé brun soutenu par des boîtes de tomates, une lampe rouge posée sur un plateau métallique de télévision déformé et un grand téléviseur couleur, rien de plus. On avait épinglé un drap blanc au store de la fenêtre qui surplombait le canapé.

« Voici Alma Huller », annonça Dotty. Wallace hocha la tête. La femme, visiblement enceinte, sourit, découvrant deux grandes dents grisâtres qui s'enfonçaient dans sa lèvre inférieure. Elle portait un pantalon de pyjama à rayures rouges et un vieux maillot de corps d'homme trop tendu sur son gros ventre. Wallace contraignit son regard à se porter sur le visage de la femme.

« Et là, c'est Krystal, continua Dotty, avec un K. » La petite fille ne daigna pas lever les yeux. Elle était assise par terre et se bâfrait de céréales sucrées prises à même la boîte. « Elle a quatre ans, précisa Dotty. Et là-bas, c'est Kelly. Kelly a cinq ans. » Kelly les regarda d'un air boudeur. Elle avait les cheveux fins et plats de sa mère, les mêmes traits épais et la même peau blanchâtre. « Et ici, c'est Kyle, dit Dotty avec un éclat de rire en touchant le ventre rebondi de sa voisine.

– Ou peut-être bien Kristen, précisa Alma. Avec un K bien sûr.

– J'étais en train de parler à Alma de la famille Brandon, qui n'avait que des prénoms qui commençaient par un B, expliqua Dotty. Tu te rappelles d'eux, Aubie? Quand on était en Pennsylvanie? Belle et Bobby Brandon? Ils avaient Barbie, Bobbanne, Bridget, Babette et Billy-Sue, et les garçons s'appelaient Baxter, Brendon et Bart... » Dotty secoua la tête. « Bon sang, quelle famille géniale c'était. Une fois – Belle était encore enceinte –, je lui ai demandé : " Alors Belle, tu vas l'appeler comment celui-là? " Et elle m'a répondu : " Bâtard. " Alors je lui ai dit que, bon Dieu, c'était un sale nom à donner à un gosse. Alors, sans rire, elle a dit : " Faut bien. Il est pas de Bobby. Et puis de toute façon, je les appelle tous comme ça tout le temps. " »

Alma se tordait de rire. Le gras de ses bras se mit à tressauter et ses joues devinrent de plus en plus rouges jusqu'au moment où les larmes coulèrent. « Oh! t'es trop drôle, toi! hoqueta-t-elle.

– Tu es prête? » demanda Wallace en tripotant le bord de sa casquette de base-ball.

Canny lorgna la boîte de céréales derrière lui.

« Viens là, appela Dotty en lui tendant la main. Viens dire bonjour à Kelly. J'étais justement en train de dire à Kelly quelle chance elle a d'avoir une petite sœur. » Dotty serra Canny contre elle. « Je lui ai dit que tu avais toujours voulu avoir une petite sœur. »

Wallace nettoyait la voiture à fond. Il était midi, et Dotty discutait toujours avec Alma. Elles se tenaient assises sur les marches du perron et regardaient les trois petites jouer à l'école. C'était Canny la maîtresse. Kelly et Krystal étaient assises sur des caisses de bois que Canny avait dénichées sous la grange. Elle agita sa baguette au rythme chantant de leur alphabet. Quand elles eurent terminé, Canny demanda : « A comme quoi? »

Kelly haussa les épaules.

« Tu sais bien », fit Canny d'une voix câline. Elle écarta les bras. « Un gros A...

– Avion! s'écria Krystal, et Kelly la pinça.

– Très bien! décréta Canny en applaudissant. Et B comme?

– Bite! » hurla Kelly avant que sa sœur ait le temps de répondre.

Sur les marches, Alma et Dotty gloussèrent à la dérobée.

Canny fonça sur les filles. « Miss Kelly, sortez dans le couloir pour vous apprendre à dire des grossièretés! »

Kelly regarda autour d'elle. « Mais, il n'y a pas de couloir! »

Canny leva les yeux au ciel. « On fait semblant. Là-bas. Tiens, c'est les marches du bungalow le couloir. »

Kelly s'éloigna, momentanément fière d'être l'exclue. Elle alla se percher sur la dernière marche et se mit à lancer des cailloux pendant que Canny et Krystal reprenaient leur abécédaire.

« D! » annonça Canny. Krystal réfléchit intensément. Elle se mordit la lèvre et ferma les yeux. Près de la voiture, Wallace s'immobilisa. « Domino », souffla-t-il. Canny et lui avaient appris beaucoup de vocabulaire en regardant *La Rue Sésame*.

« Elle est futée, Canny », remarqua Alma.

Dotty s'étendit sur les marches. « Elle est comme moi : elle s'acclimate facilement.

– Ça veut dire quoi, saclimate? » questionna Alma en rapprochant ses yeux vides du moustique qui était en train de lui piquer le bras. Elle l'écrasa et lécha ensuite le sang.

« Ça veut dire s'habituer aux gens nouveaux, expliqua Dotty. Comme tout de suite avec tes filles, regarde, elles jouent comme si c'étaient de vieilles copines.

– Des copines, Kelly, elle en a pas, commenta Alma. Elle est bien trop mauvaise, comme son père, soupira-t-elle. Un caractère de cochon...

– Et K comme? » lança gaiement Canny. Jusque-là, Krystal ne s'était pas trompée une seule fois. La petite fille secoua la tête. Sa grande sœur ricana.

« C'est facile », fit Canny en riant. Elle se pencha

vers Krystal et lui leva le menton. « C'est comme toi, dit-elle gentiment. K comme...

– Comme Connasse! cria Kelly du haut de ses marches. Comme cette casse-couilles de connasse de Krystal.

– M'man! » vagit Krystal. Alma quitta le perron en se dandinant pour donner à Kelly un grand coup sur le dos.

« Je te déteste! » hurla la gamine en donnant des coups de pied en direction de sa mère et en lui griffant la poitrine.

« Petite salope! rugit Alma sous le coup de la douleur. Sale petite garce! » cria-t-elle en martelant la tête baissée de l'enfant. Kelly poussa un hurlement et insulta sa mère. Le gros chien roux bondit de sous la terrasse et se mit à aboyer et à grogner tout près de Wallace. Au premier, une fenêtre s'ouvrit bruyamment et un coup de feu fut tiré vers la cime des arbres. Wallace tomba à genoux et colla sa joue contre le pare-chocs brûlant de la voiture.

« Non mais, vous allez la fermer maintenant? » lança Jiggy Huller. Il se pencha par la fenêtre, torse nu, le canon de son arme se balançant sur le rebord. Le poing d'Alma s'écarta du bras de Kelly. Krystal serra ses jambes écorchées contre la caisse. Le visage de Canny était livide. Le chien regagna discrètement les herbes sombres et touffues qui poussaient sous la terrasse. Wallace tressaillit à l'explosion du rire soudain de Dotty qui heurta le silence de mort comme la tempête d'un lâcher d'oiseaux.

Il faisait chaud et moite dans la maison. Alma avait préparé des spaghetti pour le dîner. La vaisselle sale s'empilait dans l'évier. Dotty avait insisté pour s'en charger, mais il était plus de dix heures et elle était toujours assise avec Alma et Jiggy autour de la table. Wallace était installé à côté de Canny, sur le divan du salon. Les deux petites Huller s'étaient endormies par terre. Le chien était étendu près d'elles, le museau soigneusement posé aux pieds de Wallace, et il levait la tête chaque fois que le malheureux bougeait.

Les yeux de Wallace couraient sans cesse de l'écran de télé à la scène dans la cuisine. C'était comme de regarder deux émissions à la fois; mais, dans l'une des deux, il connaissait la vedette. Son teint rayonnait de bonheur. Parler faisait beaucoup de bien à Dotty, et elle se sentait toujours comblée d'être au centre de l'attention générale.

« Une dernière, déclara Alma en allant se chercher une canette de bière au réfrigérateur.

– Écoutez-la, se moqua Huller. Une dernière! » Il se pencha d'un air de confidence vers Dotty, mais sa voix resta forte et enjouée. « Tu ne vas pas me croire, mais quand j'ai rencontré Alma, elle était plus maigrichonne que toi et elle ne supportait même pas l'odeur de la bière!

– Tu parles! fit Alma en riant. J'avais quinze ans! » Elle vint se poster derrière la chaise de son mari et entreprit de masser les muscles noueux de ses épaules.

Jiggy appuya la tête contre sa poitrine affaissée. « Quinze ans et franchement pas maligne. Elle croyait qu'on pouvait avoir des mômes en s'embrassant, dit-il avec un clin d'œil à l'adresse de Dotty.

– C'est pas vrai! » Alma posa le menton sur le crâne de son époux.

« Son père était tellement content de se débarrasser d'elle qu'il a chialé toute la journée du mariage, fit Jiggy en s'esclaffant.

– Faut entendre ça! Mon père en a eu le cœur brisé de voir avec quel dingue sa fille allait faire sa vie.

– Dingue? grogna Jiggy en lui saisissant le poignet. Tu parles de dingue? Et ton frangin Carl qui tuait des poulets et gardait leur sang au frigo pour s'entraîner à être un vampire? »

Alma parut blessée. « Il a juste fait ça une fois. Et puis au moins, il ne tire pas des coups de feu juste parce que ses mômes s'amusent un peu! »

Dotty regardait de l'un à l'autre.

« Je te l'ai déjà dit, énonça Jiggy. J'en peux plus

de tous ces hurlements. Et tu ne fais rien pour les faire tenir tranquilles et me laisser dormir. »

La tête du chien se dressa. La cadette cria dans son sommeil et se pelotonna contre sa sœur sur le vieux tapis malodorant.

« Et pourquoi que je devrais le faire? demanda Alma d'une voix tendue, aiguë et chargée de larmes. Pour que tu puisses dormir toute la journée et draguer la nuit? »

Jiggy lui saisit le bras et le serra, tout près de sa mâchoire crispée. « Va te faire foutre », grommela-t-il en la fusillant du regard.

Elle se dégagea et se mit à pleurer.

Wallace regarda avec curiosité Dotty se lever en poussant un petit cri consterné pour se précipiter au côté d'Alma. Elle s'agita entre Alma et son mari, transmettant des messages, murmurant quelques mots à l'oreille de Jiggy puis revenant consoler Alma. Elle la fit se rasseoir devant la table.

« Le problème, expliqua Dotty en reprenant sa place, de l'autre côté de Huller, c'est qu'Alma est du genre à dire ce qu'elle pense, et que Jiggy est du genre trop sensible.

– Ouais, un grand sensible, renifla Alma en ouvrant sa bière.

– Mais si, je t'assure, fit Dotty. Je sais toujours reconnaître ça aux mains. » Elle saisit la main de Huller et l'approcha de son visage, puis elle fit glisser son index sur la paume ouverte.

« Tu sais lire dans les mains? demanda avidement Alma.

– Les paumes, corrigea Dotty à mi-voix, la tête toujours penchée. Cette longue ligne-là, c'est la ligne de vie, et celle-ci, c'est la ligne de cœur... » Elle leva la tête pour plonger son regard dans celui de Huller. « Nom d'un chien, c'est la ligne de cœur la plus épaisse que j'aie jamais vue! »

Le visage rougissant, Huller sourit d'un air embarrassé.

Wallace se tenait debout contre le lit de Dotty. Elle était allongée, bras croisés et paupières closes. Canny dormait profondément à côté d'elle.

« J'aime pas ces Huller, déclara-t-il.

– Tu n'aimes personne, murmura-t-elle en lui tournant le dos.

– On s'en va quand?

– Fous-moi la paix, Aubie, tu veux? Je suis vannée. »

Il se coucha. Au fond de lui-même, il se sentait rassuré. Il savait que Dotty avait d'autres choses en tête que de les abandonner, Canny et lui. Il sourit. Demain matin de bonne heure, il chargerait la voiture et tiendrait tout prêt au cas où elle se réveillerait avec l'envie de partir. Quand Dotty était contente, Canny était contente aussi et, quand elles se sentaient heureuses, il était en sécurité.

Wallace ferma les yeux. Il n'aimait pas rester le dernier éveillé.

« Canny? chuchota-t-il quelques minutes plus tard.

– Putain de merde, mais tu vas dormir, oui? » grogna Dotty.

Il entreprit de respirer à fond, en quête d'un sommeil rapide et sans rêves.

La matinée ne touchait pas encore à sa fin et le soleil était déjà brûlant. La voiture chargée attendait depuis des heures. Wallace était assis sur les marches du perron. Le gros chien roux lui faisait face, couché sur l'allée terreuse, ses yeux mauvais rivés sur ceux de Wallace.

Wallace ôta sa casquette de base-ball et se gratta la tête. Le chien grogna. Alors, avec une lenteur extrême, Wallace remit sa casquette et reposa sa main sur son genou. Le grognement cessa. Puis Wallace se racla la gorge et les babines molles et humides de la bête se soulevèrent, découvrant des crocs abîmés et noircis. Les yeux du petit homme s'agrandirent. Il demeura parfaitement immobile, pétrifié.

Ce matin, ils avaient été réveillés par les cris d'Alma et de Huller. Il y avait eu aussi les piaillements des deux petites filles, puis Alma avait hurlé et enfin gémi de douleur. Ils n'avaient plus entendu ensuite que le pick-up de Huller démarrer sur l'allée. Dotty avait alors couru en chemise de nuit jusqu'à la maison.

Alma et elle se trouvaient toujours dans la cuisine. Alma présentait une vilaine marque sur la joue et des yeux rouges et gonflés. Dotty avait demandé à Canny de se charger des petites afin qu'elle puisse s'occuper d'Alma. Canny leur avait donc donné leur petit déjeuner puis les avait emmenées faire un tour en forêt.

Wallace souffla lentement pour lutter contre le feu qui lui emportait l'aine. Il fallait qu'il aille aux toilettes, mais il n'osait pas bouger. Bon sang, se dit-il, s'il n'y avait pas ce chien, il irait chercher Canny et Dotty et ils fileraient avant que Huller ne revienne réclamer ses cinq dollars de la nuit dernière.

« C'est comme si on n'était plus les mêmes personnes, racontait Alma dans la cuisine.

– Ça arrive, dit Dotty. C'est long, deux ans et demi. J'avais une amie avant, Thelma, qui en a pris une fois pour deux mois. Soixante jours, pas plus. Elle et moi, on était les meilleures amies du monde, mais quand elle est sortie, elle aussi, elle n'était plus la même du tout.

– On n'arrête pas de se battre! se plaignit Alma avant de fondre à nouveau en larmes. Tout le temps et pour n'importe quoi.

– Pareil qu'avec Thelma et moi! Un soir, elle m'a même cassé une bouteille sur le crâne. Je te jure que j'ai vu trente-six chandelles.

– La première nuit où il est rentré, ça a été formidable, pleurnicha Alma. C'est là que je suis tombée enceinte. Mais maintenant, il ne veut plus rien avoir à faire avec moi.

– C'était quoi, la dispute? s'enquit Dotty.

– Je lui ai demandé avec quelle petite salope il sortait, et il a répondu personne. Alors je lui ai dit quelque chose qu'était vraiment pas à dire et il m'a frappée, brailla Alma.

– Qu'est-ce que tu lui as dit?

– Je lui ai dit... Je lui ai demandé s'il serait pas devenu pédé comme ces types de la taule dont il m'avait causé.

– Pourquoi il était en taule? demanda Dotty.

– Il va se foutre en rogne si je te le dis.

– Je ne le répéterai pas. Tu le sais bien », insista Dotty.

Il y eut un silence. La queue du chien s'agitait d'avant en arrière, frappant la terre tassée.

« Il a tué un type, dit Alma, sa voix montant avec lassitude. Mais c'était dans une bagarre à la loyale, alors ils ont dû appeler ça homicide involontaire. »

Les genoux de Wallace se serrèrent et son cœur se mit à battre plus vite à mesure que le bruit du moteur se rapprochait. La camionnette de Huller s'engouffra dans l'allée en soulevant un nuage de cailloux et de poussière. Le chien bondit pour l'accueillir. Huller fit claquer la portière et chassa le chien. Il gravit les marches et ses yeux se plissèrent lorsqu'ils rencontrèrent ceux de Wallace. Puis il s'immobilisa et regarda derrière lui.

« Vous les avez sur vous, ces cinq dollars? demanda-t-il froidement.

– Les voilà », dit Wallace en les lui tendant.

Huller jeta un coup d'œil sur la porte de la cuisine puis s'assit près de Wallace. Pendant quelques instants, ils ne parlèrent ni l'un ni l'autre. Huller plia et replia le billet de cinq dollars. Le chien reposait maintenant en haut des marches, contre le dos de son maître. Wallace pensa que ce dernier sentait le marécage. Sombre et fétide, comme une odeur de pourriture. Comme une odeur de mort.

« Dotty dit que vous bougez tout le temps », avança Huller en plissant les yeux à cause du soleil.

Wallace hocha la tête.

« Ça, ça doit être la vraie vie, fit Huller avec un soupir. Pas de traites, pas de bagarres. Aller là où il y a du boulot et c'est tout. » Il fit un geste amer par-dessus son épaule. « Et personne pour vous emmerder tout le temps. Rien que vous et vos gosses. » Huller arrondit la main devant sa bouche et chuchota : « Sûr que si c'était moi, je laisserais les mômes avec la vieille. » Puis, remarquant la confusion sur le visage de Wallace, il s'empressa d'ajouter : « Hé, papy, j'espère que j'ai rien dit d'offensant. C'était juste une idée comme ça... Elle est pas morte votre femme, si?

– Non, répondit Wallace.

– Dotty a dit que vous étiez pas loin de chez vous. » Huller le dévisagea. « C'est là que vous allez? Retrouver votre femme?

– Je m'excuse », murmura Wallace. Il se leva, quitta précipitamment les marches du perron et s'engouffra dans le bungalow. La souffrance lui brouilla les yeux lorsqu'il voulut déchiffrer l'affichette collée à la chasse d'eau : NE PAS TIRER LA CHASSE. Il en eut la gorge serrée. Hyacinth aussi avait mis une pancarte une fois, à son intention et à celle des garçons. Elle disait : RELEVEZ LE SIÈGE OU FAITES CONTRE UN ARBRE.

Wallace retourna les steaks hachés. Alma et Jiggy n'avaient pas prononcé un mot de la journée. Dotty avait pris ce regard vitreux qui lui venait chaque fois qu'elle se dirigeait vers une crise de nerfs. Avec ses cheveux aplatis, sa voix tremblante et incessante, elle lui faisait penser à un oiseau malmené par la tempête. Un peu plus tôt, sur la terrasse, pendant qu'Alma faisait la sieste, Wallace avait vu Huller lui donner deux comprimés.

Pieds nus et toujours en peignoir, elle s'agitait dans la cuisine, ouvrait une canette de bière pour Huller, fonçait vers la chambre où dormait Alma pour lui glisser un coussin sous les jambes, mouchait le nez morveux de Krystal.

« Un peu de salade, ça te dirait? » lança-t-elle à l'adresse de Huller tout en fouillant dans le réfrigérateur. La lumière traversait sa chemise de nuit, et Huller la regarda.

« On raye la salade, reprit-elle en riant. Pas de laitue. Bon, alors, qu'est-ce que tu dirais de ça?

proposa-t-elle en posant devant Huller une assiette pleine de moisissure vert glauque. Donnez-moi le nom de ce plat mystérieux, et il est à vous, monsieur! Absolument gratuit! »

Huller secoua la tête d'un air dégoûté et repoussa l'assiette. « Tu vois ce que je dois supporter! bougonna-t-il.

– Oh! allez, Jig! » Elle lui ébouriffa les cheveux. « C'est une blague.

– Tu parles d'une blague », rétorqua-t-il, boudeur.

Elle se pencha au-dessus de la table et approcha son visage tout contre celui de Huller. « Tu t'en fais pour rien, chuchota-t-elle avec un coup d'œil en direction du séjour et de la forme avachie d'Alma.

– Non, répliqua-t-il d'une voix étouffée, en interceptant son regard. Pas pour rien. »

Wallace se retourna vers les hamburgers crépitants, l'esprit résolu. Ils partiraient ce soir, quoi qu'il advienne.

Après dîner, Alma monta s'allonger avec Krystal qui se plaignait d'avoir mal au ventre. Kelly avait été envoyée au lit dès le milieu du repas pour la punir d'avoir craché dans le lait de sa petite sœur. Alma demanda à Dotty de la réveiller si jamais elle s'endormait dans le lit de Krystal.

Wallace attendit que Huller aille aux toilettes pour annoncer à Dotty qu'ils partaient le soir même. Elle éclata de rire. « Tu rigoles!

– Non, je rigole pas. On part, dit-il, mal à l'aise.

– Et on va où avec huit malheureux dollars en poche? » siffla-t-elle.

Il en resta bouche bée. « Mais t'en as vingt! » Il ne lui avait toujours pas dit qu'il avait l'argent du loyer non payé. Dès qu'elle l'aurait appris, elle n'aurait eu de cesse de le harceler jusqu'à le lui soutirer.

« Eh bien maintenant, j'en ai plus que huit. » Elle jeta un regard anxieux vers le bruit de la chasse d'eau, de l'autre côté de la porte. « Il a bien fallu que je paye pour la bouffe, non? »

La porte des toilettes s'ouvrit et Huller sortit, en

train de boucler sa ceinture. Il avait les yeux vifs et durs. « Quelque chose qui va pas? »

Dotty haussa les épaules. « Papa a peur qu'on abuse de votre hospitalité. Il dit que passé trois jours, le poisson et les invités, ça commence à schlinguer. »

Huller fronça les sourcils et mit son bras autour des épaules de Wallace pour le conduire vers la table. « Le poisson, d'accord, ça pue, et cette baraque aussi. Et tout de suite, moi aussi je pue... mais pas vous. » Il donna une bourrade dans les côtes du petit homme et sourit. « Les amis, ça pue jamais. »

La vaisselle sale fut empilée sur la cuisinière et dans l'évier. Alma était toujours au premier. Canny s'était endormie sur le divan. Bien que personne ne la regardât, la télévision était toujours allumée; Ed McMahon annonçait Johnny Carson. Wallace était assis à la table de la cuisine, les paupières lourdes de sommeil.

« Bref, papa en a fait une vraie science, disait Dotty à Huller. Il se fournit pas mal dans les décharges et dans les colis des mouvements de charité, mais le mieux, c'est les grandes ventes chez les particuliers. Il attend le samedi soir, vers cinq ou six heures, un moment où ils sont tous vannés, complètement assommés d'avoir passé la journée debout devant leur garage, en plein soleil, et il leur dit qu'il veut bien les débarrasser de ce qu'ils ne veulent plus. Et neuf fois sur dix, non seulement ils disent oui, mais ils l'aident à charger la bagnole. Le lendemain, il n'a plus qu'à mettre les prix et à vendre le tout dans une foire quelconque. Pas vrai, papa? »

Wallace ne prit même pas la peine d'acquiescer; ils ne le regardaient pas. Dotty venait juste de prendre deux autres comprimés.

Huller secoua la tête. « Je crois pas que je saurais y faire avec les gens pour ce genre de trucs. » Il regarda Dotty. « Mendier, ou même juste demander, c'est pas vraiment mon fort... si tu vois ce que je veux dire. »

Il y eut un silence. Sous la table, la queue du chien se remit à frapper le mollet de Wallace.

« Bon, fit Dotty en coulant un regard vers le séjour avec un bâillement. Je crois qu'il est temps de mettre Canny au lit. »

Avant qu'elle puisse changer d'avis, Wallace avait bondi sur ses pieds et tenait dans ses bras le corps moite et inerte de Canny. « J'arrive, lança Dotty par-dessus son épaule. Je nettoie juste un peu pour qu'Alma ne retrouve pas tout à faire demain matin. »

Wallace s'immobilisa dans l'embrasure de la porte et se retourna vers Dotty, vers sa masse de cheveux cuivrés et brillants sous la lumière du plafonnier. Un instant, il se sentit pris d'un vertige, ses bras faiblirent sous le poids de l'enfant et l'air lui parut luisant de la sueur qui baignait les épaules nues de Huller.

Une fois dans le bungalow, il coucha Canny et lui remonta le drap jusqu'au menton. Elle lui prit la main. « Où est maman? demanda-t-elle d'une voix ensommeillée.

– Elle arrive, répondit-il en regardant la lumière de la cuisine s'éteindre de l'autre côté de l'allée.

– Papa, j'ai la tête qui me gratte.

– N'y touche pas », dit-il en s'allongeant sur l'autre lit, les mains croisées derrière la nuque.

Une heure s'écoula avant que Dotty n'entre dans la chambre sur la pointe des pieds.

« Ça t'en a pris, du temps, remarqua-t-il dans l'obscurité.

– Il y avait plein de vaisselle. » Elle bâilla.

« Et t'as lavé tout ça dans le noir?

– Oui, mon pote, répliqua-t-elle en riant. Et j'ai rien laissé du tout!

– Il me prend pour ton père, c'est ça?

– Aubie, merde! Je ne sais pas ce qu'il pense et j'en ai rien à foutre.

– Tu lui as dit qu'on rentrait chez nous? » Sa voix devenait plus aiguë. « Qu'on retournait...

– Je ne lui ai rien dit du tout! C'est juste le genre de type qui n'écoute pas ce qu'on lui raconte. » Elle se laissa tomber sur le lit, à côté de Canny. « Laisse-moi tranquille maintenant. Je suis crevée à force d'entendre cette grosse connasse gueuler toute la journée. »

Il souleva sa tête. « Pourquoi tu le fais alors? Pourquoi qu'on s'en va pas tout simplement?

– Parce que, soupira-t-elle. Parce que j'essaie de trouver un moyen de nous sortir de ce merdier.

– Quel merdier? » Il tressaillit au moment même où il formula sa question. Elle devait penser à Canny. « Quel merdier! rugit-elle. Bon Dieu, tu me rends complètement cinglée! »

Le lendemain matin, il voulut entraîner Dotty à l'écart afin qu'ils puissent discuter, mais Alma, Jiggy et elle partirent en ville juste après le petit déjeuner. Ils laissèrent Alma devant les bureaux de la Sécurité sociale. Pendant qu'Alma serait à son rendez-vous avec l'assistante sociale, Dotty et Jiggy étaient censés s'occuper des courses.

Lorsqu'ils rentrèrent, dans le courant de l'après-midi, Alma se précipita vers la maison et claqua la porte derrière elle tandis que Dotty et Jiggy, visiblement éméchés, ricanaient dans la camionnette.

Dotty ne tarda pas à aller s'excuser auprès d'Alma, qui assura que la faute en incombait entièrement à Jiggy. Les deux époux ne cessèrent de se disputer à ce sujet durant tout le dîner. La crise finit par éclater à l'occasion des incessantes jérémiades de Kelly qui réclamait du lait. Alma lui dit de regarder l'estomac plein de bière de son père si elle voulait savoir pourquoi il n'y avait pas de lait. Jiggy avait alors envoyé son assiette s'écraser contre le mur. Alma lui envoya sa fourchette à la figure. « Salaud! » hurla Kelly à l'adresse de son père. Huller frappa alors la gamine, Alma le frappa à son tour et Dotty n'eut que le temps de se glisser entre les deux pour pousser et tirer Jiggy dehors, l'entraînant vers la camionnette. Elle revint ensuite dans la maison, essoufflée et hagarde, pour dire à Alma de ne pas s'inquiéter; Jiggy avait simplement besoin de se calmer un peu et elle veillerait qu'il ne se trouve mêlé à aucune bagarre et qu'il ne parte pas trop loin.

Alma la dévisagea. « Qu'il y aille aussi », dit-elle, sous-entendant Wallace.

Ils aboutirent au café Angle Iron, où les musiciens, deux guitaristes maigrichons et un batteur, rassemblaient les grandes caisses de bois retournées qui leur serviraient de scène. Wallace ne cessait de bâiller. L'épaisse fumée des cigarettes et la lueur vacillante des bougies à la citronnelle qui ornaient chaque table le faisaient larmoyer. Il était assis tout seul à une petite table branlante située non loin du téléphone mural. Cela faisait déjà longtemps que Dotty s'était enfermée dans les toilettes pour dames, mais il y était habitué. Partie comme elle l'avait été toute la journée, elle pouvait être en train de faire n'importe quoi : fumer un joint, se mettre de faux ongles ou même dormir. Huller était toujours planté devant le téléphone, tournant le dos à Wallace. Soit la personne qu'il cherchait à joindre n'était pas chez elle, soit elle ne voulait pas répondre, mais il se renfrognait un peu plus à chaque tentative. Wallace sirotait la bière tiède et éventée que Huller lui avait commandée une heure plus tôt.

Dotty sortit des toilettes, les yeux trop brillants et complètement écarquillés. Elle entreprit de traverser avec raideur la salle bondée sur ses hauts talons dorés. Wallace remarqua que tous les hommes la regardaient lorsqu'elle passait à côté d'eux.

« Elle est toujours pas rentrée! » marmonna Huller qui se retourna brusquement vers la table. Il passa une jambe par-dessus le dossier de sa chaise et s'assit. « Et merde, tant pis », dit-il, une fois installé. Il leva les yeux et sourit à l'approche de Dotty. Le groupe venait juste de terminer une dernière mise au point discordante du matériel sonore. A peine se furent-ils mis à jouer que Dotty se mit à chanter avec eux. Elle chantait à pleine voix, des paroles trop rapides pour que Wallace puisse les saisir. Huller riait maintenant. Les bras levés au-dessus de la tête, Dotty faisait virevolter ses mains dans les airs. Ses épaules luisaient et elle s'agitait tant sur sa chaise que celle-ci se mit à sauter et danser en s'éloignant de la table.

« Pauvre petite fille, dit en s'approchant un type trapu doté de grandes oreilles blanches, d'un gros nez piqué et de cheveux plaqués en arrière. La pauvre petite veut danser. Allez, viens ma pauvre petite, proposa-t-il en lui tendant la main. » Au moment où elle se levait, l'orchestre entama une ballade lente et lascive. L'homme la serra de près, la bouche collée à son oreille, et, pendant qu'ils dansaient, elle ferma les yeux et son visage parut devenir de plus en plus petit.

« Putain de merde, marmonna Huller en les observant. De tous les types... » Il se tourna vers Wallace. « Elle a le chic pour attirer les pépins, non? »

Lorsque la musique s'arrêta, Dotty se détourna, mais l'homme la rattrapa au vol. Elle dit quelque chose et l'homme jeta un coup d'œil vers Huller et Wallace.

« Nom de Dieu », souffla encore Huller. Les voyant approcher, il prit un comprimé dans sa poche et le fit passer avec une gorgée de bière.

« Salut! lança l'homme qui se tenait maintenant devant eux, tout sourire, et qui tendait la main à Huller.

– Salut! répéta Huller en hochant la tête, et il continua de hocher la tête durant toute leur poignée de main.

– T'es sorti! constata l'homme en éructant discrètement dans le poing avec lequel il ne cessait de se frotter le nez.

– Je suis sorti! » dit Huller en opinant du chef. La sueur perlait au-dessus de sa lèvre supérieure.

« Et alors, qu'est-ce que tu deviens?

– Pas grand-chose, répondit Huller, dont le hochement de tête se muait en une sorte de balancement rythmique. Faut retrouver les sensations, tu sais bien, quoi.

– Eh bien, on dirait que t'es sur le bon chemin », déclara l'homme en posant le bras sur les épaules de Dotty. Elle rit et se laissa aller contre lui avant de s'asseoir. Elle avait l'air étourdie. Avant de retourner à sa table, où l'attendaient trois types basanés, il conseilla à Huller de ne pas s'en faire et de garder le contact.

« C'est Wipes Callahan, annonça ensuite Jiggy. Qu'est-ce qu'il peut bien foutre ici?

– Qui c'est, Wipes Callahan? » demanda Dotty. Elle n'arrêtait pas de regarder par-dessus son épaule.

« C'est un caïd, répondit Huller. Un *vrai*!

– Il ne me paraît pas si terrible, répliqua Dotty en se tournant vers Callahan qui lui adressa un clin d'œil. Il est juste laid comme un poux, ajouta-t-elle en lui renvoyant un sourire et un petit signe de la main.

– Bon Dieu, retourne-toi. Un type de ce genre... Tu te rends pas compte..., merde », marmonna Huller en voyant Callahan se lever, sa bouteille de bière se balançant entre ses deux doigts tandis qu'il revenait vers leur table.

« Eh! lança Callahan à l'intention de Huller. Heu, je me disais juste que, heu, si t'as besoin de, heu (il rota discrètement sans se départir de sa mine peu amène), enfin tu vois quoi, d'un coup de main ou de n'importe quoi. » Il haussa modestement les épaules. « Je suis dans le coin.

– Vous habitez par ici? s'enquit Dotty, les yeux maintenant rivés sur le visage de l'intrus.

– Plus ou moins, répondit Callahan en riant. Peut-être tout le mois prochain. Peut-être moins. » Il leva les yeux au ciel. « J'ai une audience, expliqua-t-il d'un air dégoûté, la main levée comme pour prêter serment. Enfin, si je veux! ajouta-t-il. Je me suis pas encore décidé. »

Les yeux plissés de Wallace erraient des traits épais de l'intrus au visage fiévreux de Dotty et à l'expression ahurie de Huller. Ils l'avaient tous perdu. Il comprenait si peu de quoi ils parlaient qu'ils eussent aussi bien pu s'exprimer dans une langue étrangère.

A l'autre bout du café, la porte s'ouvrit sur une jeune femme aux cheveux noirs lui arrivant à la taille et aux yeux charbonneux. Elle franchit le seuil et se mit à fouiller du regard la salle enfumée. L'orchestre entonnait la navrante histoire d'un mari volage.

« C'est pas vrai », ne cessait de répéter Dotty tandis que Callahan, penché au-dessus de la table, lui glissait quelques confidences du coin des lèvres. Son visage se tordait en une grimace, comme s'il sentait la bile lui remonter à la gorge. Le garçon avait fait le tour du bar et s'approchait de la nouvelle venue. Il secouait la tête. Elle tendait le cou pour essayer de voir derrière lui.

Wallace vida son verre de bière. En fait, ce qu'il préférait, c'était la *root beer* [1], à la fois douce et piquante comme celle que préparait la mère de Hyacinth dans les bouteilles brunes et cannelées qu'elle envoyait tous les étés à Arnold et Answan.

« C'est plein à craquer. C'est bourré de vieux trucs, disait Huller, soudain animé.

– Et c'est où? demanda Callahan.

– Chez Bass. La vieille Mme Bass, elle est morte, précisa Huller.

– D'accord, disait Callahan. Tout ce que tu veux. Et je peux te filer des noms. » Il se rapprocha à quelques centimètres d'eux. « Tu vois, c'est tellement spécialisé maintenant, je connais des types qui ne font que certaines époques. Comme en histoire, quoi, tu piges? Bientôt, il va falloir qu'on ait tous des diplômes si ça continue! » Il secoua la tête. « On y arrive! Vous pouvez me croire. Je vous jure! Je connais tout ça par cœur. C'est mon boulot. » Il se tapota la tempe. « De savoir des trucs. »

Quelque chose s'était retiré du visage de Dotty, le voile de chair qui lui donnait couleur, pulpe et vie. Elle interrogeait Callahan sur un ton sec et inquisiteur.

« Merde! s'exclama Huller en se levant brusque-

1. Boisson gazeuse non alcoolisée faite à partir de racines de plantes. *(N. d. T.)*

ment pour faire signe au barman qui reconduisait par le coude la jeune femme à la porte. Ellie! appela-t-il avant de se précipiter vers l'entrée.

– ... dans une très grande baraque, disait Dotty. Ça ne vous dit rien, une histoire comme ça? »

Huller venait de revenir avec la jeune femme, qui n'était visiblement qu'une adolescente. Les bras croisés, le barman les surveillait.

Callahan répondit : « Ouais, il y a bien eu quelque chose. Il y a cinq ou six ans de ça, et la môme avait peut-être un ou deux ans. Elle a disparu de chez elle. Comme ça (il fit claquer ses doigts), partie!

– Oui, oui! prononça Dotty, le souffle court. C'est ça!

– Ouais, et je crois même que la mère se trouvait dans la maison, avança Callahan. Ou quelque chose comme ça.

– Faut qu'on parte », annonça Huller.

Sans quitter Dotty des yeux, Callahan secoua la tête. « Un vrai cirque. Y a eu plein de types arrêtés. Pas moi. Enfin, ils savaient que ce genre de saloperies, c'est pas ma... ma... enfin c'est pas mon truc, quoi.

– Allez, s'impatienta Huller en secouant la table afin d'attirer leur attention. Ellie n'a pas l'âge. Elle a pas le droit d'être ici. »

La fille lui lança un regard inquiet.

« T'as qu'à la laisser partir, répliqua Dotty en lançant à l'adolescente un coup d'œil dédaigneux.

– Je peux pas. C'est la sœur d'Alma, protesta Huller en faisant signe au barman qu'ils partaient tout de suite.

– C'est toi qui m'as dit de venir te retrouver, pleurnicha Ellie. Et j'ai vu la camionnette.

– Mais pas ici. J'ai essayé de t'appeler, siffla Huller à travers ses dents serrées. Allez! lança-t-il à l'adresse de Dotty qui s'était remise à discuter avec Callahan. Ohé, papy, regardez! dit Huller à l'oreille de Wallace. Je m'en vais! Tout de suite!

– Mais pourquoi que vous avez suivi l'affaire? Vous

connaissez quelqu'un, vous savez quelque chose? demanda Callahan.

– Allez! » marmonna Huller qui se retourna brusquement, Ellie trébuchant derrière lui sur ses hauts talons, les jambes entravées par une jupe noire trop moulante.

Dotty sauta sur ses pieds, aussitôt imitée par Wallace, et ils se lancèrent à la poursuite de Huller. Callahan leur cria encore : « Je peux me renseigner! C'est mon boulot! Je peux passer vous voir! »

Avec Ellie installée au milieu et Dotty sur les genoux de Wallace, ils roulèrent un moment après avoir quitté le café. Dotty avait passé son bras autour du cou de Wallace et jouait machinalement avec le lobe de son oreille tout en assurant à Ellie qu'elle ressemblait à sa sœur Alma. Les mêmes yeux. Le même nez. La même peau. La même silhouette.

« Non, c'est pas vrai », coupa enfin Ellie.

Wallace sentit la chair de poule le parcourir sous le contact de Dotty. Sa douce poitrine lui effleurait la joue.

« Vous pouvez me croire, insista Dotty en regardant la jeune fille de haut en bas. C'est frappant. »

Ellie fit la grimace et se retourna vers Huller. « Faut que je te dise quelque chose », murmura-t-elle.

Huller lui jeta un bref coup d'œil et esquissa un mouvement de tête.

« Mais j'ai qu'une demi-heure avant que maman revienne », gémit-elle.

Huller effectua alors un virage brusque, et, quelques minutes plus tard, ils se retrouvaient dans l'allée. Wallace et Dotty sortirent ensemble de la camionnette, mais Dotty décida soudain de remonter dedans.

« Faut que je la ramène chez elle, annonça Huller.

– Ça ne me dérange pas, répliqua Dotty avec un sourire sucré à l'intention d'Ellie. J'aime bien les mômes. »

Ils repartirent donc, et Wallace entra dans la maison pour y chercher Canny, mais elle essayait de jouer à la poupée Barbie avec les enfants. Kelly n'arrêtait pas de cacher la poupée de sa petite sœur. Alma, affalée sur le canapé, regardait une série télévisée. Elle assura qu'elle renverrait Canny juste après l'émission.

Une fois dans le bungalow, Wallace s'allongea sur le lit affaissé. La stridulation des criquets emplissait la forêt nocturne. Il savait qu'il fallait absolument qu'il se rappelle ce que Dotty avait dit à Callahan, mais plus il s'y efforçait, plus ses souvenirs prenaient un aspect étrange; des noms, des visages, des lieux auxquels il n'avait plus pensé depuis des années. Il ne cessait de se représenter les deux pouces de la main droite de Camelia Crebbs, d'imaginer le soir où son mari, rentré complètement ivre, en avait coupé un et l'avait jeté par terre où le chien l'avait dévoré, puis la terreur qu'éprouva ensuite Camelia Crebbs dès qu'elle tournait le dos au chien, à cause de sa mine affamée lorsqu'il lui reniflait les chevilles.

C'était une histoire que son père lui avait racontée lors d'un long trajet dans la neige jusqu'à Burlington, et cela d'une voix froide et monocorde, comme s'il pensait tout haut, de sorte que, quand ils avaient pris l'allée de gravier, franchi la grande arche de fer forgé et qu'il lui avait annoncé sur ce même ton aussi plat et atone qu'un bloc de glace : « Voilà ton Foyer, mon garçon », Wallace avait à peine levé la tête pour regarder, et encore moins pour pleurer ou protester tant il était facile alors, et aujourd'hui encore, de l'apaiser au simple son de certaines voix.

Au début, son père venait tous les dimanches. Puis les visites se réduisirent à tous les quelques mois. Puis à chaque Noël – si les routes étaient bonnes, ce qui n'était généralement pas le cas. Et enfin son père était mort.

Il se leva soudain et alluma la lumière. Chercher à se souvenir lui rappelait trop le creusement d'une tombe. Le moindre choc de la pelle contre une pierre lui renvoyait comme un écho glacé au plus profond de ses os. On ne savait jamais sur quoi on pouvait tomber. Il avait démissionné au bout d'une journée. Tout comme il avait renoncé à se souvenir pendant toutes ces années. C'était trop éprouvant. Trop effrayant.

Pour la mémoire, il s'en remettait à Dotty qui savait toujours quelle route prendre, où dîner au meilleur prix, quelles plantations logeaient et nourrissaient les cueilleurs en plus du salaire minimum et quels chefs d'équipes il fallait absolument éviter. S'il demandait : « Dotty, où est-ce qu'on était, en mai 1982? » elle savait tout – la ville, le temps, les gens, qui avait dit quoi et à qui. Et quand elle n'était pas sûre d'elle, il lui suffisait de rechercher dans sa tête comme si elle tournait les pages d'un livre intérieur, en murmurant : « Mars, c'était le gros coup de froid; en avril, il y a eu la scarlatine de Canny et, quand elle a été guérie, on s'est retrouvés dans ce bled, près de Tampa... » Cela avait été presque la même chose avec Hyacinth. Il n'avait jamais eu à s'inquiéter que du présent. S'il pouvait simplement s'occuper du présent, elles se chargeaient de conserver la trace du passé et d'orienter l'avenir.

Il s'assit au bord du lit. Une chouette hulula. Des papillons de nuit se cognaient contre la moustiquaire. Hyacinth disait que les papillons de nuit, c'était des âmes de morts trop mauvaises même pour mériter l'enfer. Prenant garde de ne pas regarder la moustiquaire couverte de papillons, il se releva et alla éteindre la lumière. Il aurait bien voulu que Canny arrive.

Quelques minutes plus tard, il entendit des pas traversant l'allée. Le visage blanc d'Alma Huller apparut derrière le châssis. « Canny s'est endormie, monsieur Wallace.

– Je viens la chercher, répliqua-t-il aussitôt.

– Ça va, soupira-t-elle. Elle peut dormir avec les filles, cette nuit. Et puis, faut bien qu'elle s'habitue à nous. » Elle regarda à travers la moustiquaire. « Elle va vous manquer, hein? Surtout, vous inquiétez pas, je la traiterai exactement comme une des miennes. Et soyez sûr que le moindre penny que Dotty enverra pour elle sera dépensé rien que pour elle. Ça je le jure! Sûr que c'est dommage que le truc de la Sécu n'ait pas marché. Mais ils sont tellement chichiteux avec cette histoire d'extrait de naissance et de savoir de qui sont les mômes. Bon sang, ici, ils savent même pas qui est Jig. " Où il est, votre mari? " qu'ils me disent. Et moi je leur réponds que j'aimerais bien le savoir! »

Elle regarda par-dessus son épaule, du côté de la route, et le son de sa voix tomba. « J'espère qu'il va pas encore jouer les grandes gueules. C'est comme ça qu'il s'est attiré des ennuis, la dernière fois. J'espère qu'il donne pas trop de mal à Dotty. »

Elle ouvrit la porte et pénétra dans la chambre, puis elle s'assit lourdement sur la chaise de bois. Une expression rêveuse flotta sur son visage et elle poussa un soupir. « Vous devez être sacrément fier. Pas seulement parce que Dotty présente aussi bien, évidemment, mais aussi d'avoir une fille aussi gentille. » Elle s'étreignit les mains et se balança légèrement vers l'avant. « Oh! ce que ça serait bien si elle faisait ce bout d'essai. Ça, ça serait quelque chose d'avoir une amie qui serait pour de vrai une star de cinéma! » Elle se pencha en avant, son ventre s'épanouissant sur ses cuisses. « Vous vous sentez bien, monsieur Wallace? » Comme il ne répondait pas, elle se leva et s'arrêta près de la porte. « Vous savez que vous êtes le type le plus tranquille que j'aie jamais vu, monsieur Wallace? »

CHAPITRE VII

Dotty ronflait bruyamment, la bouche ouverte, les narines dilatées. Son rimmel soulignait maintenant chaque œil d'un cerne noirâtre. La chambre exhalait des relents d'alcool et de cigarette. Wallace se tenait penché au-dessus du lit. La robe de la jeune femme s'était entortillée autour de ses cuisses et, tandis qu'il la secouait pour la réveiller, il aperçut une morsure violacée sur sa gorge douce et blanche. Elle ouvrit un œil et jura.

« Faut que je te parle, chuchota-t-il.

– Je dors!

– Réveille-toi, Dotty. C'est au sujet de Canny.

– C'est réglé, murmura Dotty en se tournant sur le côté. Elle va rester chez les Huller.

– Sûrement pas! »

Elle se retourna et l'examina d'un regard morne et chassieux. « Aubie! dit-elle en manière d'avertissement.

– Je vais la chercher, dit-il en ouvrant la porte.

– Aubie », appela-t-elle en s'extirpant du lit. Elle le poursuivit sur l'allée, lui jeta les bras autour du cou et pressa son corps contre le sien en essayant de le convaincre. « Je t'en prie, Aubie... Il n'y a rien de définitif! On en a juste parlé! »

Il regarda vers la maison endormie.

« Écoute-moi », insista Dotty, ses bras musclés lui enserrant toujours le cou. Elle rejeta la tête en arrière pour le regarder. « On n'est qu'à quinze kilomètres de Stonefield, Aubie! » Elle eut un sourire lumineux et lui fit faire une sorte de va-et-vient contre elle. « Quinze bornes, Aubie!

– C'est où?

– Mais c'est la ville d'où elle vient! Stonefield!

– Comment tu le sais? »

Elle le dévisagea. « C'est le type d'hier soir qui l'a dit.

– Pourquoi tu lui as raconté ça? »

Elle lui pressa le bras. « Écoute, Aubie, ce qui compte, c'est qu'elle soit tout près de chez elle; et dans un an ou deux, quand on se sera installés quelque part, loin d'ici, on pourra lui envoyer une lettre pour lui dire d'où elle vient. Comme ça, elle pourra y retourner toute seule et il n'y aura plus aucune trace de nous. Aubie? Tu m'entends?... »

Il gardait les yeux baissés vers le sol.

« Ça sera une toute nouvelle vie. » Elle posa la main sur sa joue barbue et sourit. « D'accord? » demanda-t-elle doucement.

Il hocha la tête. Elle pinça ses favoris et soupira. « Mon petit bonhomme froussard, mon chaton qui a peur de son ombre et de l'ombre des autres. » Elle cligna de l'œil et les paillettes dorées de ses iris étincelèrent de lumière. « Tu es tellement gentil, Aubie. Qu'est-ce que je serais devenue sans toi pendant toutes ces années? Bon sang, je serais sûrement morte quelque part, à l'heure qu'il est... »

Il acquiesça silencieusement.

« Viens », lui dit-elle, et elle le reconduisit par la main jusqu'au bungalow.

Quand ce fut terminé, elle passa aux choses sérieuses. Debout près du lit, elle tirait son jean par-dessus ses hanches. « Jiggy va te demander de lui donner un coup de main pour un truc, annonça-t-elle en luttant pour remonter la fermeture à glissière. Alors tu seras gentil avec lui. Le pauvre garçon n'a pas gagné un sou depuis qu'il est sorti de taule. »

Il hocha la tête d'un air hébété, le corps épuisé et douloureux sous la couverture de laine rêche qui grattait comme du papier de verre son sexe humide et irrité. La silhouette de la jeune femme s'auréolait d'une lumière aveuglante. On dirait ma marraine la fée, pensa-t-il. La plus belle fée marraine qu'il eût jamais vue. Elle mettait son soutien-gorge. Elle se pencha en avant et plaça chaque sein dans son bonnet.

« Quand est-ce qu'on s'en va? demanda-t-il d'une petite voix.

– Dans deux ou trois jours, répondit-elle en faisant passer un léger chemisier rouge par-dessus sa tête. Dès que j'aurai réglé tous les détails. »

Il ferma les yeux et détourna la tête vers le mur.

Peu après que Dotty fut partie dans la maison, Canny fit irruption dans la chambre. Elle ferma la porte et mit le verrou.

« Elle veut me mettre au bain avec ses gamines! cria-t-elle, indignée. Elle dit que je pue et que j'ai sûrement de l'eczéma vu comme je me gratte la tête. Je la déteste, cette grosse pouffiasse! Si elle croit qu'elle peut me commander comme ça, tout d'un coup! »

Il la conduisit dans la salle d'eau et la fit agenouiller sur une chaise, devant le lavabo, afin de lui mouiller les cheveux avant de les enduire de savonnette. Il lui frotta doucement le crâne, jusqu'à ce que sa tête soit couverte de mousse. Son dos mince était rêche et maculé de crasse. Des marques de griffure le striaient des omoplates à la naissance des cheveux.

« Penche-toi plus bas », dit-il. L'eau de rinçage coula en filets brunâtres dans le lavabo. « Il faut que tu prennes un bain, Canny, décréta-t-il en lui enroulant la tête dans une des serviettes du motel.

– Pas avec elles dans la baignoire!

– Qu'est-ce qui ne va pas avec elles?

– Je les déteste! s'exclama-t-elle en rejetant si violemment la tête en arrière que son turban se mit à pencher.

– Mais tu t'amusais avec elles, fit-il remarquer en rajustant la serviette. Je t'ai vue. Tu étais comme une grande sœur, dit-il d'une voix anxieuse.

– Je ne veux pas être une grande sœur. Elles sont méchantes, papa. Pas méchantes parce qu'elles sont furieuses après quelque chose, non. Méchantes par nature. Surtout Kelly! Hier soir, elle a coupé les cheveux de la Barbie de Krystal! » Ses lèvres tremblèrent et ses yeux s'embuèrent de larmes. Elle se frotta le nez et renifla. « Pourquoi est-ce qu'on doit rester ici, papa? Je déteste être ici. »

Il ouvrit les bras et la serra contre lui.

« J'entends ton cœur qui bat, dit-elle, l'oreille collée contre la poitrine de Wallace. C'est vraiment fort... Ça fait ba-boum! ba-boum! ba-boum! » Elle rit. « J'avais jamais entendu ton cœur, avant.

– Comment ça se fait? » Il gardait les yeux fermés. Il n'osait pas les ouvrir.

« Tu ne m'as jamais serrée aussi fort », dit-elle d'une voix étouffée. Puis elle ajouta : « Eh papa, tu me fais mal. J'arrive plus à respirer. »

Il la relâcha. Elle s'écarta et l'examina attentivement, sans ciller, ses yeux bleus à la fois graves, profonds et limpides. Elle prit une telle inspiration que ses côtes saillirent comme des douves de tonneaux, tendues et comme prêtes à éclater. « Kelly dit que je ne suis pas votre vraie fille. Elle dit que maman a dit à sa mère qu'elle m'avait eue chez des gitans. »

Il ramassa la brosse de Dotty derrière les toilettes et fit courir ses doigts dans les mèches emmêlées qui tiraient vers le roux.

« Ohé, papy! appela Jiggy Huller depuis l'allée. Venez voir, une seconde!

– Tiens, dit Wallace en tendant la brosse. Retire-moi tous ces nœuds. »

Au lieu de prendre la brosse, elle lui attrapa le

poignet. « Papa, c'est vrai que tu m'as prise chez les gitans?

– Alors, papy!

– C'est vrai? insista-t-elle, le visage crispé et aussi livide que la serviette au-dessus.

– Tu viens, Aubie? appelait Dotty.

– Dis-le-moi!

– Mais non, merde! » lâcha-t-il en se dégageant pour se précipiter dehors.

Un voile de poussière recouvrait le pare-brise. La camionnette de Huller bondissait et ployait sur chaque ornière de l'allée non goudronnée. Wallace était assis à côté de Huller, raide comme un piquet, la tête bringuebalant sur son cou rigide comme une petite poupée pendue à un rétroviseur. Il ne cessait de cligner des yeux.

Huller coula un regard dans sa direction. « Dotty vous a dit quelque chose sur le type d'hier soir? Callahan?

– Non, répondit Wallace.

– Ben vous êtes pas causant, vous! commenta Huller avec un léger sourire. Vous me rappelez le vieux type qui était dans la cellule à côté de la mienne. Jamais plus d'un mot à la fois. " Ouais, non, heu-heu, OK " et c'était tout. Sauf la nuit. Il parlait en dormant – toute la nuit. Il avait de vraies conversations à lui tout seul, en prenant des voix différentes. Il y a des nuits où on aurait cru qu'ils étaient dix à parler en même temps. Des voix de mômes, des voix de gonzesses. » Huller frissonna. « Un vrai dingue. Il s'appelait Buzzer. Il avait mis le feu à sa baraque et liquidé toute sa famille. » Huller riait maintenant. « Un soir, le mec d'en face en a eu ras le bol de ce cirque, et il a balancé un chiffon enflammé dans sa cellule. Quand Buzzer s'est réveillé, son lit cramait sous lui. Mais il est resté là, à regarder le plafond. Il n'a même pas bougé, pas gueulé, pas crié, rien du tout. Il a laissé ses fringues brûler sur lui. Il est mort deux jours plus tard, et on a dit qu'il a pas prononcé un mot. Pas un seul mot. »

Huller regarda Wallace. « Vous avez fait de la taule? »

Wallace était blême. Il pensait à l'homme de l'histoire et se sentait soudain terrifié. Huller répéta sa question.

« Non », répondit Wallace. Il croisa les bras sur sa poitrine et essaya de paraître fort.

« Dotty dit que ça fait cinq ans que vous êtes ensemble. Au début, je croyais que vous étiez son vieux.

– Ben non, dit Wallace en pressant la chair de son bras pour la faire saillir comme un biceps.

– Et je prenais Canny pour sa petite sœur...

– Où est-ce qu'on va? » demanda Wallace en se penchant en avant. Il scruta intensément les virages qui les attendaient.

« Chez la vieille Bass. Plus que trois bornes. La vieille a été enterrée la semaine dernière. » Huller étudia Wallace du coin de l'œil. « Dotty dit que vous avez une femme et des gosses. »

Wallace se tourna vers la vitre latérale. Les arbres se fondirent en un faisceau de lumières scintillantes. Le soleil lui cuisait le visage. La voix de Huller le heurta de plein fouet. « Elle dit que vous vous êtes rencontrés un jour sur une route, et que même pas cinq minutes après vous êtes partis ensemble dans le camion d'un autre type. » Il renifla. « Remarquez que je prends pas tout ce que raconte cette fille pour argent comptant. »

Ils étaient arrivés à une bifurcation. Huller hésita puis tourna à gauche, comme si cela n'avait guère d'importance. Il haussa la voix pour couvrir le bruit du moteur. « Comme quand elle dit qu'elle a été deuxième à l'élection de Miss Floride ou qu'elle doit tourner un bout d'essai à Hollywood... C'est pas qu'elle soit pas assez belle, bien sûr. Mais c'est plutôt qu'elle s'emmêle les pédales, d'après ce que j'ai remarqué, et aussi qu'elle raconte pas la même chose selon le type qu'elle a en face. Hier soir, par exemple..., les trucs qu'elle a débités à ce mec, Callahan. Et puis à moi, après. »

Le pick-up avançait maintenant au ralenti. Huller s'exprimait de plus en plus vite. « C'est le moment, papy. Faut que ce soit clair. Je peux pas me permettre de déconner. Ce coup-là, ça peut être beaucoup de pèze, ou un paquet d'années à tirer... si c'est pas pire. La môme, comment vous l'avez eue? D'où est-ce que vous la tenez?

– J'en sais rien, répliqua Wallace.

– Qu'est-ce que ça veut dire, vous en savez rien? » Une veine bleue palpita soudain sur la tempe de Huller. « C'est pas une réponse, ça, si?

– J'en sais rien, c'est tout », dit Wallace, comme engourdi.

Les yeux de Huller s'étrécirent. « Donc, ce n'est pas votre fille, sinon vous l'auriez dit. On est d'accord? »

Wallace fixa son regard au-dessus du tableau de bord. L'odeur de Huller parvenait à ses narines.

« Alors, est-ce qu'elle est la fille de Dotty? » questionna le grand type en posant son bras sur le dossier. Son poing ne se trouvait qu'à quelques centimètres du visage de Wallace.

« Faut lui demander, répliqua celui-ci.

– Je vous pose une question », grogna Huller.

Wallace crispa les lèvres alternativement sur ses dents et sur ses gencives. Il se mit à se balancer insensiblement pendant que ses battements de cils s'affolaient.

Huller se pencha tout près. « Alors?

– Faut lui demander, répéta Wallace.

– C'est à vous que je pose la question! explosa Huller.

– Eh bien arrêtez! s'écria lamentablement le petit homme. Arrêtez! »

Huller le dévisagea un instant. Il tambourina ses doigts sur le volant; puis il s'humecta les lèvres et sourit. Il passa alors en marche arrière, fit descendre la camionnette dans un fossé, puis la propulsa en avant dans la direction d'où ils venaient. Et pas un instant son sourire en coup de couteau ne quitta son visage.

Alma se tenait assise sur la terrasse, les pieds plongés dans une bassine d'eau savonneuse. En bas, sur la terre battue de la cour, Dotty était allongée sur une couverture. Elle se redressa vivement en rattachant les bretelles de son soutien-gorge minuscule dès qu'elle entendit la camionnette arriver.

« Où est la marchandise? leur cria Alma.

– On s'est fait piéger », répondit Huller. Il descendit du véhicule, croisa les mains derrière sa tête, écarta les jambes et s'étira longuement et tout en force.

« Merde, mais qu'est-ce que ça veut dire, piéger? » lui renvoya Alma. Elle posa ses pieds mousseux par terre et se pencha en avant, les mains appuyées sur ses genoux.

« Papy et moi, on est tombés sur deux gonzesses et on s'est fait sauter sur le bord de la route », répliqua Huller. Dotty se précipita alors sur lui pour le rouer de coups. Il se couvrit la tête de ses deux mains et courut sur la terrasse, passant tout près d'Alma qui lui assena une grande claque sur les fesses. Dotty grimpa les marches quatre à quatre et lui martela le dos de petits coups inoffensifs. « Tu es horrible! glapit-elle. Horrible de raconter des choses pareilles de ce pauvre vieil Aubie... »

Huller lui saisit les poignets et la plaqua contre la maison. Le rire de la jeune femme dévalait les marches. Wallace la regardait depuis la camionnette se tortiller, glousser et se cogner la tête contre la poitrine de Huller. « Au secours! s'étrangla Dotty. Papa, au secours!

– Laisse-la tranquille! » cria Alma d'une voix stridente. Elle se leva de son rocking-chair et alla se placer juste derrière son mari.

« Je t'ai dit de la laisser, Jig. Tu lui fais mal...

– Oui, Jig, brailla Dotty. Tu me fais mal!

– Espèce de salaud! Laisse-la partir! » hurla Alma

en attrapant Huller par les cheveux. Il rejeta la tête en arrière et, avec un cri de douleur, fit volte-face, son énorme bras frappant comme un gourdin le ventre arrondi de sa femme. Elle resta d'abord pliée en deux, suffoquée, assommée. Puis elle recula d'un pas hésitant, les yeux roulant dans leurs orbites, les bras écartés de chaque côté, battant l'air tandis que ses pieds nus glissaient sur les flaques savonneuses.

« Oh... oh... oh... oh... », gémit-elle à chaque marche qu'elle heurta avec un bruit mat.

Wallace fut le premier à arriver près d'elle. « Ils s'amusaient juste! » prononça-t-il avec une note de stupéfaction. Des filets de sang rouge vif dévalaient les jambes blanches et poilues d'Alma.

CHAPITRE VIII

Cela faisait trois jours qu'Alma était hospitalisée. Le fœtus avait été un garçon. Dotty n'avait pas quitté Alma depuis le lundi, passant nuit et jour à l'hôpital. Mais sa sympathie commençait à s'émousser. Elle profitait maintenant de ce que Huller bricolait sur sa camionnette pour se plaindre de ne plus supporter les jérémiades d'Alma.

Wallace ne put s'empêcher de constater à quel point Dotty paraissait heureuse. Elle avait les joues roses et ses yeux, humides et brillants, étincelaient comme sous l'effet d'une fièvre. Sa voix lui rappelait une eau tumultueuse. Plus la vie devenait insensée, plus Dotty l'aimait. Elle se nourrissait du trouble et de la confusion. Ce qu'il y avait de remarquable avec Dotty, c'est qu'elle pouvait tourner aussi vite que le monde – plus vite même, pour ne plus être enfin, comme les ailes du colibri, qu'un flou immobile d'énergie.

« A écouter Alma, on croirait que Jig s'en fout complètement! Qu'elle a été la seule à souffrir. » Dotty alluma une nouvelle cigarette et avala son café. Wallace était devant la cuisinière et lui faisait cuire un œuf sur le plat. Il lui avait déjà demandé si elle le voulait très cuit ou non. Elle n'avait toujours pas répondu, alors il glissa la spatule sous l'œuf et le souleva précautionneusement pour interrompre la cuisson.

« C'est une vraie conne, commenta Dotty.

– Très cuit ou non? » la pressa-t-il, sa spatule toujours en suspens. Dotty n'en voudrait plus si le jaune crevait.

« Elle ne comprend pas comment ça marche, les mecs. Surtout un type comme Jig, qui rentre tout à l'intérieur! » dit-elle.

Au même instant, le camion démarra. Le moteur gronda tout près du perron et le klaxon retentit. Dotty quitta précipitamment la table. « On sera à l'hôpital pratiquement toute la journée », dit-elle en vidant le reste de son café dans l'évier. Elle regarda vers la porte. « Enfin, on n'arrêtera pas d'entrer et sortir. Jiggy n'est pas très fort pour rester assis trop longtemps à la suite », ajouta-t-elle avec une telle chaleur dans la voix que Wallace leva aussitôt les yeux. L'œuf s'écrasa dans la poêle bouillante. Huller klaxonna de nouveau. Dotty parlait toujours en courant dans la cuisine, attrapant son sac et ses sandales à hauts talons puis décrochant du cintre pendu à la porte de la salle de bains la chemise écossaise bleue de Jiggy qu'elle avait repassée la veille, longtemps après que Wallace fut allé se coucher dans le bungalow.

« Le pire, c'est qu'elle est tout le temps sur les nerfs, continuait Dotty en se penchant pour attacher la lanière de sa sandale. Elle s'emporte pour un rien. Hier soir, ça a été toute une histoire parce qu'elle voulait nous envoyer sa sœur pour s'occuper des gosses. Moi, je lui ai dit que tu t'en occupais parfaitement, peut-être même mieux qu'une vraie mère. Et voilà qu'elle fait tout un cirque à Jiggy comme quoi il avait dû raconter derrière son dos qu'elle était une mauvaise mère. Je lui ai assuré que tu t'en sortais très bien et qu'il n'y avait pas à s'inquiéter. » Elle leva les yeux tandis que les coups de klaxon redoublaient.

« Nom d'un chien! brailla-t-elle par la porte ouverte. J'arrive! » Elle se retourna, sautillant sur un pied tout en fixant l'autre lanière. « Donc, si elle appelle, tu lui dis la même chose. Que toi et les filles, vous vous débrouillez très bien. »

Wallace se figea. « Elle va appeler? » fit-il dans un hoquet. Le téléphone le terrorisait. Il n'arrivait jamais à dire ce qu'il fallait dans un combiné. Soit il en disait trop, soit il restait muet, incapable de prononcer un mot.

« J'en sais rien, répondit Dotty avec un regard d'avertissement appuyé. Mais si elle le fait, t'auras intérêt à répondre, Aubie! Sinon, elle va croire qu'il se passe quelque chose et elle nous enverra à coup sûr sa petite salope de frangine! »

Huller beugla et elle sortit en courant. Wallace regarda par l'embrasure de la porte et, dès qu'il la vit monter dans la camionnette, il décrocha le téléphone et l'enfouit sous un oreiller. Puis il se mit à table et mangea l'œuf de Dotty. Ensuite, il remplit la cuvette d'eau et mit la vaisselle à tremper pendant qu'il rangeait les jouets des petites. De temps en temps, il penchait la tête pour écouter. Il entendait alors les cris aigus et chamailleurs des filles, aussi déchaînées que des garçons. Au bout d'un moment, la tonalité insistante du téléphone finit par traverser l'oreiller et lui vrilla les oreilles comme un bruit de scie électrique. Il prit un des coussins du canapé et le pressa sur le combiné déjà étouffé avant de reprendre ses tâches ménagères.

Il espérait qu'Alma ne ferait pas venir sa sœur ici. Il se plaisait, tout seul avec les filles. Il aimait prendre soin d'elles, ranger, faire le ménage. Et maintenant que tous les grands étaient partis, les petites semblaient l'apprécier davantage. Elles paraissaient plus détendues, plus heureuses; plus conformes à ce que devaient être des enfants. Kelly elle-même s'était un peu assagie. La veille, après dîner, ils avaient tous joué à cache-cache. Canny lui avait expliqué comment faire. C'était lui qui cherchait pendant que les filles se cachaient. A la fin, les petites devenaient tellement téméraires qu'elles ne prenaient même plus la peine de se dissimuler, préférant attendre juste derrière lui qu'il eût terminé de compter, appuyé contre le mur de la maison, le visage dans ses mains : « Quatre-vingt-dix-sept, quatre-vingt-dix-huit, quatre-vingt-dix-neuf, cent... Attention à vous, je vais vous... » Et, avant qu'il puisse terminer sa phrase, elles se faufilaient entre ses jambes et criaient : « un, deux, trois, top! » en touchant le mur. Le seul fait d'y penser le rendit heureux. « On s'est bien amusés, prononça-t-il dans un souffle. Je ne me suis jamais autant amusé », ajouta-t-il en reniflant, puis il haussa les épaules en s'apercevant que son nez coulait. Il porta la main à sa poitrine, au renflement si particulier qui était son cœur, et il pressa ses mains dessus, comme pour le contenir, le maintenir en place, l'empêcher de devenir trop gros.

Il était vingt heures trente, Jiggy et Dotty n'étaient pas encore rentrés. Le téléphone disparaissait sous une pile de coussins. Les petites avaient été trop fatiguées pour jouer à cache-cache après dîner. Wallace s'était senti déçu, mais Canny lui avait promis qu'ils feraient une partie le lendemain.

Il finit d'essuyer la vaisselle du dîner et la rangea. Il avait disposé sur la table quatre verres et une assiette de biscuits au sucre. Il remplit les verres de limonade puis recula afin de voir s'il n'avait rien oublié. Les serviettes en papier! N'en trouvant aucune dans le placard, il plia des rectangles de papier hygiénique qu'il déposa près de chaque verre.

Les trois petites filles se trouvaient dans le séjour. Kelly et Krystal étaient assises de chaque côté de Canny, sur le canapé. Elles l'écoutaient avec la même attention que Wallace depuis sa cuisine.

« Alors tous les princes sont revenus au château sur leurs blancs destriers, racontait Canny. Le roi a regardé par la fenêtre et il a dit : " Hé, les mecs! Je vous l'ai déjà dit! Si vous voulez épouser la princesse, il faut que vous la trouviez. " La tête couronnée d'entre les princes montait le cheval le plus haut. Il dit au roi qu'ils...

– Attends! l'interrompit Krystal. Qu'est-ce que ça veut dire : " la tête couronnée entre les princes "? Est-ce que la princesse est déjà morte? Qui est-ce qui lui a coupé la tête?

– Mais personne ne lui a coupé la tête! répliqua Canny en riant. Elle n'est pas morte. Elle se cache quelque part.

– Comment elle peut monter à cheval, alors? voulut savoir Kelly.

– Mais ce n'est pas la tête de la princesse, expliqua patiemment Canny. La tête couronnée d'entre les princes, ça veut dire le prince le plus important. »

Dans la cuisine, Wallace hocha la tête. « Oh! fit-il. Je comprends. » Il s'assit devant son verre de limonade et écouta attentivement.

Les princes avaient fouillé la campagne durant vingt jours en quête de la princesse cachée. Ils étaient tombés sur des ours féroces, des crocodiles, des mouches mangeuses d'hommes, un fou répondant au nom de Herman qui trancha la queue de tous leurs chevaux, et maintenant sur un chien qui venait juste de planter profondément ses crocs sanglants dans le bras d'un des princes.

Wallace était assis sur le bord de sa chaise, les yeux rivés sur la bête énorme et poilue qui guettait de l'autre côté de la moustiquaire, là où gisait le chien de Huller, feignant de dormir, le museau humide et palpitant.

« Alors tous les autres princes ont frappé le chien et il y en a même un qui lui a fracassé une pierre sur la tête... »

Wallace se voûta au-dessus de la table, la mâchoire serrée, les ongles enfoncés dans ses paumes moites. Le chien leva la tête et se tourna vers lui.

« A ce moment-là, le grand prince a remarqué un truc vraiment bizarre sur le chien, fit Canny à mi-voix. Il a vu une très grande fermeture éclair en travers de son dos. »

Wallace mit les mains devant ses yeux et regarda le chien à la dérobée.

La voix de Canny lui parvint en rafale. « Il a crié aux autres princes : " Arrêtez! " Mais c'était trop tard! Ils étaient tous en train de bombarder le chien avec des pierres et des bouts de bois, et il y en a même un qui a sorti son épée et qui lui en a donné un grand coup. Ensuite, le grand prince a défait la fermeture éclair et, évidemment... la princesse est apparue. »

Krystal poussa une exclamation et Kelly émit un rire nerveux. Dans la cuisine, Wallace se gratta la tête.

« Elle avait la tête écrasée, le bras cassé et un gros trou dans le cœur... »

Wallace était perdu. Il essaya d'entendre la suite, mais Krystal et Kelly avaient recommencé à se disputer. Il appela les filles pour qu'elles viennent prendre leur dessert dans la cuisine. Lorsqu'elles furent à table, il demanda à Canny ce qu'il advint de la princesse.

« Ben, rien, dit-elle en mordant dans son biscuit. Elle est morte. »

Les traits de Wallace se figèrent. Il croqua un morceau de biscuit et réfléchit un instant. « Mais comment ça se fait que le chien gardait le château? » demanda-t-il. Il regardait Canny d'un air intrigué. « Le roi ne savait pas que le chien était la princesse?

– J'en sais rien. » Canny regarda les deux filles. « Non, il ne savait pas.

– Mais ça n'a pas de sens », assura-t-il.

Kelly sourit, satisfaite de voir Canny prise en défaut.

« Mais ce n'est qu'une histoire, papa, répliqua Canny. Tu sais bien, un conte de fées.

– Oui, mais les contes de fées, ça finit toujours bien, dit-il. C'est fait pour ça, Canny!

– Ouais, déclara Kelly, elle était stupide, ton histoire.

– Ouais, renchérit Krystal. Et il n'y a pas de fermeture éclair sur le dos des chiens. »

Canny se tortilla sur sa chaise. Elle semblait sur le point de pleurer.

« Pourquoi tu nous en raconterais pas une autre,

Canny? Une jolie qui finit bien? proposa-t-il avec empressement.

– Non! dit-elle, boudeuse.

– Allez, Canny, cajola-t-il. Celle que j'aime bien. Celle de la vieille sorcière et de la grenouille. » Il se pencha en avant, tout excité, les mains serrées l'une contre l'autre. « Allez...

– Tu la racontes, toi », répondit Canny.

Les trois enfants le regardèrent se mordre les lèvres et froncer les sourcils. Puis il ferma la bouche et ses lèvres se mirent à trembler au fil de sa pensée. « Il était... il était une fois... » Sa main s'éleva dans les airs, puis retomba. Il secoua la tête avec désespoir. « Je peux pas, avoua-t-il en clignant tristement des yeux. J'arrive pas à trouver les mots. »

Pendant quelques instants, les trois petites se contentèrent de l'observer.

« C'est vrai que t'es attardé? lui demanda Kelly.

– Bien sûr que non! coupa Canny.

– C'est Dotty qui l'a dit! rétorqua Kelly.

– C'est pas vrai! s'emporta Canny, les yeux lançant des éclairs.

– Si, elle l'a dit! » insista Kelly. Elle se tourna vers sa petite sœur. « Hein, qu'elle l'a dit? »

Krystal haussa les épaules, alors Kelly s'empara du dernier biscuit de la petite. Krystal se mit à pleurer.

« Rends-lui ça », ordonna Wallace.

Une dureté pareille à celle de son père obscurcit soudain les yeux de l'enfant. Elle mordit dans le biscuit, puis prit une autre bouchée, les défiant du regard tout en mâchant.

« Tu n'es pas très gentille », bredouilla Wallace, le dos trempé de sueur, les poils de la main hérissés. La gamine l'énervait. Il prit trois biscuits dans la boîte, deux pour Krystal et un pour Canny. « Et rien pour toi, décréta-t-il d'une voix tremblante. Alors que si tu avais demandé au lieu de voler, tu en aurais eu un toi aussi.

– Vieux schnoque, va, fit Kelly à mi-voix.

– Ferme-la! ordonna Canny.

– C'est pas mon père! cracha Kelly. J'ai pas à obéir à toutes ses conneries.

– Si, tu y es obligée, dit Canny. Tu dois faire ce qu'il dit jusqu'à ce que ton papa revienne.

– Non, c'est pas vrai, répéta Kelly. Et t'as pas à lui obéir non plus parce que c'est pas ton vrai père! »

La cadette reposa sa limonade. Elle s'essuya la bouche et regarda Wallace qui se tenait près de la cuisinière. « Alors t'es pas un vrai papa? »

Il ôta son tablier et le plia en un petit carré bien serré. Canny l'observait. « C'est mon père. Bien sûr que c'est mon père!

– Non, c'est pas lui! clama Kelly, une note de triomphe dans la voix. C'est Dotty qui l'a dit, je l'ai entendue. Et elle a dit aussi qu'on t'avait prise chez des gitans et qu'on allait bientôt te rendre aux gitans.

– Maintenant, tu la fermes! l'avertit Canny.

– C'est un secret, susurra méchamment Kelly. Mais je sais tout. Ils vont te ramener chez les gitans et les gitans vont donner au moins mille dollars pour ça. Et puis ils vont te vendre à une vieille dame méchante qui te fera manger de la nourriture pour chien et qui te fera dormir dans la cave, avec les rats et les araignées! »

Wallace frissonna.

« Pauvre Canny, fit Krystal avec un haussement d'épaules.

– Mais vous êtes complètement folles, vous savez, répliqua Canny d'une petite voix tremblante.

– Et je sais encore un autre secret », entonna Kelly comme si elle débitait une comptine. Elle sourit et ses yeux se mirent à luire comme des charbons ardents. « Ils vont partir avec tout l'argent que les gitans vont leur donner et ils vont aller loin, très loin, jusqu'à Hollywood... juste eux deux... » Sa voix vibra. « Et moi! » ajouta-t-elle triomphalement.

Une fois que Krystal et Kelly furent couchées, Wallace s'assit sur le canapé pour regarder la télévision avec Canny. « Je la déteste, déclara Canny en portant la main à sa bouche pour mâchonner un petit bout de cuticule, autour de ses ongles.

– C'est rien que des mensonges », commenta Wallace. Il écarta la main de la petite et la lui posa sur les genoux. Elle s'était rongé les ongles jusqu'au sang.

« Pourquoi est-ce qu'elle l'a dit alors, si c'est pas vrai? demanda Canny. Surtout comme ça, devant toi! » Sa main s'éleva de nouveau, mais il la reposa.

« Parce que, dit-il, puis il réfléchit un instant. Parce qu'elle voudrait être heureuse et qu'elle est jalouse parce que toi, tu es heureuse. Mais pour y arriver, elle connaît qu'une seule façon de faire : la méchanceté.

– Pour arriver à quoi? » Canny avait commencé à tresser les franges de son short.

« A être heureuse. »

Elle leva les yeux. « Ça a l'air un peu tiré par les cheveux, papa.

– Je sais », dut-il reconnaître. Mais son explication n'était pas si fausse. Pour mieux l'expliquer, il lui aurait fallu parler de Hyacinth, qui elle aussi réagissait de cette manière; qui courait toujours après le bonheur et se mettait à haïr tous ceux qui le trouvaient avant elle.

Canny bâilla. Elle s'allongea, la tête posée sur les genoux de Wallace. Dès qu'elle fut endormie, il se dégagea doucement et alla mettre de l'ordre dans la cuisine. Il rangea les jouets dans un grand coffre et posa les tennis des petites sur l'escalier. Puis il récura la cuisinière à l'ammoniaque et frotta enfin l'évier. Ensuite, il retourna les chaises sur la table afin de balayer la cuisine avant de donner un coup de serpillière. Il fallait qu'il s'occupe. C'était la seule façon qu'il connaissait d'écarter la peur et la solitude. La gamine mentait, évidemment, pensa-t-il. Elle avait inventé tout ce qu'elle avait dit pour faire du mal à Canny. « C'est tout, murmura-t-il en pesant sur le balai-brosse et en frottant de toutes ses forces. Rien que des mensonges », conclut-il dans un soupir.

Il laissa la serpillière en travers de l'entrée et recula

dans le séjour. Il resta dans l'embrasure de la porte, à regarder les sillons secs s'élargir sur le linoléum terne et craquelé. Dehors, la nuit devenait de plus en plus lourde. Il avait l'impression de pouvoir entendre le moindre criquet, le moindre crapaud, le moindre bruissement de feuille comme détaché de tous les autres sons. La tonalité étouffée du téléphone elle-même s'amplifia au point de remplir la maison.

Avant de s'asseoir, il retira donc tous les coussins et raccrocha le combiné. La sonnerie retentit aussitôt. Il la laissa sonner longtemps avant de décrocher.

« Allô? Allô? fit une voix de femme. Tu m'entends? Réponds, putain de merde! Où étais-tu passé, espèce de salaud?

– Je sais pas », répondit-il d'une voix rauque. Il crut entendre Hyacinth. Il ferma les yeux et secoua la tête.

« Comment ça, tu sais pas? » brailla la voix.

C'était pourtant la vérité. A cet instant précis, non seulement il ne savait pas où il avait passé les cinq dernières années, mais il n'avait pas non plus la moindre idée de l'endroit où il se trouvait.

« Non mais, tu imagines ce que c'est pour moi de rester coincée ici à t'attendre toute la journée? Bon Dieu, pour qui tu te prends? »

Il eut un mouvement d'impuissance et ne répondit rien. La honte lui faisait baisser la tête. Il sentit quelque chose se serrer, puis se décoincer dans sa gorge, comme un évier qui se débouche d'un coup.

Il voulut dire : « J'étais perdu », mais ne parvint à émettre qu'une sorte de toux asthmatique.

« Mais qui c'est? C'est Jiggy? Jiggy, c'est Alma... T'as bu? »

Il cligna des yeux et s'éclaircit la gorge. « Ils sont pas encore rentrés », dit-il, et il raccrocha.

Il s'assit sur le canapé et remit la tête de Canny sur ses genoux. Elle se gratta violemment le crâne dans son sommeil. Il se souvint de ses fils, petits comme lui, avec des jambes maigres et arquées et des épis qui se dressaient sur leur tête comme de mauvaises herbes, de sorte que, pendant toute la messe du dimanche, Hyacinth ne cessait de se mouiller les doigts de salive pour remettre les cheveux en place.

Il essaya de se concentrer sur l'émission de télévision, mais tout lui rappelait Hyacinth et les garçons. Le téléphone s'était remis à sonner. Il fixa l'écran du regard. On passait la prestation d'un prédicateur quelconque. « Révérend Maximilien Green », pouvait-on lire sur la plaque dorée qui ornait le bureau devant lequel était assis le prêcheur, les mains crispées sur la Bible. La sonnerie du téléphone empêchait Wallace d'entendre ce que le prêcheur disait. Ses cheveux lissés en arrière et sa moustache broussailleuse lui rappelaient l'oncle de Hyacinth, le révérend Pomeroy Hind, cet époux sadique, imprécateur et coureur de jupons qui, avant d'avoir la vocation, confectionnait du boudin au sang entre autres occupations. Hyacinth prétendait que Pomeroy avait eu six visions, toutes plus « éprouvantables » les unes que les autres. La sixième vision surprit Pomeroy complètement nu dans son camion, près du sommet du Bald Peak. Les policiers appelèrent tante Berthie, qui jura sur son lit de mort que le jeune homme qu'ils avaient vu sauter du camion pour s'enfoncer dans les bois était bien le diable cornu des cinq premières visions.

La sonnerie s'arrêta.

Le chien s'était mis à gronder sur le perron. Wallace saisit la main douce et moite de Canny et la serra dans la sienne. Les aboiements soudains de l'animal déchirèrent la nuit comme une rafale de mitrailleuse. Le chien se mit à arpenter la terrasse, sa queue volumineuse balayant les moustiquaires. Wallace tendit l'oreille, espérant percevoir la camionnette de Huller. Le tonnerre roula dans le ciel, puis la maison tout entière vibra au moment où le craquement de lumière retentissant fendit la nuit noire comme une couture arrachée. Les yeux rougis et affolés, le chien se jeta avec un hurlement contre la moustiquaire. Au deuxième coup de tonnerre, l'animal se mit à gémir et gratter misérablement le panneau. Sur la pointe des pieds, Wallace traversa le sol à peine sec de la cuisine et ouvrit la porte. Puis, le chien sur les talons, il ferma toutes les fenêtres, tous deux tressaillant chaque fois que les éclairs illuminaient les vitres.

Lorsque Huller et Dotty rentrèrent enfin, Wallace s'était endormi, sa tête pendant au-dessus de Canny. Le chien était affalé tout près. Dotty avait les yeux cernés et battus lorsqu'elle se pencha pour le réveiller. Il ouvrit les paupières et eut un mouvement de recul. A la lueur argentée et vacillante du téléviseur, le visage de la jeune femme paraissait creusé comme celui d'un cadavre. Instinctivement, il tendit les mains vers Canny.

« Dans la cuisine, disait Dotty. Nous devons parler... »

Huller remettait les chaises par terre. Il avait ouvert deux canettes de bière, une pour lui et une pour Dotty. Sa chemise était déboutonnée et il se grattait la poitrine, contemplant l'arrivée ensommeillée de Wallace d'un regard dur et vitreux.

Wallace s'assit, les genoux bien serrés. Il avait envie d'aller aux toilettes mais n'osait pas, avec Dotty et Huller aussi près de la porte de la salle d'eau.

Dotty avait pris un aspect négligé, chiffonné. Elle avait les cheveux mouillés et emmêlés. Ses yeux couraient entre les deux hommes. Elle remuait sur sa chaise et s'humectait nerveusement les lèvres, attendant que Huller se décide à s'asseoir. Alors, elle se pencha, se tendit vers lui pendant qu'il tirait une feuille de journal de la poche de sa chemise. Il la dévisagea, puis déplia soigneusement la feuille et la posa sur la table, aplatissant du doigt la pliure qui marquait la photographie en noir et blanc.

« Aubie! dit Dotty en lui touchant le bras. Je voudrais que tu...

– Tais-toi! » ordonna Huller.

Pareille à une enfant, elle retira sa main et contempla d'un air inquiet le bout de papier que Huller avait poussé devant Wallace. Il s'agissait de la photo d'un petit enfant.

« Vous la reconnaissez? » demanda Huller d'une

voix tendue. Dehors, des vagues de pluie s'abattaient sur le perron.

Wallace se courba légèrement, tordant le cou sous la lumière incertaine. Sur la photo, la petite fille portait une salopette blanche. Ses cheveux courts et très clairs lui faisaient comme une casquette légère et mousseuse. Elle était debout, les bras tendus, comme sur le point de faire ses premiers pas – ou de tomber, se dit Wallace. Ses traits un peu flous se perdaient dans l'ombre grenée.

« Alors? s'enquit Huller, ses doigts martelant la nappe.

– On voit pas très bien sa figure », répondit Wallace. Il se rapprocha et plissa les yeux, presque au point de les fermer.

« Dis-lui! » le pressa Dotty, le souffle court. Wallace releva vivement la tête et se tourna aussitôt vers Canny, toujours endormie devant le poste de télévision. Sa main pendait du canapé en un petit poing serré.

« Il le sait! expliquait Dotty à Huller. C'est juste qu'il a peur. » Elle se pencha vers Wallace. « N'aie pas peur, Aubie. Tout va bien. » Elle s'efforça de sourire, mais tous ses traits semblaient pris de tremblements et de tics nerveux. Wallace serra les mâchoires en la regardant. Elle cilla et se détourna.

« Où tu as eu cette photo? » lui demanda-t-il.

Dotty se tourna vers Huller. « Tu vois! » Elle lui saisit le bras. « Il sait!

– Je t'ai dit de la fermer! » fit méchamment Huller. Il dégagea son bras. « Je veux que ce soit lui qui le dise! »

Le visage de la jeune femme se tordit. « Dis-lui, Aubie! siffla-t-elle. Tu sais que c'est elle – juste à l'époque où on l'a eue. » Elle tapa du poing sur la table et gémit de voir son regard vide fixé sur elle.

« Où tu as eu cette photo? » répéta-t-il d'un ton morne.

Elle regarda Huller qui restait assis calmement

maintenant, patient comme un chat entre deux oiseaux égorgés.

« A la poste, répondit-elle lentement, son regard cherchant celui de Wallace. Aubie, il y a une récompense! Sa famille est prête à payer vingt-cinq mille dollars pour la récupérer. Mais Jiggy veut être sûr. Il veut l'entendre de ta bouche... » Sa voix monta très haut puis se brisa soudain, comme la plainte vibrante de la corde aiguë d'un violon. « Dis-lui, Aubie! Dis-lui qui est sur cette photo. Dis-lui! »

Wallace examina le cliché. Il frotta ses jointures contre sa paume. La pièce s'assombrit et parut devoir s'engloutir dans l'obscurité. Il secoua la tête. Huller ricana et ramassa la photo. Dotty s'en empara et la brandit sous le nez de Wallace. « Regarde ça, lui conseilla-t-elle. Et t'as intérêt à dire qui c'est, bordel de merde, ou je prends la porte dans la minute qui suit, et je te jure que je rigole pas, cette fois-ci! » Elle commença à se lever, mais Huller la fit rasseoir d'une bourrade.

« Est-ce que c'est Canny? demanda Huller.

– Je sais pas, marmonna Wallace.

– Salaud! » rugit Dotty qui sauta sur ses pieds et se jeta sur lui. Il leva la tête à l'instant même où la main ouverte s'écrasait sur sa joue.

« La chance de ma vie! Le coup à ne pas rater, et toi tu veux tout foutre en l'air? hurla-t-elle en le giflant de nouveau. Pas question! Je ferai tout moi-même. Comme j'ai toujours dû tout faire... » Elle ramassa la feuille et la lui lança à la figure. « Je savais que ça se passerait comme ça. Tu ne veux pas la rendre, c'est ça? Tu veux la garder et continuer à cavaler. Eh bien tu ferais mieux de partir tout de suite parce que, pour moi, c'est fini la cavale. J'en ai terminé avec toi et cette foutue gamine! Et je vais te dire encore une chose, espèce de pauvre petit connard. Quand je ne serai plus là, tu n'auras plus rien ni nulle part où aller, et tu le sais parfaitement bien! » Elle sortit en courant et claqua la porte derrière elle.

Huller fit tourner sa canette de bière sans faire de

commentaires. Des larmes dévalaient les joues mal rasées de Wallace jusqu'aux coins de sa bouche. « D'accord, c'est bien elle », prononça-t-il doucement.

Huller le regarda plier le haut de la feuille.

« C'est Canny », dit Wallace, ses yeux noyés se concentrant sur les mots qui surmontaient la photo. Ses lèvres se débattirent silencieusement avec chaque syllabe.

CAROLINE ANNE BIRD, ÂGÉE DE 18 MOIS,
DISPARUE DEPUIS LE 30 AOÛT 1980.

« Qu'est-ce que c'est marqué? demanda Wallace en montrant les deux lignes.

– Caroline, répondit Huller avec un léger sourire. Caroline Anne Bird. »

Wallace approcha la photo tout près et l'examina attentivement. Puis il fronça les sourcils. « Elle disait Canny, alors on l'a toujours appelée comme ça. » Mal à l'aise, il jeta un coup d'œil vers Huller. « Elle parlait pas très bien, évidemment. »

Huller tendit la main pour récupérer la photo.

« Rien que des mots de bébé », ajouta Wallace.

CHAPITRE IX

Il était dix heures du matin et Huller était censé prendre Alma à l'hôpital à onze heures. La cuisine n'était déjà plus qu'une vaste pagaille. Les filles avaient vidé le coffre à jouets par terre, et le linoléum était couvert de boue provenant de la cour détrempée. Le soleil s'était levé, mais il semblait trop soudain, trop brillant, trop intense, comme un fou rire après des larmes.

Canny cognait à la porte verrouillée de la cuisine. « Krystal a faim! cria-t-elle, la bouche tendue vers la vitre.

– Encore deux minutes! » répondit Dotty d'une voix forte. Elle alluma une cigarette sur celle de Jiggy.

« Mais elle n'a pas encore pris son petit déjeuner! insista Canny. Et sa culotte est trempée.

– J'ai dit une minute, nom d'un chien! » vociféra Dotty. La petite se haussa sur la pointe des pieds pour regarder par le carreau. Wallace détourna les yeux d'un air coupable. Dotty se leva pour tirer le rideau.

« Donc, l'important, c'est l'emploi du temps, récapitulait Huller, plus pour lui-même que pour les deux autres. Donner le coup de fil, fixer l'ultimatum, ramasser la rançon et leur rendre la gamine. »

Dotty se rapprocha.

Huller posa son paquet de cigarettes sur la table. « Là, c'est la bagnole avec la môme dedans, dit-il en poussant les cigarettes devant sa boîte de bière. On compte le fric, continua-t-il en rangeant le paquet contre la tasse à café de Wallace. Et puis on laisse la môme partir », dit-il en désignant la tasse.

Dotty fronça les sourcils. Elle regarda entre la tasse et le paquet de cigarettes. « Qui conduit? demanda-t-elle.

– Papy, fit Huller avec un sourire. Il est dans la voiture avec la gosse. Nous, on est là. » Il montra la boîte d'allumettes. « Dans la camionnette. Dès que le fric...

– Mais il va se perdre! l'interrompit Dotty. Je te dis qu'il se perd tout le temps. »

Excédé, il battit des paupières. « Non, il se perdra pas, affirma-t-il. On va répéter tout ça plusieurs jours à l'avance.

– Il s'en souviendra pas, grogna Dotty.

– Écoute. Faut que tu discutes tout ce que je dis et ça commence à me taper sur le système! » aboya Huller. Il épongea la transpiration qui lui coulait dans le cou avec un torchon qu'il reposa sur la table.

« Je suis désolée, dit Dotty. J'ai les nerfs en pelote, c'est tout. Bon sang, dès que je pense aux flics, j'en suis malade.

– Eh bien, n'y pense pas. Pense à tout ce fric. » Huller sourit et plissa les lèvres. « Tous ces petits billets verts... » Il jeta un bref coup d'œil vers Wallace et son sourire s'évanouit. « Qu'est-ce qu'il y a, papy? Vous aussi, vous avez peur? »

Wallace hocha la tête. Il voulut dire quelque chose, puis secoua faiblement la tête.

« Allez... parlez! » Huller l'encourageait de la main. « Allez, accouchez! C'est le moment. »

Wallace haussa les épaules, mal à l'aise. Huller lui fit à nouveau signe.

Wallace finit par se décider : « Mais si on demande

de l'argent, est-ce que ça veut pas dire que... qu'on est comme des kidnappeurs? »

Huller renifla. « Eh bien, c'est pas ce que vous êtes? »

Les yeux de Wallace s'agrandirent. « Non, pas des vrais. Pas comme à la télé ni rien. »

Huller se mordit la lèvre. « Ah ouais? Et comment vous expliquez ça?

– On l'a pas fait vraiment exprès », dit Wallace. Il haussa de nouveau les épaules et lança un regard presque timide dans la direction de Dotty. « Le pot d'échappement s'était défait, alors on s'est arrêtés et j'ai dit : " On n'a pas d'argent et rien à manger, alors il faut qu'on retourne. " Et elle est partie, sûrement pour chercher de l'argent. Mais moi, j'ai cru qu'elle était partie pour de bon, et j'ai voulu faire pareil. Mais elle avait pris les clés, et puis elle est revenue avec ce tout petit bébé dans les bras et un pot plein de pièces. J'ai demandé qui c'était. D'abord, elle m'a dit qu'elle l'avait trouvée, et puis elle a dit qu'une dame l'avait payée pour qu'elle la prenne et puis, bien sûr, elle avait peur et elle arrêtait pas de me dire : " Vas-y, démarre! " Et moi, j'avais tellement peur aussi... » Et alors qu'il racontait, son visage était blanc comme un linge et sa voix tremblait de frayeur.

Dotty émit un rire nerveux. « Il a au moins mille versions. A chaque fois, il en raconte une différente. »

Wallace prit une expression blessée. « Non, c'est pas vrai. » Il se gratta pensivement la tête. « En fait, je crois bien que je l'ai jamais raconté avant aujourd'hui. »

Huller n'avait pas quitté Dotty des yeux. Il avait pressé ses lèvres sur le bord de sa canette de bière en un sourire lent et narquois.

« Me regarde pas comme ça! cracha-t-elle.

– Comme quoi? rétorqua Huller en riant et en ouvrant de grands yeux innocents.

– Comme si t'avais tout compris! » dit-elle.

CHAPITRE X

Sauf lors des spots pour Pampers à la télévision, pendant lesquels elle reniflait un peu, Alma avait plutôt bon moral. Bien sûr, ça l'aidait vraiment d'avoir la maison si propre, et aussi que Jiggy ne s'en aille plus tout le temps, expliquait-elle à Wallace tandis qu'il lavait la vaisselle du petit déjeuner. Il avait fait des crêpes; Canny adorait ça. Et, pour le dîner, il prévoyait de préparer des friturettes, ce qui n'était en fait que le reste de crêpes découpé et plongé dans la friture.

« C'était sûrement trop tôt », disait Alma, assise à table. Elle était en train d'allumer une autre cigarette. Malgré les fenêtres ouvertes, un nuage de fumée emplissait la cuisine. Alma pouvait fumer autant qu'elle le voulait, maintenant. Cela ne la rendait plus malade. « C'était juste comme quand on s'est mariés. Lui, il voulait sortir, et moi j'étais trop fatiguée, et puis après, mes pieds étaient tellement enflés que je pouvais même plus me lever. Sans parler que, bien sûr, les rapports, fallait même pas y penser tellement que j'étais grosse et malade et tout et tout. » Elle éclata de rire. « Le plus petit mouvement me donnait envie de gerber. A peine il s'asseyait sur le lit que j'avais des haut-le-cœur... »

L'eau gargouilla en se vidant. Wallace essora le chiffon à vaisselle et se courba au-dessus de l'évier pour essuyer les projections d'eau sur le robinet. Il avait le visage empourpré.

« C'est assez dur, quand on y pense, poursuivait Alma. Parce que les jeunes mariés, ils ont rien d'autre que les rapports pour commencer. C'est comme ça qu'ils apprennent à se connaître. Bien sûr, faut des années... » Sa voix se perdit et elle contempla un moment sa tasse à café vide. « Dotty dit que vous avez été marié longtemps... Enfin, je veux dire, à votre femme – celle d'avant Dotty. Est-ce qu'elle était comme Dotty? Vous comprenez, je veux dire, jolie comme elle? »

Wallace n'avait pas quitté l'évier. Il se remit à tordre le chiffon à vaisselle.

« Sûrement pas, hein? soupira Alma. Elle était certainement comme moi, usée, grosse et tellement pas gaie que vous ne la supportiez plus. Et puis Dotty est arrivée et voilà, vous n'avez pas pu dire non et vous êtes partis... »

Wallace murmura quelque chose.

« Quoi? demanda Alma en se penchant un peu.

– Elle était pas grosse, répéta-t-il à mi-voix.

– Est-ce qu'elle était usée et qu'elle était tout le temps après vous pour que vous restiez à la maison? » Alma écrasa son mégot dans la mare de café au fond de sa soucoupe. Elle prit une poignée de petits biscuits au fromage de la boîte posée sur ses genoux.

« Non, répondit Wallace d'un air gêné. Je restais toujours à la maison.

– Vous sortiez jamais avec d'autres types? » insista Alma, la bouche pleine.

Il se détourna et secoua la tête.

« Pour aller au bowling? Ou juste pour traîner un peu? »

Il secouait toujours la tête.

« Vraiment? Mince! » Elle le dévisagea avec une expression étonnée et curieuse. Elle haussa les épaules. « Eh bien alors, qu'est-ce que vous faisiez?

– Rien », répondit-il.

Les yeux d'Alma s'étrécirent. « Elle était coureuse?

– Non, c'était pas son genre.

– Comment elle s'appelait? » s'enquit-elle. Quand il le lui eut dit, elle répéta le prénom. « Hyacinth. C'est joli. Je n'avais jamais entendu ça avant.

– Ses sœurs aussi avaient des noms de fleurs », dit-il en clignant des yeux. Il avait oublié ce détail. « Il y avait Rose, Marguerite, Violette... et celle qui est morte, Églantine. »

De dehors leur parvint le cri perçant de Kelly. Voyant qu'il ne bougeait pas, Alma se leva lentement de sa chaise puis se dandina jusqu'au perron. Elle perdait toujours des caillots de sang. Dotty assurait qu'il y en avait des gros comme des pamplemousses. Après la naissance d'Answan, Hyacinth avait dû rester alitée pendant quinze jours, et sa mère était venue s'installer chez eux. Mme Kluggs avait un bec-de-lièvre et une peau presque bleutée qui faisait d'elle une véritable Mooney. Depuis toujours, les Mooney avaient eu la peau bleue, bleue comme de l'encre, et ils en étaient fiers, assurait Mme Kluggs avec orgueil. Sa belle-mère ne pouvait pas le sentir. Elle sortait ses bottes sur le perron et les laissait se remplir de neige toute la nuit. Elle avait l'habitude de passer derrière lui dans la salle de bains pour ouvrir la fenêtre. Quand cela ne suffisait pas, elle se mettait un mouchoir sur le nez. Elle avait même entraîné Arnold à faire pareil. Il arrivait parfois que toute la famille se retrouve rassemblée avec un masque sur le visage.

Il se sentait faible. Trop de souvenirs affluaient. Il embrassa la cuisine du regard, la poupée sans tête gisant près du sac poubelle affaissé, le soulier maculé de boue près de l'écuelle d'eau du chien dans laquelle flottait une mouche noire. Pendant un instant, il ne sut plus dans quelle maison il se trouvait ni pourquoi il se trouvait ici. Son regard se concentra sur la mouche – sur sa tête méchante et velue et sur ses ailes sombres, inertes et iridescentes. « Je me suis perdu, murmura-t-il. Voilà ce qui est arrivé. »

Dehors, dans la cour, une femme riait. Alma riait mais c'était le rire de Hyacinth qui lui tailladait le dos comme une lame de rasoir; le rire de Hyacinth et de toute sa famille en train de se frapper les cuisses et de se tenir les côtes en écoutant une telle histoire. Avait-on jamais entendu une chose pareille? *Il est parti travailler un matin, et le voilà qui revient la bouche en cœur cinq ans plus tard en disant qu'il s'est perdu. Allons, Wallace, trouves-en une autre...*

Une semaine s'écoula et, pour autant que Wallace pouvait en juger, Alma ne connaissait pas la vérité au sujet de Canny. Elle semblait se satisfaire de fumer des cigarettes, de regarder ses feuilletons à la télé et de se plaindre à Dotty de ce que sa petite sœur de quinze ans n'était qu'une sale feignasse. Ellie était venue s'installer chez eux trois jours plus tôt, après un concours de gifles avec sa mère.

Jiggy, Dotty et Wallace se trouvaient maintenant dans le bungalow, travaillant à la mise au point du « plan ». Alma faisait la sieste dans la maison. Juste après le petit déjeuner, Ellie avait emmené les trois petites patauger dans le ruisseau, en pleine forêt. C'était une grande fille osseuse dont les seins soulevaient le coton mince de son tee-shirt comme deux petites bosses bien fermes. Quoique plus jolie qu'Alma, Ellie avait des yeux faits de la même pierre triste.

Dans la touffeur du bungalow, Dotty avait pris place sur un des lits et se passait de l'huile pour bébé sur les jambes. Elle était restée toute la matinée allongée au soleil, et ses cuisses avaient pris une teinte rose vif. Jiggy était assis sur le bord de l'autre lit. Wallace se tenait entre eux, sur la chaise en bois, raidi dans son silence. Tandis qu'ils parlaient, il se contentait de hocher silencieusement la tête, écoutant à peine, le regard flou et immobile. Leurs voix bourdonnaient, prononçant des mots d'une étrange et brillante fluidité, montant et descendant, partant et revenant, fusant près de lui.

Jiggy disait que Wallace devrait se charger de tous

les coups de fil. « Comme ça, ils penseront qu'ils traitent avec un seul type. Ça peut pas être moi. Je suis trop repéré.

– Mais il est complètement paumé, au téléphone », déclara Dotty qui retourna le flacon sur ses doigts avant d'étaler l'huile sur la face interne de sa cuisse. Elle leva les yeux sur l'expression lointaine de Wallace. « Il a peur de parler quand il ne voit pas à qui il parle.

– Je lui dirai ce qu'il faut dire », répliqua Jiggy.

Elle secoua la tête. « Il va oublier. Garanti, dit-elle avec un soupir.

– Je l'écrirai, reprit Huller.

– Il ne sait pas lire », répliqua-t-elle sur le même ton morne.

Huller se tourna vers Wallace. La mâchoire du petit homme se tordit. Son regard semblait embrumé. Huller baissa le ton. « Mais dans quoi je m'embarque, moi ? Bon sang ! »

Dotty haussa les épaules. « Il peut lire les gros trucs imprimés. » Elle eut un rire léger. « Canny lit aussi bien que lui maintenant. »

Huller se leva et se dirigea vers la porte. Il resta là, à regarder la piste poussiéreuse. « Faudrait que tu voies la baraque qu'ils ont, les parents de Canny, dit-il.

– Je l'ai déjà vue, répliqua Dotty. J'y ai été. Tu te souviens ? »

Huller se retourna et parut l'étudier, comme s'il essayait de se faire une opinion sur quelque chose. « Tu n'avais pas peur, de rentrer comme ça dans une maison que tu connaissais pas et de repartir avec la gamine ?

– Pas sur le moment, non. Pas à l'intérieur. » Elle s'esclaffa. « Je voulais dire que je faisais une collecte pour le cancer ou un truc de ce genre, mais, comme personne n'est venu ouvrir, j'ai juste poussé la porte et je suis rentrée, et j'ai foncé directement dans la cuisine. Il y avait un bocal en verre plein de pièces sur une table, et puis tout d'un coup je me suis rappelé à quel point j'avais faim. Alors j'ai ouvert le frigo et je suis restée là, à regarder toute la bouffe, quand j'ai entendu cette voix de bébé qui disait : " Coucou, coucou. " J'ai regardé par-dessus la porte du frigo et j'ai vu cette toute petite fille. Elle était dans l'autre pièce, dans un parc, tu vois, et elle appuyait sa figure toute mignonne et potelée contre les barreaux. Le téléphone a sonné et elle, elle arrêtait pas de faire " coucou ", de plus en plus fort, comme si elle voulait que je lui réponde. Comme si elle allait pleurer si je ne le faisais pas. Alors je me suis approchée et je lui ai dit " coucou " aussi, mais quand j'ai voulu partir elle s'est remise à crier : " Coucou! Coucou! " »

Dotty remonta ses genoux sous son menton et sourit. Wallace la regardait maintenant, et l'écoutait attentivement.

« Elle voulait pas se taire et le téléphone s'est arrêté de sonner, alors je l'ai prise dans mes bras. Ensuite j'ai cru entendre des pas et je suis sortie en courant. Et c'est quand je suis arrivée au camion et qu'Aubie s'est mis à me bombarder de questions que j'ai commencé à avoir peur. Tout ce que je me disais, c'est qu'il fallait foutre le camp de là. Je pensais à rien d'autre, je te jure. Enfin tu vois, si j'avais calculé tout ça, ça se serait jamais passé aussi facilement. » Elle soupira et se frotta le menton contre son épaule huileuse. « Bien sûr, tu peux toujours essayer de raconter ça aux flics. Que ça a juste été un de ces trucs dingues qui arrivent comme ça. Et puis après, je pouvais quand même pas la laisser n'importe où, sans parler qu'au bout de quelque temps Aubie s'est tellement entiché d'elle que, quand je lui demandais de stopper le camion pour l'abandonner quelque part, il continuait de rouler. Il voulait pas m'écouter. »

Wallace s'inclina vers elle. « Tu m'as jamais dit d'arrêter, Dotty. Je l'aurais fait si tu l'avais dit.

– Ah ouais! » Elle eut un rire gêné. « Tu te souviens vraiment bien, dis donc! » Elle leva les yeux au ciel à l'intention de Huller. « La moitié du temps, il n'arrive même pas à se rappeler quel jour on est.

– Je me souviens de ce jour-là », dit Wallace en scrutant l'ombre dans le fond du bungalow.

Huller se tenait maintenant appuyé contre le chambranle de la porte, bras croisés, en train de les observer.

« Je me souviens comment tu étais habillée et comment Canny était habillée. Je me souviens de tout ce jour-là. »

De la forêt leur parvinrent les cris des petites qu'Ellie pourchassait vers la maison. Comme Ellie, dont le tee-shirt et le short collaient au corps, elles étaient toutes les trois trempées.

Dotty se leva et vint se poster près de Huller, qui contemplait sa belle-sœur. « Ça va devenir un vrai tas si elle fait pas attention », railla-t-elle. Huller ne répondit rien.

« Te fâche pas, Jig, cria Ellie en direction du bungalow. Je les change tout de suite, promis! »

Huller ouvrit la porte. « Je te donne un coup de main », dit-il en sortant.

« Salaud, marmonna Dotty en les regardant pénétrer dans la maison.

– Dotty? fit Wallace, puis il attendit une minute. Dotty?

– Quoi? demanda-t-elle en faisant volte-face, les bras étroitement serrés sur sa poitrine. Qu'est-ce que tu veux encore? »

Il baissa la tête et respira profondément. « J'ai peur.

– Et alors, qu'est-ce qui est nouveau? » dit-elle en saisissant son paquet de cigarettes sur le lit. Elle se dirigea vers la porte.

« Quelque chose de terrible va arriver », dit-il. Il leva les yeux vers elle, les traits déformés par la peur. « Je le sais.

– Merde! » grogna-t-elle avant de s'élancer vers la porte, mais elle s'arrêta brusquement et revint vers lui. La ligne fine et dure de ses lèvres se mit à trembler. « De toute ma vie, Aubie, tu es le seul mec que j'aie jamais vu pleurer. » Elle secoua la tête. « T'es comme un môme. C'est ce que je me suis dit la première fois que je t'ai vu. C'était comme si je pouvais faire n'importe quoi, dire n'importe quoi, tu resterais de toute façon avec moi. Mais je n'étais qu'une gamine à ce moment-là, Aubie. Je suis plus une gosse maintenant. Et dans quelques années, Canny sera plus une gosse non plus... » Elle lui posa la main sur la joue. « Tout le monde grandit, Aubie. » Sa voix s'adoucit. « Tout le monde sauf toi... Tu vois ce que je veux dire? »

Il secoua la tête. Vraiment, il ne voyait pas.

« Non. » Elle le regarda. « Non, bien sûr que tu ne vois pas. Je pourrais le marquer en noir sur blanc que tu ne verrais toujours pas. »

Quand elle fut partie, il demeura assis sur sa chaise à dossier droit et observa la marée de l'ombre monter du plancher jusqu'à ses chevilles, puis ses genoux, sa taille. De toutes les voix qui retentissaient dehors, il ne parvenait à identifier que celle de Canny. Il tendit l'oreille. Il savait qu'il lui faudrait se souvenir de ceci. De sa façon de rire, ou de pouffer comme maintenant. Puis il pensa : *C'est comme avec mes deux gars, je ne vais plus jamais la revoir.*

Le lendemain matin, Jiggy et Dotty partirent de bonne heure. Ils allaient à Stonefield afin d'étudier l'itinéraire auquel pensait Jiggy. Wallace était toujours au lit quand Canny fit irruption dans la chambre. Riant de le trouver encore recroquevillé sous ses couvertures, elle courut se jeter sur lui. « Tu deviens aussi paresseux que maman! gronda-t-elle en essayant de le chatouiller à travers la couverture. On dort jusqu'à midi! On ne se lève même pas pour prendre son petit déjeuner ou aller faire pipi...

– Laisse-moi tranquille », grogna-t-il en se mettant l'oreiller sur la figure.

Canny se redressa et souleva un coin de l'oreiller. « T'as bu? demanda-t-elle en examinant son visage hâve, encore creusé par les favoris.

– Bien sûr que non!

– T'es malade?

– Non. »

Elle baissa les yeux sur l'oreiller et se gratta la tête. « T'es fâché après moi?

– Non.

– Si, tu es fâché. Tu m'en veux parce que j'ai dormi là-bas, hein?

– Je t'ai dit que j'étais pas fâché.

– En tout cas, t'en as l'air.

– Eh bien je le suis pas.

– Alors lève-toi..., allez, dit-elle en tirant sur sa couverture.

– Arrête..., je suis pas habillé. » Il ramena le drap sur lui. « Bon sang, Canny, laisse-moi tranquille.

– Je sais pourquoi t'es fâché, persista-t-elle.

– Je suis pas fâché!

– Tu crois que maman le fait avec Jiggy, hein?

– Tourne sept fois la langue dans ta bouche, conseilla-t-il en se dressant sur un coude. Sinon je vais te faire passer l'envie de dire n'importe quoi!

– En tout cas, c'est ce que tu penses et je le sais. Mais, papa! hurla-t-elle avec un grand sourire. C'est pas vrai. Enfin, ça l'est plus. Quand maman est venue ici, hier soir, eh bien Ellie et Jiggy, ils s'embrassaient sur le divan.

– Vraiment? demanda Wallace, intéressé.

– Ouais. Je les ai vus par le trou du plancher. » Canny sourit. « Mais alors, il a fermé la lumière. » Elle sauta de nouveau sur le lit et s'assit en tailleur face à Wallace. « Il n'y a donc plus à s'inquiéter, papa, fit-elle d'un ton solennel. Ça va être comme d'habitude. Maman va en avoir marre de lui ou bien il va la laisser tomber, et alors on pourra partir. »

Le soleil matinal transperçait la vitre d'un mince rai de lumière. Wallace le contempla, ses yeux à nouveau perdus dans le vague. Canny entreprit d'arracher une grosse croûte sur son genou tout en lui confiant à voix basse des histoires sur Alma, combien elle aurait eu horreur d'être sa fille ou celle de Jiggy tellement ils étaient méchants tous les deux avec Kelly et Krystal. « Alors je pense que je vais te garder, papa », conclut-elle en gloussant avant de ramper jusqu'à lui. Elle se pelotonna tout contre lui, la tête coincée sous le menton de Wallace. Elle sentait le petit chaton gorgé de lait. « C'est-à-dire, à moins que quelque chose de mieux se présente », dit-elle de la voix rocailleuse qu'elle prenait pour imiter Dotty.

Jiggy s'était procuré un plan à l'hôtel de ville de Stonefield. Il l'avait maintenant étendu sur le sol du bungalow. Il s'agenouilla devant et traça à l'aide d'un crayon une ligne reliant différentes rues. Dotty s'accroupit près de lui.

« Qu'est-ce que c'est? demanda-t-elle en désignant le X qu'il venait de marquer.

– Le cimetière que je t'ai montré, répondit-il, s'interrompant pour prendre appui sur un genou. Juste derrière cette voie de chemin de fer. A partir de là, le cimetière, expliqua-t-il en faisant courir son doigt le long du plan, jusque-là, la maison des Bird, il ne faut pas plus de cinq, peut-être sept minutes... Alors, dès que le fric est versé, papy amène la gosse... »

Les yeux de Wallace se rivèrent sur ceux de Dotty.

« Je t'ai déjà dit, fit-elle. Il a la trouille des cimetières. Il en a une peur bleue! »

Huller examina le visage gris de Wallace. « C'est vrai, ça, papy? »

Wallace hocha la tête.

« Mais bon Dieu, de quoi peut-on avoir peur là-dedans? coupa Huller. Tout le monde est mort là-bas. Les morts ne peuvent pas faire de mal, non? » A la vue des yeux affolés de Wallace, Huller se radoucit. « D'accord? »

Wallace se contenta de hausser misérablement les épaules. Il tripotait la visière de sa casquette de base-ball.

Dotty passa son doigt sur le plan. « Pourquoi pas ici? » Elle regarda Huller. « La décharge. Aubie est habitué aux décharges.

– C'est trop loin, décréta Huller. Le cimetière n'est qu'à trois minutes de chez la gosse.

– Nom d'un chien, quelle différence? Cinq minutes, dix minutes... », dit-elle en frottant du dissolvant sur chaque ongle écarlate.

Huller ramassa vivement le plan. « Tu commences à devenir aussi crétine que..., grogna-t-il, mais il suffit un coup d'œil en direction de Wallace pour qu'il se reprenne. Le temps, c'est tout ce qu'on a. Dès qu'il aura donné ce coup de téléphone faudra que je file.

– Qu'est-ce que ça veut dire : “ Je ”? Où est-ce que je vais être, moi? le reprit aussitôt Dotty.

– Dans la camionnette, bien sûr. » Huller sourit d'un air charmeur. « Avec moi. » Il cligna de l'œil.

Elle lança un regard gêné en direction de Wallace. « Et après, dès qu'il a l'argent, il laisse Canny et vient nous retrouver en voiture de l'autre côté des rails, fit-elle d'une voix forte, très exagérée.

– Quelque chose comme ça, dit Huller en reposant la carte. Mais ces détails-là, on les verra plus tard.

– Hey, Jiggy! appela Ellie depuis l'allée. On y va! » Huller fit mine de se lever, puis se ravisa. Dotty parlait toujours. « Quand ça, plus tard? voulait-elle savoir.

– Un jour ou deux. »

Wallace releva brusquement la tête. « Vous voulez dire demain? » Sa poitrine se souleva précipitamment, comme s'il était essoufflé. « Ça veut dire qu'on va la rendre si vite que ça?

– Non, non », le rassura Huller en lui tapotant l'épaule. Il replia la carte. « Je veux seulement que tout soit réglé à ce moment-là. C'est pour ça que j'arrête pas d'essayer les différents itinéraires.

– Jig, dépêche-toi! » cria Ellie.

Huller se dirigea vers la porte, Dotty sur ses talons. Il se retourna et planta la carte entre ses seins. « Où tu crois que tu vas comme ça? C'est l'anniversaire de la vioque d'Ellie. »

« Tu veux un hot-dog? demanda Wallace en fourrant les boîtes de bière et les mégots dans un sac en papier. Il reste des saucisses d'hier soir. » Il s'agenouilla et ramassa le bouchon du dissolvant. « Je pourrais les couper en morceaux avec une petite sauce, comme tu aimes. » Il dut s'appuyer à deux mains sur le lit pour se relever. Il avait les genoux raides et enflés à cause de l'humidité qui régnait dans le bungalow. « Et après, on pourrait aller manger une glace », proposa-t-il pour la tenter.

Elle se tenait dans l'embrasure de la porte, les bras croisés, et regardait Canny approcher.

« Et puis, si tu veux, on pourrait même aller faire une balade après », continua-t-il. Elle secoua la tête.

« Peut-être qu'on pourrait aller voir un film dans un drive-in...

– Tais-toi! Mais tu ne peux pas te taire! » Elle courut, dépassa Canny et alla s'asseoir sur la dernière marche du perron, collée dans le coin droit où se postait généralement Wallace, le seul point d'où l'on pouvait voir le virage de la route.

Canny entra et se laissa tomber sur le lit. Elle dit qu'elle était bien contente qu'Alma ait emmené les deux filles avec elle et Ellie. « C'est rien que des branleuses », lâcha-t-elle avec un soupir en se grattant la tête à deux mains.

« Tiens ta langue! » s'exclama Wallace en faisant volte-face. Il lui saisit les poignets. « Et arrête de te gratter!

– Laisse-moi tranquille! » hurla soudain Canny. Ses yeux étincelaient de fureur alors qu'elle essayait de dégager son bras. « Espèce de salaud! cria-t-elle en se débattant et en lui martelant le visage. Fous-moi la paix, sale petit connard! »

Il lui lâcha le bras et se contenta de rester là, à la regarder. Il n'était ni fâché ni même blessé; il avait peur. « Écoute-moi, Canny, dit-il en tirant la chaise auprès du lit sur lequel elle s'était recroquevillée, lui tournant le dos. Faut que je te dise quelque chose.

Canny, regarde-moi... Tu veux bien faire ça pour moi, s'il te plaît? »

Elle se retourna et leva vers lui des yeux coupables. Il ôta sa casquette et se gratta la tête, puis il remit la casquette. « Tu vois... » Il se frotta le nez au point de le rendre tout rouge. Pas un instant elle ne cilla ni ne détourna le regard. C'est finalement lui qui se détourna. « Plus de grossièretés, prononça-t-il d'un ton bourru.

– Je m'excuse, dit-elle d'une petite voix.

– Tu fais bien.

– Allez! lança Dotty derrière lui, à travers la moustiquaire. Foutons un peu le camp d'ici. »

Canny avait déjà englouti son esquimau. Wallace sentait son regard peser sur chaque coup de langue qu'il donnait à sa glace. « Tiens, dit-il en lui tendant ce qui restait par-dessus le dossier.

– Tu es sûr?

– Je suis déjà plein de Big Macs, la rassura-t-il. J'ai mangé le mien et celui de maman, n'oublie pas.

– Quel glouton! dit Canny en s'esclaffant avant d'entamer l'esquimau de Wallace.

– Glouton! s'exclama celui-ci. Qui est-ce qui me traite de glouton et qui en a mangé deux aussi, plus une glace entière plus la mienne! » Il se tourna vers Dotty, qui n'avait pas prononcé deux mots depuis qu'ils étaient partis de chez les Huller. Il s'éclaircit la gorge. « Où est-ce que tu as envie d'aller? » Il se racla de nouveau la gorge.

« Aucune importance, soupira-t-elle. Tout ce que vous voudrez. »

Il accéléra un peu et sentit le moteur s'emballer et tous les vieux taquets cogner le long de ses jambes et jusque dans sa poitrine comme un grand cœur affolé.

« Tu veux la radio? proposa-t-il d'une voix rauque.

– Non. »

Il tressaillit, n'osant plus respirer. Sans oser quitter la route des yeux; sans oser briser le charme. Elle avait la tête appuyée contre le dossier et les yeux fermés.

Peut-être que ça y était, rêva-t-il. Elle allait rester comme cela et le laisser conduire toute la nuit. Alors, le matin venu, elle se réveillerait, et toutes les pancartes indiqueraient OUEST... OUEST... jusqu'à Hollywood, Californie. Canny elle-même le sentait bien, assise au bord de la banquette, l'observant dans le rétroviseur.

« Prends à gauche », indiqua soudain Dotty. Vingt minutes plus tard, elle lui faisait emprunter une route, puis traverser un groupe de lumières juste après une université avec une grande statue devant...

Il avait les mains lourdes sur le volant. Devant lui, la pancarte annonçait : BIENVENUE A STONEFIELD.

« Tu reconnais? » demanda-t-elle en désignant un autre îlot de lumières.

Il ne répondit pas; il avait la bouche trop sèche ne fût-ce que pour déglutir. Le moindre néon lui brûlait les yeux et il était assis si bas sur son siège qu'il parvenait à peine à voir au-dessus du volant.

« Le cimetière est là-bas. En réalité, il y en a deux, un de chaque côté de... Mais à gauche, merde! » glapit-elle en projetant le volant vers la gauche pour ne pas rater le tournant.

Ils se trouvaient dans une rue large et bordée d'arbres. Toutes les maisons étaient gigantesques et entièrement illuminées. Une jeune fille et un garçon remontaient la colline en se tenant la main. Le garçon regarda par-dessus son épaule en percevant le vacarme de la voiture qui approchait.

« L'école est juste là-haut, indiqua Dotty. C'est là qu'il faut tourner! » Elle tendit le doigt. « Juste avant l'école.

– Quelle école? interrogea Canny. Est-ce que ça va être mon école?

– C'est là! s'écria Dotty alors que la vieille voiture prenait laborieusement le virage. Celle qui a un grand porche arrondi!

– On dirait un kiosque à musique, fit remarquer Canny tandis qu'ils passaient devant.

– Moi, ça me fait penser à un très vieux bateau, dit Dotty en s'agenouillant sur son siège pour regarder en arrière. Comme l'arche de Noé, avec une rambarde tout autour. »

La maison, grande et composée de plusieurs parties, avec des toits noirs à des niveaux différents surmontant ses faîtes, lucarnes et annexes, n'apparut que comme une longue traînée blanche à la vision figée de Wallace.

Elle lui commanda de faire le tour du pâté de maisons puis de se garer au coin de la rue. Wallace contemplait la chaussée devant lui.

« Pourquoi on s'est arrêtés? voulut savoir Canny. Qui est-ce qui habite ici?

– Je suis allée directement sous le porche et puis je suis entrée par cette porte, disait Dotty. Il n'y avait que des portes en verre et je me rappelle qu'il y avait des glaces partout. Des tapis blancs et des glaces, et je me rappelle que je me suis vue et que ça m'a fait rire, et puis j'ai entendu : “ Coucou! Coucou! ” Dès que j'allais quelque part, tu répétais : “ Coucou! Coucou! ” disait-elle à Canny qui lança des coups d'œil inquiets à Wallace. Comme ces poupées qui parlent, qui n'arrêtent pas de répéter la même chose jusqu'à ce qu'il n'y ait plus de piles... Le fils de pute! s'exclama soudain Dotty. On n'a pas besoin de lui, de toute façon. Ah! il se croit malin! Il me traite de crétine... » Elle ouvrit la portière et Wallace ferma les yeux tandis qu'elle fonçait de l'autre côté de la rue.

« Maman! » appela Canny. Le déclic de la portière arrière se fit entendre, mais Wallace avait démarré avant que Canny puisse l'ouvrir.

Quand il fut revenu en haut de la côte, Dotty attendait au carrefour, près du muret de pierre.

« T'es folle? cria Wallace dès qu'elle eut plongé dans la voiture. Mais qu'est-ce que tu veux prouver, bon Dieu? Tu te fous de tout, hein? » Il continua son monologue durant plusieurs kilomètres, pestant, secouant la tête et disant des choses auxquelles il n'avait même jamais réfléchi auparavant. Canny, recroquevillée à l'arrière, suçait son pouce et les regardait de ses yeux mi-clos, comme tournés vers l'intérieur.

« Tu as juste quelque chose qui te passe par la tête et toi, tu le fais! Et tant pis si les autres sont pas prêts ou s'ils veulent pas, tu continues et tu le fais, ou tu le dis... »

Dotty restait les bras croisés, raide, pâle et aussi inexpressive qu'une poupée de porcelaine.

CHAPITRE XI

L'après-midi touchait à sa fin et cela faisait trois jours qu'une vague de chaleur desséchait les feuilles sur les arbres et transformait l'herbe en champ d'amadou. Le gros chien roux haletait sur la terrasse. Ses yeux rougeoyaient au travers du treillage sombre.

Dans la cour, les trois petites filles jouaient au fond d'une piscine en plastique quelque peu affaissée, les genoux ramenés sous le menton. Elles étaient exsangues et alanguies par la chaleur. Leurs poupées Barbie flottaient, face retournée, dans l'eau brouillée et pleine de brins d'herbe. Kelly décréta qu'elles s'étaient toutes noyées, que leur voiture avait eu un accident, qu'elles étaient passées par-dessus la falaise et s'étaient écrasées dans la mare. Canny et Krystal avaient cessé de discuter avec elle. Elles se tenaient appuyées l'une contre l'autre et regardaient d'un œil apathique Kelly attacher des pierres au cou des poupées pour les faire couler.

« Elles sont mortes, croassa-t-elle. Elles sont toutes crevées! » Canny se gratta l'arête du nez, sur une piqûre de moustique blanche et enflée.

Sur les marches du perron, Dotty et Ellie étaient en petit short et bain de soleil trempé de sueur. Dotty, assise sur la plus haute marche, défaisait les longues tresses noires d'Ellie.

Alma et Wallace restaient assis à la table de la cuisine. De temps à autre, elle regardait par la porte ouverte du côté de la route. Jiggy était parti tôt le matin. « Il est sur un mauvais coup », dit-elle en allumant sa cigarette avec un briquet à gaz qui sifflait et lançait une telle flamme qu'elle lui lécha les sourcils. La transpiration s'accrochait au duvet sombre qui surmontait sa lèvre supérieure tandis qu'elle restait penchée, à raccommoder un soutien-gorge grisâtre et informe. Wallace regardait partout pourvu que ce ne fût pas le soutien-gorge.

Alma n'avait pas quitté la table depuis le petit déjeuner. Elle avait passé la majeure partie de la matinée à découper des bons de réduction dans un tas de vieux journaux tout en regardant ses jeux télévisés préférés. Chaque fois que Wallace essayait de s'en aller, Alma pensait à autre chose à lui faire faire. Après avoir essuyé la vaisselle du déjeuner et balayé la cuisine, pensant enfin qu'Alma ne le regardait plus, il avait réussi à atteindre le perron. Mais elle l'avait rappelé aussitôt et insisté pour qu'il s'asseye et se repose pendant qu'elle lui préparait une tasse de café. Il y avait déjà une heure de cela, et il n'avait toujours pas eu de café.

« Une fois, disait-elle, avec un type qu'il connaissait, il voulait braquer un magasin d'alcools et il était dans le même état que maintenant. Mauvais, nerveux et tout le temps parti. » Elle fit un nœud à son fil qu'elle coupa d'un coup de dents avant de cracher le bout restant par terre. « Et quand il est à la maison, c'est pour nettoyer son putain de flingue à longueur de temps. » Elle leva les yeux vers la pendule et Wallace sut que l'heure de ses feuilletons approchait. Elle écrasa sa cigarette et se versa un verre de jus de cerise à base de poudre. Elle en but une gorgée et fit la grimace. « Vous avez oublié le sucre! commenta-t-elle.

– J'ai juste mis la moitié de ce qu'ils disent, répliqua Wallace. C'est pas bon pour vous d'en prendre trop. »

Alma attrapa le sucrier et le secoua au-dessus de son verre. « Je parie que votre première femme a dû sacrément regretter de vous perdre, dit-elle en regardant le sucre se dissoudre dans la boisson rouge vif. On va bientôt croire que cet endroit sort tout droit d'une photo de magazine. C'est tellement propre que j'ose plus bouger. » Elle envoya le sucrier glisser jusqu'à l'autre bout de la table et Wallace le rangea entre la bouteille de ketchup et les flacons de sel et de poivre.

« Regardez ça! fit-elle en riant. Monsieur Foudu-ménage en personne! »

La voix d'Ellie leur parvint du dehors. « J'ai la figure en forme de cœur », disait-elle. Elle avait tiré ses cheveux en arrière et regardait Dotty. « Et c'est ce qu'il y a de mieux... enfin, de plus facile pour essayer n'importe quelle coiffure, c'est vrai. »

La réponse de Dotty fut prononcée d'une voix forcée. Alma secoua la tête. « Tout ce qui compte pour elle, c'est ses cheveux. » Elle alluma une nouvelle cigarette. « Gamine pourrie », fit-elle dans une quinte de toux.

Ellie entra à ce moment-là. Sur un ton distant, elle demanda à Alma si elle pouvait lui emprunter les ciseaux. Elles s'étaient à peine adressé la parole depuis qu'Alma avait surpris Ellie et Jiggy en train de partager tout un pack de bières devant les dernières émissions de télévision. Bien entendu, Wallace avait eu une tout autre version de la bouche de Canny. Ce qu'Alma avait en réalité trouvé au plein milieu de la nuit, c'était sa sœur profondément endormie sur le sol, auprès de Jiggy, tandis que la mire clignotante du poste révélait ses fesses nues sous la nuisette. Jiggy avait levé les yeux sur Alma, qui se dressait devant eux, le pied déjà près à s'abattre de nouveau sur les reins de sa sœur, et il avait dit : « Frappe-la encore et je m'en vais. » Canny avait rapporté tout cela non sans excitation, ajoutant : « Si seulement il était parti, papa, on serait bien tranquilles. Nous aussi, on serait déjà partis. »

« Tu veux les ciseaux pour quoi faire? demanda Alma en levant les yeux au ciel à l'intention de Wallace.

– Pour mes cheveux, répondit Ellie en prenant les ciseaux dans la boîte à café qui servait à Alma de boîte à ouvrage.

– Tes cheveux! Mais tu les as pas coupés depuis que t'as dix ans!

– Juste les bouts, expliqua Ellie. Dotty dit qu'ils sont fourchus et tout desséchés. Elle va me les raccourcir un peu.

– Elle pourrait en profiter pour te tailler autre chose, pendant qu'elle y est », marmonna Alma. Ellie sortit et claqua la porte.

Wallace se leva et se dirigea vers le perron. Il en avait assez de rester coincé ici toute la journée avec Alma. Il voulait s'installer sur les marches du bungalow et regarder Canny jouer dans la piscine. Aussi méchantes et grossières que pussent être les filles Huller, il aimait encore regarder Canny jouer avec elles. Il aimait la manière dont sa voix s'élevait, aussi légère que des ailes, dans la lumière chaude et poussiéreuse.

« Vous devriez redéboucher la baignoire, lui dit Alma au moment où il ouvrait la porte. L'eau voulait encore pas couler, hier soir. »

Il referma la porte. Ellie avait repris sa place sur la marche. Dotty avait commencé à lui raccourcir l'extrémité des cheveux. Il arrivait que leurs têtes se rapprochent l'une de l'autre, et le bourdonnement chargé de gloussements de leur conversation semblait porter sur les nerfs d'Alma. Elle poussa un soupir lorsque Wallace ressortit de la salle de bains et lui dit que la baignoire était déjà vide.

« C'est dur d'être l'aînée, surtout de celle-ci. » Elle secoua la tête. « Déchaînée! Cette fille est née avec le diable au corps. Si c'était ma fille, je la garderais attachée dans la cave jusqu'à ce qu'elle se calme un peu ou qu'elle soit assez vieille pour en prendre de la graine. Évidemment, elle n'écoute pas un mot de ce que je lui dis. C'est une bonne chose que Dotty soit là. Au moins, elle, elle l'écoutera. »

Elle se leva pour allumer la télévision puis regagna sa place. Son feuilleton commençait. Elle s'appuya sur un coude et se mit à loucher sur l'écran. « C'est Myra », annonça-t-elle en donnant un coup de coude à Wallace. Il s'avança et feignit de regarder, mais, à cette distance, l'image ne lui apparaissait que comme un mélange de couleurs. « C'est la femme du docteur, ajouta Alma en aparté. C'était une strip-teaseuse avant. » Elle porta les deux mains à sa bouche et émit une sorte de geignement. Une femme sanglotait sur l'écran. « Elle a de la mnésie, chuchota Alma. Elle peut pas se rappeler du passé. Elle a beau essayer, elle se souvient de rien. » Alma émit de nouveau le même geignement. « Vous imaginez? » Elle soupira. « Ne rien se rappeler de ce qui vous est arrivé? »

Aussitôt, une image vint à l'esprit de Wallace. C'était exactement comme une télévision à l'intérieur de son crâne. Il voyait Hyacinth alors qu'elle n'était qu'une pauvre petite femme malingre au visage pincé qui travaillait avec lui, au rayon mise en pots de l'usine de condiments. Les autres ouvriers ne l'aimaient pas, mais ils n'avaient jamais montré la moindre gentillesse à l'égard de Wallace non plus. Au début, Hyacinth et lui parlaient peu. Quatre ans durant, ils avaient travaillé côte à côte, à préparer huit brins d'aneth coupés aux deux bouts par pot, leurs échanges de propos se limitant essentiellement à des : « Salut! Dirait qu'il va pleuvoir! Peut-être bien... » Au bout du compte, ce fut elle qui fit pratiquement tous les frais de la conversation et, finalement, de la demande, bien que cela fût dans l'intention de Wallace depuis des mois, lui avoua-t-il une fois qu'ils furent mariés dans la petite église à douze bancs de l'oncle de Hyacinth.

« Eh bien, pourquoi n'as-tu rien dit? voulut-elle savoir.

– Je sais pas », répondit-il à mi-voix, le cerveau complètement amolli et embrumé par l'amour et la tendresse. Il sentait la chaleur de sa main sur le bras du fauteuil qui les séparait. Il ne se souvenait d'aucun autre contact humain avant elle et ne pouvait s'arrêter de sourire à sa jeune épousée, Hyacinth Wallace. Il faisait à présent partie de quelque chose. Il n'avait aucunement le sentiment qu'elle lui appartenait, mais plutôt d'être maintenant à elle. Il allait s'adapter à sa vie avec la même confiance empressée qui lui avait fait accepter la lourde attelle de fer vissée sur sa jambe et qui le propulserait, des années plus tard, sur d'innombrables autoroutes en compagnie de Dotty, aux yeux aussi sauvages que son rire, avec entre eux deux, endormie la tête posée sur ses genoux, Canny, la toute petite fille qui l'aimerait, se fierait à lui et croirait en lui plus que quiconque par le passé et dans l'avenir.

Hyacinth l'avait regardé, sa main non plus posée sur le bras du fauteuil mais serrée sur le carton de victuailles qu'elle avait préparé pour leur voyage en car. Ils allaient passer leur lune de miel à Burlington. Un week-end au *Relais des Gars du Vermont;* petit déjeuner compris et glace à gogo. Il en avait fait monter deux poches avant de s'apercevoir qu'il avait aussi peu besoin de glace que Hyacinth avait besoin de lui.

« Pourquoi m'as-tu laissée faire toute la magouille toute seule? avait-elle insisté.

– Je sais pas », avait-il répondu en toute sincérité. Il ne comprenait absolument pas pourquoi elle avait entamé la conversation un jour, près de la pendule, alors qu'ils pointaient tous les deux avant de partir. Il ne comprenait pas pourquoi elle avait descendu l'escalier avec lui puis l'avait accompagné sur la route poussiéreuse écrasée de soleil jusqu'en ville, jusqu'au magasin de chaussures au-dessus duquel il habitait depuis dix ans, depuis qu'il avait quitté le foyer; dans une petite chambre obscure qu'il occupait seul, sans avoir jamais eu un seul visiteur, sans jamais avoir entendu d'autre voix que la sienne entre ces quatre murs sévères et étouffants; où il avait vécu non seulement seul mais dévoré de solitude, tellement abandonné qu'il avait fini par s'imaginer que certaines parties de lui-même commençaient à se détruire, à se désagréger et à disparaître. Il avait conscience des milliers de morceaux distincts qui le composaient. Son cerveau endolori s'était comme figé à force d'essayer de les surveiller tous. La sensation de manque qu'il éprouvait était à la fois étrange et effrayante. Triste aussi. Lorsqu'il dormait, il faisait le rêve le plus triste de tous, le rêve de la perte de son attelle de fer, cette partie de lui-même tangible entre toutes qui l'enserrait et le protégeait. Dans son cauchemar, il se voyait s'envoler de son lit, passer à travers le plafond et le toit, dériver comme une baudruche à travers des nuages épais et un air trop rare, sans attache et sans poids, quittant à tout jamais la surface de la terre sans rien ni personne pour le retenir.

Puis elle lui avait reposé la même question dans la chambre de l'hôtel, juste après qu'ils eurent essayé de le faire, sans y parvenir. Il était bien au courant de ce côté-là de la chose, de ce qu'ils étaient censés faire ensemble. Mais ce qu'il ne savait pas vraiment, c'était comment arriver à faire entrer cette partie de lui-même en elle. Et, comme ni l'un ni l'autre n'osait toucher quoi que ce soit avec les mains, cela ne marchait pas. Il s'était senti mal. Surtout en voyant à quel point Hyacinth semblait fâchée. Elle lui redemanda : « Comment ça se fait que tu n'as jamais rien laissé entendre? Comment ça se fait que tu n'as jamais rien dit pour qu'on se marie et que tu m'as laissée faire toute la cour? C'était tout prévu, hein? cria-t-elle en lui martelant le dos qui se couvrit bientôt de bleu et de noir. Pour que j'aie l'air d'une imbécile..., pour que tout le monde rigole et me dise que ma mère avait bien raison... » Elle l'avait poussé du lit et il était tombé par terre, où il avait passé le reste de la nuit.

Il n'avait pas fallu longtemps à une fille aussi maligne que Hyacinth pour repérer toutes ses limites et ses défauts, qui ne se manifestaient pas tant par ce qu'il faisait que par ce qu'il était incapable de faire. Mais elle avait surtout commencé à comprendre son malheur quand elle s'était retrouvée enceinte et avait dû quitter son travail, et donc se contenter d'un seul salaire. Elle se mit à haïr la chambre qu'ils occupaient au-dessus du magasin de chaussures, à ne plus supporter de ne pas avoir de voiture et même à détester la façon qu'il avait de marmonner et de baisser la tête lorsqu'ils rencontraient la famille Kluggs après l'église, à détester l'odeur de ses pieds, les relents de saumure dans ses cheveux, et jusqu'à sa manière de tenir sa fourchette, pour un jour finir par reconnaître qu'elle avait fait une erreur terrible. C'était lui qu'elle haïssait et, plus encore que cela, la certitude qu'elle avait qu'il ne changerait jamais, qu'il ne pourrait pas changer. Elle le haïssait parce que, tout ce qu'elle avait réussi à faire, c'était de gâcher sa vie et toutes ses chances (les rares qu'une fille simple comme elle puisse jamais avoir, dit-elle en pleurant) en épousant un débile mental. Et lui ne pouvait ni pleurer sur son sort ni se sentir coupable parce que ce n'était pas de sa faute. Le bon Dieu l'avait fait comme ça, et voilà.

Tout était de sa faute à elle, reconnaissait-elle amèrement. Elle avait tellement voulu quitter le giron de sa mère qu'elle était partie et avait fait exactement ce contre quoi sa mère l'avait tant mise en garde – croire que le premier homme qui la traiterait gentiment serait le bon. Elle était la seule à blâmer, écrivait-elle dans tous ses mots d'adieux, en capitales pour qu'il puisse les lire. Elle rédigea le troisième mot en cursive, mais il eut trop honte pour le montrer à qui que ce fût, aussi se contenta-t-il de le plier et de le ranger dans le compartiment secret de son portefeuille.

Durant la première année, elle s'enfuit par trois fois dans les Flatts. Deux fois, il courut après elle et s'assit sur les marches de la maison familiale jusqu'à ce qu'elle se décide à rentrer avec lui. La troisième fois, le père de Hyacinth, le grand méchant Hazlitt Kluggs, était venu le voir, lui avait trouvé une place de cantonnier et les avait fait emménager, eux et le peu qu'ils avaient, dans le petit F 4 au loyer dérisoire qui faisait face à la maison des Kluggs.

Answan était né peu après. Arnold était arrivé deux ans plus tard. Puis les garçons grandirent. Hyacinth prit du repassage et du raccommodage à faire, et entreprit de mettre le moindre cent de côté. Elle alla même jusqu'à passer ses dimanches après-midi en ville, une fois terminées ses livraisons de linge, à faire le tour des cabines téléphoniques et à fouiller l'herbe autour des parkings en quête de quelques pièces de monnaie. L'été, elle arpentait le parc, remontait les allées et parcourait les pelouses en guettant le moindre éclat dans l'herbe. Les gens commençaient à la trouver bizarre. Elle finit par se voûter, conséquence directe, d'après son père, de sa fouille incessante. « Hyacinth, elle a pas vu le ciel depuis dix ans, disait-il. Et surtout pas le dimanche après-midi. » Et tous les Kluggs de se tordre de rire. Mais bon Dieu, c'était quand même Hyacinth qui avait ri la dernière.

Elle avait économisé afin d'acheter la maison dans laquelle ils vivaient, ce que Hazlitt n'avait jamais réussi à faire. Elle devenait la première Kluggs à être propriétaire et elle en était très fière. Oui, monsieur, c'était sa dignité qu'elle achetait ainsi, et ce par la frugalité, l'intégrité et la célébration du Seigneur tous les dimanches, à chanter les trois services dans la petite église de son oncle. Oui, monsieur, ces garçons devront se satisfaire du nom de Wallace, disait-elle avec un soupir pour, la seconde d'après, débiter d'une seule traite, comme une liste d'épicerie, les méfaits et ratages de tous les cousins, oncles et grands-pères Wallace, tous des ivrognes et des assistés sociaux, et pis encore, des six frères Wallace qui étaient tous estropiés ou débiles mentaux. Mais c'était du sang Kluggs qui coulait dans les veines de leurs fils, insistait-elle, un morceau de fil tremblotant entre ses dents. « Du sang Kluggs! » répétait-elle en frappant la table avec ses ciseaux.

Et alors comme maintenant, Aubrey se détournait. D'abord, il avait peur que ces ciseaux ne viennent un jour se planter dans son cœur, et ensuite (la seconde raison découlant de la première), ses fils tenaient en réalité des Wallace – non seulement ils parlaient, marchaient et sentaient comme des Wallace, mais ils avaient des carnets de notes et des taches sur leur matelas pour le prouver.

Les éclats de voix qui retentissaient maintenant sur le perron le troublèrent. La porte s'ouvrit violemment et il s'attendit presque à voir l'une des sœurs au nom de fleur de Hyacinth se précipiter vers lui. Mais ce fut Ellie, qui hurlait et se tenait la tête à deux mains. Dotty lui courait après, les ciseaux étincelant dans une main et une longue mèche de cheveux noirs dans l'autre.

« Oh Ellie! s'écria-t-elle. Les ciseaux ont dérapé. Je suis vraiment désolée », assura-t-elle à travers la porte de la salle de bains, mais Wallace put voir tous les efforts qu'elle faisait pour conserver son sérieux.

Après le dîner, Dotty essaya d'égaliser le reste des cheveux d'Ellie, mais chaque coup de ciseaux la massacrait davantage. Dotty finit par abandonner. « Il faudra juste que tu te les fasses couper au carré », dit-elle avant de se précipiter dehors, où le chien aboyait à l'explosion de cailloux et de poussière qui accompagna le crissement de freins de Jiggy.

Les vagissements d'Ellie s'entendaient depuis le bungalow, bien que Jiggy eût fermé porte et fenêtres. Le soir tombait et la chaleur fétide de la chambre tissait comme un voile devant le visage de Wallace. Il ne cessait de cligner des yeux et de tendre le cou afin de percer la vapeur opaque. Il fut surpris de constater que ni Jiggy ni Dotty ne fumaient. Ce doit être ce qu'ils disent, pensa-t-il, leurs voix qui s'accrochaient à ses joues comme de la poussière ou de la suie entrant par tous ses pores.

Il prit place entre eux deux, sur la chaise, le dos aussi raide que le dossier de bois. Leurs propos semblaient le traverser. Dotty était maussade maintenant, et elle avait chaud. Des boucles de cheveux humides adhéraient à ses tempes comme de petites plumes rousses. Petit oiseau mouillé, songea-t-il. A l'instant où l'air s'éclaircira et où le matin viendra, elle se sera envolée. « Où on va, maintenant? » demanderait-il, ses jambes détendues et bien en place sur les pédales, sentant la chaleur de l'asphalte monter à travers les tapis de sol. « Où tu veux », répondrait-elle avec un soupir, son cœur se reflétant tellement dans sa voix que ses mots saigneraient et déverseraient leur désillusion sur lui et sur Canny, qui échangeraient alors des sourires secrets dans le rétroviseur. Ils la récupéreraient, comme toujours. Et ensuite, pendant des jours d'affilée, elle aurait besoin d'eux, de lui et de Canny, comme elle avait besoin d'air pour respirer. Et il sentirait son cœur battre si fort à ses oreilles qu'il serait certain qu'elle pourrait l'entendre aussi. Il serait à nouveau capable de réfléchir normalement et Hyacinth, les deux garçons et cette longue route de montagne enfermée dans des bois de sapins sombres redeviendraient aussi lointains et aussi flous que le premier homme sur la lune.

Dotty ne cessait de lancer des regards dans sa direction. Jiggy lui expliquait qu'il avait essayé tous les itinéraires possibles pour finalement s'arrêter au plus sûr et au plus rapide. L'argent serait déposé dans le cimetière, dans un bac de sable situé près d'un certain caveau. De cette façon, ajouta Jiggy, Wallace n'aurait pas à craindre d'attendre dans le cimetière. Il paraissait cependant clair à son ton, et au rapide coup d'œil qu'il lança vers Dotty, qu'il avait tout arrangé ainsi pour qu'*elle* n'ait pas peur que Wallace soit terrifié par l'attente dans le cimetière. Jiggy annonça que ce serait lui qui irait là-bas. Tout ce que Wallace aurait à faire, ce serait de donner un comprimé à Canny pour la faire dormir, puis de filer jusqu'à la forêt domaniale qui se trouvait dans la banlieue de Stonefield et de laisser la petite endormie dans une cabane. Comme la Belle au bois dormant, se dit le petit homme aux yeux rêveurs.

Wallace devrait ensuite se rendre dans une cabine téléphonique et appeler les Bird pour leur dire où trouver leur enfant depuis si longtemps disparue, la petite Caroline, cette ombre aux cheveux pâles de la photo, ce bébé de conte de fées qui commençait à luire derrière ses pupilles comme une petite flamme jaune.

Jiggy sourit avec orgueil et la tête de Wallace oscilla rêveusement. Dotty cherchait une cigarette. Elle vida son sac sur le lit et fouilla parmi les emballages de bonbons, les tubes de rouge à lèvres et les fragments argentés d'un miroir de poche brisé. Elle ne parvint à dénicher qu'un bout de filtre arraché. Huller avait étalé la carte sur l'autre lit. Il traçait une ligne noire du cimetière à la forêt domaniale. Puis, courbé sur la feuille, il mesura la ligne avec l'écartement de ses doigts. « Une douzaine de kilomètres, murmura-t-il. Quatorze peut-être... » Il mesura à nouveau.

« T'as une clope? » demanda Dotty en glissant ses jambes entre les deux lits pour atteindre la poche de Huller. Elle en extirpa un morceau de papier et, dès qu'elle vit la colère empourprer le visage de Huller, se mit à rire nerveusement en agitant le papier devant elle comme s'il était en feu.

Huller poussa un rugissement et chercha à attraper la feuille. Dotty glapit et sauta sur le lit pour lui échapper. Elle ne voyait encore là qu'un jeu, qu'une façon d'attirer l'attention de Jiggy. Elle déplia la feuille d'une secousse et l'approcha de son visage.

« Je gardais ça pour après, expliqua Huller, visiblement gêné. Je voulais te le montrer plus tard. » Il eut un mouvement d'impuissance et regarda Wallace. « C'est foutrement exagéré là-dedans », dit-il.

La respiration de Dotty parut s'interrompre pendant qu'elle lisait. Ses épaules se contractèrent et elle tomba à genoux sur le lit. Ses yeux dévoraient les lignes de l'article.

On dirait une petite fille, pensa Wallace. Et, dans les dernières lueurs du jour, la tête penchée de la jeune femme et ses cheveux frisottés collés à ses tempes en sueur lui rappelèrent bizarrement les petites Johnson qui habitaient un peu plus loin, dans la forêt, juste après la porcherie des Carson. Les poils se dressèrent sur le dos de sa main et il sentit la chair de poule lui remonter la colonne vertébrale comme des pieds minuscules et implacables. Il éprouva une sensation de vertige. Il se rappelait brusquement toutes sortes de choses complètement insensées. Les carrés jaunes et roses du couvre-pieds que Hyacinth gardait toujours plié au bout du lit mais n'utilisait jamais; certaines choses n'étaient là que pour le décor. S'imposèrent soudain à son esprit des noms et des visages auxquels il n'avait plus pensé depuis ce jour où il avait quitté la montagne au côté de Dotty, cette créature sauvage au rire de démente et aux joues trempées de larmes.

« Nom de Dieu! hoqueta Dotty sans cesser de lire. Son père est directeur de banque... Merde alors! » Elle leva les yeux vers Jiggy et fit la grimace. « Le FBI! » Elle frissonna. « Rien que ça! »

Wallace souriait à un autre souvenir : les haricots blancs un peu sucrés que Hyacinth préparait toujours elle-même. Le samedi soir, c'était haricots, saucisses de Francfort et pain noir qu'elle confectionnait aussi elle-même et faisait cuire dans des moules.

« Ils font toujours venir le FBI, assura Huller en regardant du côté de Wallace. C'est rien du tout.

– Rien du tout! » s'exclama Dotty avec un nouveau frisson. Elle tendit brusquement l'article à Wallace. Il sourit et le regarda. Il se rappelait maintenant les pommes de terre sautées et les gros raisins doux nageant dans la sauce au fromage...

« Prends-le, bordel! lui disait Dotty. Tiens! »

Il le parcourut lentement, prononçant chaque mot tout haut. Il devait d'ailleurs en montrer la plupart à Dotty afin qu'elle lui dise ce que c'était. Il se sentait le ventre noué, comme autrefois à l'école, quand il devait lire à voix haute alors que la maîtresse, debout devant lui, soupirait et que toute la classe ricanait.

LA PETITE CAROLINE :
ON CRAINT UN ENLÈVEMENT.

« Ce soir, la police enquête sur la disparition de la petite Caroline Anne Bird, dix-huit mois. L'enfant a été portée disparue cet après-midi, à 14 h 10. Mme Martha Bird affirme qu'il était environ 13 h 30 quand elle a découvert que la petite n'était plus dans son parc. Mme Bird était montée quelques minutes au premier de la maison familiale, au 8, Trenton Street, en laissant Caroline dans son parc, dans la salle de séjour du rez-de-chaussée.

« La mère effondrée, qui est enceinte de neuf mois, nous a raconté que, prise de panique, elle s'était élancée dans les rues alentour en appelant le nom de l'enfant. " J'étais comme en état de choc, nous dit Mme Bird. Je n'arrivais pas à croire qu'elle pouvait être là un instant plus tôt et ne plus y être l'instant d'après. Je n'arrive toujours pas à y croire. Je continue d'espérer que c'est un petit voisin qui l'a emmenée pour jouer. Je continue de chercher, de chercher et d'espérer. Il ne m'était pas venu à l'esprit avant d'appeler Lou à la banque qu'elle avait pu être enlevée. "

« Les parents et les voisins, la police locale assistée d'une unité de gardes nationaux ainsi qu'une cinquantaine de boy-scouts sont toujours en train de ratisser la région. En outre, depuis 15 h 30, un chien policier de quatre ans, Bunty, est sur les lieux pour tenter de retrouver la trace de la petite fille.

« L'enfant est blonde aux yeux bleus. Elle portait, au moment de sa disparition, un tablier jaune et blanc, des souliers blancs, des couches, une culotte en plastique et un petit ruban blanc dans les cheveux.

« Le commissaire de police de Stonefield, Daniel T. Mismanno, confie que le FBI a été appelé sur l'affaire.

« Louis Bird, de son côté, a tenu à lancer l'appel suivant : " Nous sommes les parents de Caroline et nous attendons anxieusement de savoir exactement ce qu'on attend de nous. Nous tenons cependant d'ores et déjà à faire savoir que nous sommes prêts à verser une récompense de vingt-cinq mille dollars à quiconque nous permettra de retrouver Caroline saine et sauve. "

« Louis Bird est le directeur de la Stonefield Savings Bank, et Martha Bird appartient à la faculté de Paxton et a autrefois fait partie du conseil municipal. Caroline est leur seule enfant. »

« Qu'est-ce que ça veut dire? » demanda Wallace.

Dotty considéra la phrase. « Appartient à la faculté... ça veut dire qu'elle est professeur. »

Il médita un instant l'information et, lorsqu'il se remit à parler, ce fut avec une note d'émerveillement dans sa voix fluette. « Je l'ai toujours su, que Canny, elle était vraiment futée. »

Huller roula des yeux. « Il l'est vraiment? »

Dotty rit nerveusement. Huller replia sa carte et se dirigea vers la porte, puis il s'immobilisa soudain et demanda à mi-voix à Dotty, qui le suivait de près : « Il n'est pas..., enfin tu sais, attardé mental ou un truc comme ça, hein? »

Dotty s'esclaffa et essaya à nouveau de faire comme si le petit homme concentré sur un article de journal qu'il pouvait à peine lire ne comptait pas pour grand-chose. Huller avait le visage crispé par l'inquiétude lorsqu'il se retourna pour regarder l'étrange mélange de plaisir et de crainte qui se peignait sur les traits de Wallace.

« C'est que... je peux pas parier aussi gros sur un taré..., tu comprends ce que je veux dire, Dot? » Une nuance de crainte perçait dans la voix de Huller.

Les lèvres de Wallace remuaient silencieusement à mesure que son doigt traçait un chemin difficile d'un mot à un autre.

« C'est comme quand il conduit, répliqua Dotty. Il arrive toujours à destination. Seulement, ça lui prend un peu de temps. »

Huller marmonna quelque chose. Dotty referma la porte sans bruit et le suivit dehors, dans la pénombre chaude et moite. Une fois dans l'allée, sa voix sombra dans le silence comme une pierre dans l'eau, rapide et lisse, apaisante. « Il est le moindre de nos problèmes », disait-elle. Huller pénétra dans la maison sans rien répondre.

La lune apparaissait maintenant ronde et blanche, telle une perle dans la nuit noire. Wallace lisait toujours. Toujours et encore les mêmes mots. Les petits mots déclenchaient le rappel de mots plus grands, plus durs. C'était exactement comme un conte. Seulement, il était dedans. Quelque part. Ses mains tremblèrent et la feuille se mit à battre comme si une veine palpitait à l'intérieur. Les mots étaient magiques, les lettres détenaient des pouvoirs. Elles bougeaient et se bousculaient sur toute la page, puis se remettaient en place de sorte qu'il découvrait tout le monde en même temps. Ils étaient tous là : Hyacinth et lui, leurs deux fils, les types de l'équipe de goudronnage, et Canny aussi. Il leva les yeux et déglutit avec peine. Il ne parvenait pas à imaginer un seul jour sans Canny. Que ferait-il? A qui parlerait-il?

Il se laissa glisser de sa chaise pour tomber sur le lit où il demeura allongé sur le côté, les genoux collés à la poitrine. La lune montait de plus en plus haut, sa lueur crue se déversant par la porte et la fenêtre. Quand elle fut exactement au-dessus du toit goudronné du bungalow, Wallace ferma un œil, puis l'autre, et ne tarda pas à s'endormir. Mais son sommeil le fit tournoyer dans un tunnel noir et suffocant qui jaillissait de son âme pour plonger dans le plus obscur de la nuit, jusqu'au coude de ce couloir ténébreux où il se retrouva la joue collée au mur suintant et les paupières cousues comme celles des morts tandis que retentissait à ses oreilles la voix dure de Hyacinth disant que les grandes bêtes cornues qui se tenaient tapies dans les replis des draps et l'ombre des rideaux étaient prêtes à plonger leurs crocs acérés comme des lames de rasoir dans la gorge douce et chaude des vilains petits garçons qui faisaient pipi au lit.

Durant toute la nuit, il monta la garde devant leur porte. A aucun moment, que ce fût au plus profond de son sommeil ou au plus douloureux de ses rêves, il ne les laissa sans protection. Lorsque le matin se leva, il s'assit brusquement et sentit le matelas humide contre sa cuisse. Juste alors, une bouffée de vent matinal s'engouffra dans la chambre et claqua la porte, et Wallace hurla de savoir la chose aussi proche.

CHAPITRE XII

Il pensa que c'était au mois de juillet; dans le courant de juillet. Le temps tissait une toile lumineuse de voix de femmes étincelant dans la chaleur de la terrasse, avec des taches de pneus faisant voler la poussière dans les allées avoisinantes et des claquements de portes nocturnes sur des cauchemars d'enfants, suivis parfois des cris de larmes soudains et cristallins, de larmes d'enfants, les siennes, celles de la petite fille... d'Answan... Arnold...

La porte du bungalow s'ouvrit avec fracas. « Donnez-le-moi », ordonna Huller, éclipsant le rectangle de lumière matinale. Il fit un geste des doigts. « J'en ai besoin! »

Wallace feignit de dormir. Son gros orteil tressauta.

« Nom d'un chien », grogna Dotty, dans l'autre lit. Serrant le drap contre ses seins, elle se redressa sur un coude, le visage bouffi et d'une blancheur malsaine.

« Réveille-le! aboya Huller. L'article, il me le faut!

– Mais il l'a perdu! Je te l'ai déjà dit », répliqua Dotty.

Huller se trouvait maintenant au pied du lit. Wallace conservait une telle immobilité qu'il se sentait étourdi, suspendu dans les airs.

« Réveillez-vous! exigea Huller. J'ai pas toute la journée. » Il secoua le lit puis donna un coup de pied dedans. L'impact fit résonner un frisson métallique à travers tout le sommier. Il assena un nouveau coup de pied et, cette fois-ci, le lit sursauta.

« Nom d'un chien », répéta Dotty en se prenant la tête dans les mains.

Huller se pencha au-dessus de Wallace. Il exhalait des relents d'alcool et de sueur rance, une puanteur qui faisait comme un mauvais goût, comme de la viande avariée déjà aigre et grouillante. Les yeux de Wallace s'ouvrirent précipitamment. Huller avait l'épiderme desséché, écailleux, et des squames se soulevaient aux commissures craquelées de sa bouche. Il avait les yeux injectés de sang et pochés de cernes bleuâtres.

« Vous êtes réveillé? » demanda-t-il.

Wallace hocha la tête.

« Alors, vous l'avez trouvé cet article? » Il ne cessait de s'humecter les lèvres. Sa poitrine se soulevait en saccades sifflantes.

« Non, répondit Wallace.

– Feriez mieux de le trouver, répliqua Huller. Je vous donne jusqu'à cet après-midi. » Il projeta son poing vers la figure de Wallace et la manqua de peu.

« Fous-lui la paix! intervint Dotty d'une voix méprisante. Pas la peine de t'en prendre à lui!

– Je veux cette page! gronda Huller.

– T'as qu'à en trouver une autre, fit Dotty. Tu disais que c'était une photocopie. Et puis t'as dit toi-même que ça n'était pas important.

– C'est pas le problème », répliqua Huller, soudain radouci, sa panique et sa colère rentrées, serrées comme un poing. Le chien grattait le soubassement moussu du bungalow, sa truffe reniflant le plancher par en dessous. « Le problème, c'est qu'à force de pas faire attention et de s'en faire pour ce crétin, ça va me retomber sur le dos, le voilà, le putain de problème! » s'exclama Huller.

Dotty s'enroula dans le drap sale pour se lever du

lit. Elle bâilla et se dirigea vers le cabinet de toilette, ses pieds nus produisant de petits claquements mouillés sur le sol. « Tu parles, le problème, c'est que t'en veux à tout le monde parce que t'arrives pas à dégoter leur numéro de téléphone. » Elle pénétra dans le cabinet de toilette et s'assit avec un petit grognement. Sous le rideau de plastique raide, ses pieds se placèrent de part et d'autre de la cuvette. « Comme si c'était de notre faute », lança-t-elle par-dessus la cataracte de ses urines.

Wallace éprouvait une grande gêne.

Elle tira la chasse d'eau. « Comme si c'était de notre faute s'ils sont sur liste rouge! » Elle sortit en nouant le drap sous ses bras. Sur le tas de vêtements entassés par terre elle prit son pantalon et piocha un paquet de cigarettes dans sa poche. « Appelle-le à sa banque, poursuivit-elle. Dis que tu veux lui parler de quelque chose de personnel et demande-lui son numéro. Dis que c'est privé. » Elle alluma sa cigarette et, les yeux lourds, en tira une profonde bouffée.

« C'est le Quatre-Juillet, lui opposa Huller. Connerie d'Indépendance, tout est fermé! » Il baissa les yeux sur Wallace et donna un nouveau coup de pied dans le lit. « Et je veux ce putain d'article! menaça-t-il avant de sortir.

– T'as qu'à appeler un voisin », persista Dotty en le suivant sur l'allée.

Wallace perçut l'éclat de leurs voix. La portière de la camionnette claqua puis le moteur crachota avant de démarrer dans un rugissement.

« N'oublie pas qu'on fait un barbecue, lui lança Dotty.

– Rien à foutre! » gueula Huller.

Dès que le camion fut parti, Wallace se leva. Déjà tout habillé, il avait même dormi avec ses tennis. Il alla s'asperger le visage dans le cabinet de toilette, et scruta le miroir terne et piqueté. Ses yeux lui parurent étrangement brillants. Il s'approcha et son souffle obscurcit la glace. Au centre de chaque pupille, il distingua un petit carré de lumière, opaque et rayonnant comme une fenêtre inondée de soleil. Il détourna les yeux et quitta précipitamment le réduit. Il s'assit au bord du lit. La tête penchée, il tendit un instant l'oreille avant de délacer son soulier pour le retirer vivement. Il souleva alors la semelle nauséabonde et en extirpa l'article aplati, ses coins déjà cornés et tachés par la transpiration. Il lissa la feuille sur son genou.

Ainsi donc, c'*était* bien en juillet, le Quatre-Juillet. Il essaya de retrouver cela dans l'article, de trouver une allusion à des pétards, à des feux d'artifice ou à des tranches de melon d'eau glacées. Y avait-il eu un défilé? Pouvaient-ils entendre la fanfare depuis la maison? Depuis l'entrée? Depuis le grand porche rond avec tous les rocking-chairs qui se balançaient à peine dans la brise? Où l'avaient-ils emmenée voir le défilé? M. Bird l'avait sûrement portée, sûrement assise sur ses épaules larges et fortes en la maintenant par ses petites chevilles maigrelettes. Et Mme Bird s'était tenue à côté d'eux, les bras croisés sur son gros ventre habité.

Hyacinth apparaissait de temps à autre dans le récit. Certains jours, il ne s'agissait que d'une image fugitive, la longue et fine lanière de son tablier frappant l'air dès qu'elle tournait, ou juste le vieux missel vert et usé sur sa table de nuit noire.

Mais aujourd'hui, c'était différent. C'était le Quatre, et des centaines de personnes se massaient de part et d'autre de la rue pour voir le défilé. Lui se trouvait à un coin bondé, et, dans le coin opposé, Hyacinth arborait sa robe bleue du dimanche, avec les boutons de verre iridescents qui rutilaient sur sa poitrine et les souliers plats à nœud noir qu'elle portait toujours parce que les talons hauts fatiguaient trop son dos osseux et voûté.

Son souffle s'accéléra.

Elle scrutait la foule. Elle cherchait quelqu'un. Elle le cherchait. Lui, bien sûr. Qu'allait-il dire? Comment pourrait-il s'expliquer? Cinq ans, dirait-elle. Cinq ans.

La fanfare approchait. Il sentit son cœur battre au

rythme des tambours des boy-scouts. Cinquante boy-scouts en train de défiler; cinquante boy-scouts au foulard orange vif noué autour du cou et à la casquette brune vissée sur leur tête en brosse; cinquante boy-scouts qui ratissaient toujours la région...

On était aujourd'hui le Quatre-Juillet, et Huller avait dit qu'il voulait que ce soit fait pour le sept, mais, comme il ne connaissait pas le numéro de téléphone des Bird, on ne pouvait pas les appeler. Wallace examina la page, les lettres qui se bousculaient pour former des mots et les défaire aussitôt. Il n'arrivait pas à réfléchir clairement – au sujet ni de Canny, ni de la rançon, ni des cimetières. Il n'imaginait pas de devoir abandonner le corps inerte de l'enfant par terre en pleine forêt. Rien de tout cela n'était assez proche pour être réel. Ce ne pouvait être vrai que quand ça arrivait. Sa seule passerelle entre le passé et le futur se réduisait maintenant à cet article et, mais d'une façon beaucoup plus inquiétante, à Canny.

La porte s'ouvrit et il releva la tête.

« Qu'est-ce que c'est? » s'enquit Canny en clignant des yeux tandis qu'elle sortait du mur de soleil aveuglant et pénétrait dans la pénombre. Elle s'assit au pied du lit. Ses pommettes luisaient de sueur mêlée de crasse. « Qu'est-ce que c'est? » demanda-t-elle encore. Wallace la regarda un instant, puis replia l'article et le remit dans sa chaussure.

Le rire de Dotty leur parvint depuis l'autre côté de l'allée. Alma tirait les chaises de cuisine sur le perron, près de Dotty qui était assise par terre, en tailleur, entourée de disques. Depuis qu'Ellie était tombée malade, la semaine précédente, et avait dû rentrer chez elle, Dotty avait retrouvé toute sa jovialité.

« On va avoir des hot-dogs et des hamburgers, annonça Canny en montrant la maison. Ils ont sorti le gril, dit-elle en parlant de la vieille grille rouillée et sans pieds qu'il gardait toujours dans le coffre de la voiture. Maman est en train de sortir ses disques préférés et Ellie va rapporter sa chaîne. »

Wallace se leva et ramassa par terre une brassée de vêtements féminins qu'il posa sur la chaise. Une culotte de nylon rouge tomba et Canny la ramassa pour la faire distraitement tourner autour d'un doigt pendant qu'elle continuait à parler. « J'ai une bonne nouvelle, chuchota-t-elle. Mais il ne faut pas le dire à maman. »

Il lui arracha la culotte des mains et la fourra dans sa poche.

« Ellie revient avec toutes ses affaires dans une valise, et ils vont la cacher dans la grange. Et puis ils se sauveront dès qu'il aura trouvé le numéro.

– Quel numéro? Qui? interrogea Wallace.

– Jiggy et Ellie! » Canny se rapprocha de lui. Elle lui frotta les mains. « Est-ce que c'est pas génial? » Elle sourit de toutes ses dents. « Est-ce que c'est pas une super bonne nouvelle? » Puis sa mâchoire se mit à trembler et, brusquement, elle fondit en larmes. « J'ai des poux, dit-elle en désignant ses cheveux ternes et emmêlés.

– C'est juste qu'il fait chaud, répliqua Wallace. Ça gratte partout.

– Il y en a un qui est tombé, murmura-t-elle, se rapprochant encore.

– Sûrement une petite bestiole qui s'est posée sur toi.

– C'était plat. Et ça avait plein de pattes et c'était tellement petit que je le voyais presque pas.

– Alors c'était une tique! répliqua-t-il en souriant. Une tique, c'est plat, et ça a plein de pattes. Et les tiques, ça ne vient qu'une par une. Ça ne fait pas des colonies comme les poux. »

Elle se pencha en avant et se gratta le crâne. « Ça me démange tellement que ça me donne mal au cœur, gémit-elle.

– Viens ici », dit-il en la conduisant dans le cabinet de toilette. Il lui mouilla les cheveux dans le minuscule lavabo brunâtre et les enduisit de savonnette. Puis il remplit d'eau la cuvette en plastique et la lui déversa sur le crâne. De petites perles de lumière brillaient sur chaque cheveu. Il lui essuya le cou avec la serviette et, dès qu'elle se fut redressée, lui frotta bien la tête. Les cheveux brillaient toujours. Il l'examina alors attentivement, séparant soigneusement les mèches de cheveux blonds et fins. Elle était couverte de lentes. La vermine grouillait sur son crâne.

« J'en ai, hein? J'ai des poux, dit-elle avec un frisson. Tu les regardes, hein?

– Tu as des boutons, c'est tout. Des boutons de chaleur qui grattent.

– Papa, tu me mens », dit-elle en écartant les mains de Wallace et en se détournant.

Il la regarda. « Ne dis rien à maman », la prévint-il, et elle hocha sombrement la tête.

Lorsque, au printemps dernier, il avait trouvé des poux sur la tête de Canny, Dotty avait tout simplement disparu. Ces deux journées passées avec Canny dans le minuscule appartement sans air avaient été les jours les plus effrayants de sa vie. Privé de Dotty, il ne savait plus du tout quoi faire, ne semblait plus devoir établir les connexions indispensables. Quand ils n'eurent plus de lait, Canny et lui se mirent à boire de l'eau du robinet. Quand ils n'eurent plus de pain, ils finirent la mortadelle toute seule. Quand la dame du rez-de-chaussée vint cogner à la porte en leur criant que c'était pour leur emprunter un ouvre-bouteilles, Canny et lui restèrent simplement assis sans bouger, à s'entre-regarder sans proférer une seule parole.

« Je vais chercher quelque chose pour ça, lui annonça-t-il. Du pétrole ou quelque chose de ce genre.

– Il y en a dans la grange, indiqua Canny. Dans un bidon rouge. »

Ils levèrent tous deux les yeux au son de la voix de Dotty.

« Elle t'appelle, dit-il.

– Canny! appelait Dotty. Tu sors de là, merde! »

Canny sortit au pas de course. Dotty voulait qu'elle aille lui chercher le reste de ses disques. Il resta près de la porte et regarda la petite fouiller sous le siège avant de la vieille Chevrolet. Elle en extirpa un enjoliveur, un sac de chaussures appartenant à Dotty et la bouteille de whisky piquée au motel.

« Qu'est-ce que c'est que ça? demanda Dotty, le cou tendu.

– De l'alcool! répondit Canny en brandissant le flacon.

– Hourra! » s'exclama Dotty qui agita les deux poings au-dessus de sa tête.

Alma sortit de la maison et elles dévalèrent les marches quatre à quatre pour aller boire un petit coup à la bouteille.

Un peu plus tard, alors que Wallace, assis sur le perron, regardait Canny creuser des trous dans la cour à la recherche d'un trésor, un vieux break rouge cabossé et trop bas sur ses pneus affaissés s'engagea sur l'allée. Kelly, Krystal et Ellie en sortirent, porteuses des baffles et de la platine, toutes trois liées par les fils électriques et par la même langueur dans le bas du visage.

Le conducteur était grand, avec des cheveux longs et maigres et des bras décharnés couverts de tatouages. Il se dirigea vers la maison en gardant la tête baissée et l'épaule fléchie comme pour lutter contre un vent mordant et singulier. Ses dents de devant, cariées, tachées et pointues comme des crocs, indiquèrent aussitôt à Wallace qu'il s'agissait de Carl, le frère. Le buveur de sang. Le vampire. Le monstre de toutes les histoires de Hyacinth.

La nuit, pâteuse à force de chaleur humide, n'était parsemée que de quelques étoiles lointaines. Alma, Ellie et Wallace étaient installés sur la terrasse tandis que Dotty et les trois petites occupaient la plus haute marche. Dotty portait une robe de satin rouge fendue haut sur la cuisse et des bas noirs et luisants. Elle avait l'air triste et déplacé, comme quelqu'un qui s'est trompé de fête. A ses pieds traînaient un gobelet en carton et le reste du whisky.

Jiggy avait raté le barbecue ainsi que les pièces d'artifice que Carl se chargeait de faire partir au-dessous d'eux, dans l'allée. A chaque crépitement d'étincelles, les trois filles retenaient leur souffle puis éclataient de rire. Sous le perron, le chien gémissait et grondait, sa queue frappant lourdement la terre noire et mouillée. Alma se leva et s'approcha des filles. « Qui veut le dernier hot-dog? proposa-t-elle.

– Gardes-en un pour Jiggy, lança Ellie, et Dotty se servit une nouvelle rasade avant de s'allonger à demi, les coudes appuyés contre le sol de la terrasse.

– Il a eu sa chance », croassa Alma. Elle glissa la dernière saucisse carbonisée et ratatinée dans un petit pain et le présenta à Wallace avec beaucoup de cérémonie. Il n'en voulait pas mais le mangea quand même. Elle s'assit près de lui et réclama à Carl une allumette japonaise.

« Y en a plus », dit Carl en allumant la dernière fusée. La mince mèche rouge cracha et siffla dans l'obscurité comme une flèche soudain déviée.

« Merde, fit Alma. J'ai passé la soirée à faire la bouffe, moi.

– C'est pas à moi qu'il faut dire ça », répliqua Carl en s'essuyant le nez du dos de la main. Il avait maintenant les yeux, le nez et la bouche irrités et douloureux à cause de la fumée, alors que sa peau luisait dans la nuit d'un curieux éclat exsangue de limace.

« T'aurais pu m'en garder un », râla Alma en croisant ses bras mous et rougis par le soleil.

Dotty but un long trait. Puis elle se rallongea et poussa un soupir. Ellie s'était levée pour mettre une nouvelle pile de disques. La nuit devenait plus chaude et plus lourde, plus sombre aussi dans le vacarme de la musique. Ellie fit claquer ses doigts et balança la tête d'avant en arrière, en rythme. « Je suis mauvaiiise. Je suis mauvaiiise... » Les lèvres pincées, elle remua des épaules puis releva brusquement la tête. « Depuis que je suis née! » chanta-t-elle d'une voix rauque.

Les petites l'avaient rejointe sur la terrasse pour

danser et glousser en chœur. Leurs pieds nus et calleux étaient couverts d'une couche de crasse. S'efforçant d'imiter Ellie, elles se mirent à claquer des doigts, à remuer les hanches et à brailler avec elle. « Je suis mauvaiiise, une vraie salope! » Et au mot « salope », les trois gamines se tordirent de rire et tombèrent les unes sur les autres. Un demi-sourire flotta sur les lèvres de Wallace. Il ne quittait pas Canny des yeux. Dotty la gardait avec les autres. Elle se servit un autre verre, sans cesser de scruter la route au loin.

« Comme ça! disait Ellie en leur montrant comment balancer le bassin d'avant en arrière. Du nerf! fit-elle en riant tandis que ses hanches étroites ondulaient. Hey! » Elle s'esclaffa.

« Hey! » lui renvoyèrent les petites filles.

Des phares apparurent à travers les arbres. Le chien sortit de sous le perron et se mit à gémir. Dotty se leva et alla hausser le son au maximum avant de se mettre à danser avec Ellie et les trois enfants. La musique frappait et défonçait la nuit comme une machine monstrueuse et assourdissante qui les dévorait lentement. La chair de poule hérissa les bras de Wallace. Même Alma dansait. Le sol de la terrasse tremblait. « Hey! » lança Dotty qui fit signe à Carl de les rejoindre. Celui-ci secoua la tête, gêné. Dotty dévala les marches et, lui saisissant le bras, le força à monter sur la terrasse. Elle cogna alors sa hanche contre la sienne et dansa autour de lui. Les yeux embués de larmes, ses deux sœurs n'en pouvaient plus de rire. Bientôt, Alma en fut à s'accroupir, les genoux bien serrés, comme pour se retenir de pisser dans sa culotte. « Oh! mon Dieu! » hoqueta-t-elle lorsque les bras de Dotty s'enroulèrent comme des serpents autour du cou décharné et de la poitrine creuse de Carl. Le regard du grand type commençait à s'animer et ses joues à brûler. Dotty tira la langue et l'agita dans sa direction. Il baissa les yeux.

Le chien fut le premier à voir la camionnette de Jiggy s'engager dans l'allée. Le chien et Ellie, avec ses cheveux maintenant coupés à la garçonne. Elle s'appuya contre la rambarde et sourit à Huller qui, toujours assis dans la camionnette, regardait Dotty revenir sur Carl, ondoyant contre lui, le contraignant à se coller au mur de la maison. Elle envoya son pelvis buter contre celui du grand type puis recula, le visage grimaçant, dur et soudain hagard, comme si elle avait envie de vomir. La musique s'était arrêtée; le disque tournait encore avec un crissement atone. Dotty rentra dans la maison et laissa la moustiquaire claquer derrière elle. Huller la suivit et adressa à Ellie un signe de tête imperceptible en passant devant elle. Dotty et lui restèrent juste derrière la porte. Il parlait d'une voix basse et apaisante. Wallace s'appuya en arrière, l'oreille tendue.

« Va te faire foutre, ne cessait de répéter Dotty. Va te faire foutre, bordel de merde.

– 476 21 91, dit Huller. Redis-moi donc d'aller me faire foutre, maintenant.

– Comment t'as fait pour l'avoir? » Une allumette craqua et de la fumée de cigarette traversa la moustiquaire.

« Je l'ai eu, répliqua Huller. Est-ce que j'ai pas toujours ce que je veux?

– Et elle, dehors? T'avais dit qu'elle ne reviendrait pas.

– Je peux pas l'empêcher de venir. C'est la sœur d'Alma.

– Cette petite garce me porte sur les nerfs, grommela Dotty.

– Hum, soupira Jiggy. Tu as l'air en forme...

– Ouais? »

Juste à ce moment-là, Wallace vit une grande Lincoln blanche arriver sur l'allée. La vitre teintée en noir du côté passager s'abaissa, et une femme sortit sa tête blond platine pour demander aux trois petites filles s'ils étaient bien chez Huller.

« Jig! » appela Alma, sans quitter la rambarde.

Huller s'avança jusqu'à la marche supérieure du perron. La portière de la Lincoln s'ouvrit et Wipes

Callahan en sortit. Huller dévala l'escalier pour l'accueillir.

« Salut! fit Callahan.

– Salut! » rétorqua Jiggy qui se mit à opiner du chef.

Bien que Callahan ne l'eût pas vue, Dotty resta à l'intérieur de la maison, derrière la moustiquaire.

« J'ai appris des trucs, commença Callahan à voix basse, la tête penchée. Je me suis un peu tuyauté. Tu sais, l'histoire de la fille. Eh bien, il y aurait eu pas mal de fric en jeu. Et il y en a toujours, à ce qu'il paraît. Y avait rien – pas d'indices, pas de piste, que dalle. Ça a été la plus grosse affaire de la région. Ce que je veux dire, c'est qu'on parle de gros calibre. Ça a vachement duré. Photos, télé. Les journaux, enfin je veux dire...

– Laisse tomber, fit Huller. Elle est juste un peu... enfin tu vois...

– Elle est là? » s'enquit Callahan.

Huller jeta un coup d'œil vers l'embrasure vide de la porte. « Non. Ça tournait pas très rond chez elle, tu sais. Désolé qu'elle t'ait fait perdre ton temps. »

Callahan contemplait les trois petites assises sur la rambarde de la terrasse. « Sont bien mignonnes, fit-il. Toutes à toi? »

Le regard de Wallace se verrouilla sur celui de Canny.

« Toutes à moi, ouais, répondit Huller.

– Bon, salut! » Callahan donna une bourrade sur le bras de Huller. « Donne des nouvelles. » Il tira une carte de sa poche et la lui tendit. « Au cas où il y aurait quoi que ce soit. » Il regarda à nouveau les trois fillettes puis reporta les yeux sur son interlocuteur. « J'ai le chic pour arranger les situations difficiles. »

Après le départ de Callahan, Alma continua à passer des disques mais plus personne n'avait envie de danser. Carl avait enfourché une chaise, dossier devant. Six canettes de bière gisaient à ses pieds. Ellie somnolait contre la rambarde et Krystal était allongée contre elle, dormant à poings fermés, la tête posée sur sa hanche. Kelly dormait roulée en boule, comme un chat. Elle se gratta la tête et gémit faiblement dans son sommeil.

« Carl, commanda Alma. Monte Kelly pour moi, tu veux? »

Wallace regarda Carl se relever de sa chaise. Il se pencha au-dessus de la petite fille et, quand il la souleva, elle se raidit et ouvrit des yeux remplis d'effroi. « Oncle Carl, non! hurla-t-elle. Non, je veux pas! » Son cri faiblit en s'enfonçant dans la maison.

CHAPITRE XIII

La matinée était déjà bien avancée mais il eut l'impression de n'avoir pas dormi du tout. Il se leva et se rendit dans la salle d'eau. Des fragments divers adhéraient à ses pieds. Les ronflements de Dotty montaient et descendaient en un roulement rauque et doux. Une assiette de frites détrempées parsemées de cendres de cigarette occupait la chaise entre les deux lits. Dotty n'avait fini par s'endormir que bien après minuit. La visite tardive que Callahan leur avait faite la veille les avait tous mis sur les nerfs, surtout Huller, qui les avait parqués dans le bungalow étouffant. A nouveau, il avait voulu connaître tous les détails du jour où ils avaient emmené Canny. Il avait marché de long en large, reposant sans cesse à Dotty les mêmes questions. A quoi ressemblait l'intérieur de la maison des Bird? Quelle heure était-il exactement? Où étaient-ils allés après avoir quitté la maison?

« Je ne sais pas exactement, avait répondu Dotty.

– Quelle rue? Quelle route? Quelle autoroute?

– Merde! J'en sais rien! avait répliqué Dotty sur le même ton. On a roulé, c'est tout. Je te l'ai déjà raconté!

– Ça suffit pas de dire : “ On a roulé ”, avait décrété Huller.

– Et pourquoi donc? avait demandé Dotty, le menton dressé, le regard foudroyant. Tu me crois pas? Tu crois que je te raconte des conneries?

– Possible. Est-ce que tu racontes pas des conneries la moitié du temps?

– Ah ouais? C'est comme ça?

– Comment veux-tu que je le sache? s'était exclamé Huller. Comment savoir si c'est pas juste une gosse comme ça que vous faites passer pour la petite Bird? Je ne sais pas qui tu es, ni lui. C'est que je pourrais me faire entuber dans les grandes largeurs, moi! » Sa voix vacilla et il passa son bras sur son front humide.

« Il faut que tu me croies, avait conclu Dotty. Je ne peux rien te dire d'autre que ce que je t'ai déjà dit.

– Dotty, t'as entendu Callahan! La disparition de cette gosse, ça a été le plus gros coup jamais vu par ici. Et j'arrive pas à comprendre comment vous deux, toi et lui, surtout lui, vous avez réussi à vous en tirer. Il n'y avait pas une chance sur un million avec les flics, le FBI, l'armée, les chiens policiers, enfin merde, une putain de chasse à l'homme! Bon Dieu, comment vous avez fait? »

Wallace s'était tourné vers elle. Il se rappelait la route interminable. Les larmes de Canny chaque fois qu'elle se réveillait et qu'elle le voyait, et, tout au long du voyage, la voix de Dotty, aussi ferme et sûre que la route sous les pneus.

« Facile, avait déclaré Dotty dans un effort visible pour se calmer et pour calmer Huller. Petit un, personne ne nous a vus. Petit deux, on n'est pas restés là-bas plus de quelques minutes; et petit trois, ton machin-chose-super-intelligent de Bird, combien de temps il a mis pour appeler les flics? Trois quarts d'heure?

– Quarante minutes.

– A ce moment-là, ça faisait longtemps qu'on s'était tirés. » Elle avait ri. « Je veux dire qu'on était comme en orbite. On ne s'arrêtait pas. On parlait à personne. C'est juste qu'on quittait une vie pour en commencer une autre, toute nouvelle. On n'achetait jamais de journal et on n'avait même pas de radio dans le camion. On ne savait absolument rien de ce qui se passait. On a roulé comme ça jusqu'en Floride. Quand on avait besoin d'essence, je la siphonnais, quand on avait besoin de manger, je piquais.

– C'est complètement dingue! avait commenté Huller. Toute l'histoire. C'est un truc de dingue.

– Non, avait corrigé Dotty. C'est de la chance. J'ai toujours eu de la chance. »

Une porte s'ouvrait à présent de l'autre côté de l'allée. Il leva les yeux et vit Canny traverser la terrasse sur la pointe des pieds puis jeter un bref coup d'œil vers la maison avant de descendre les marches et de se diriger vers la petite grange délabrée où elle lui avait dit avoir vu du pétrole. Wallace s'avança vers la porte, content que Dotty soit encore endormie. C'était un bon moment pour s'occuper des cheveux de Canny. Tout serait terminé quand les autres se réveilleraient.

Avant qu'il puisse ouvrir la porte, il vit Carl sortir de la maison. Il avait la chemise ouverte et était en train de boutonner son pantalon, laissant la fermeture à glissière baissée. Le regard et les mouvements encore lourds de sommeil, il prit lui aussi le chemin de la grange mais en longeant la maison, en restant dans la limite des ombres matinales qui frémissaient et ondoyaient comme de l'eau noire. La main levée vers la porte de la grange, il regarda rapidement derrière lui avant de se glisser à l'intérieur.

Wallace attendit quelques minutes, mais, voyant que Carl ne ressortait pas, il quitta le bungalow et se dirigea silencieusement vers la porte de la grange demeurée entrouverte. Il tendit la tête, aveuglé par le rai de lumière vive et chargée de poussière qui filtrait par l'ouverture. L'air parut chaud et sec contre sa joue.

« Allez, touche. » La voix de Carl était épaisse et

visqueuse. Il avait le souffle court. « Je te donnerai un sou, comme je fais avec Kelly.

– Non, dit Canny, la voix pareille à un bruissement, comme une page qu'on tourne.

– Je te donnerai deux sous.

– J'en veux pas.

– Tu touches et c'est tout.

– Non.

– Viens là...

– Laissez-moi partir...

– Donne-moi ta main... Mets juste ta...

– Allez-vous-en...

– Fais pas ça! gronda Carl. Ahhh! sale petite...

– Papa! hurla-t-elle. Papa! »

Alors il se précipita jusqu'au bungalow et, posant les mains sur le dos en sueur de Dotty, se mit à la secouer, à lui presser la cage thoracique comme à une noyée, comme pour extirper le sommeil de ce dos moite et luisant.

« Il va la tuer... Il va lui sucer le sang et le boire et la tuer... Réveille-toi, Dotty. Je t'en prie! Oh! je t'en prie! »

Elle s'assit en tremblant, ses yeux refusant de s'ouvrir. Mais, poussée par la terreur dans la voix de Wallace, elle tituba à l'aveuglette jusqu'à la porte, vêtue d'un simple slip et d'un soutien-gorge. Wallace retourna arracher le drap du lit et le jeta sur elle au moment où elle arrivait à la grange. Wallace juste derrière elle, Dotty ouvrit la porte. Dans les combles, une nichée de tourterelles quitta son perchoir chaud et sombre, les battements d'ailes évoquant le craquement des flammes.

« Espèce de fumier! » rugit-elle en cognant sur la masse sombre agenouillée au-dessus de l'enfant qui gémissait et se débattait, une main plaquée sur sa bouche.

Avant qu'il puisse se relever, Dotty lui avait sauté sur le dos et lui arrachait des poignées de cheveux. Canny bondit vers Wallace. Du sang coulait de son nez et de sa bouche. Wallace tira le drap tombé par terre et essaya d'arrêter le saignement. Il s'efforça de trouver la morsure du vampire, mais ses yeux étaient brouillés par les larmes.

« Ma petite Canny, sanglota-t-il en la serrant contre lui. Mon pauvre petit bébé Canny. »

La porte de la grange s'ouvrit toute grande, et le brusque flot de lumière éclaira le bras de Dotty qui se levait et s'abattait avec un bruit mou. La pelle rouillée qu'elle avait décrochée de son clou, sur le râtelier, atteignit Carl à l'épaule. Il s'était recroquevillé en gémissant par terre, dans une tache d'huile.

« Mais bon Dieu, qu'est-ce qui... » C'était Jiggy, debout devant le soleil, son chien alarmé aboyant et jappant sur ses talons pendant que Wallace continuait de tamponner le menton ensanglanté de Canny.

« Qu'est-ce que tu... » Il avait saisi le poignet de Dotty, bloquant la pelle à mi-coup.

« Tue-le! haleta Dotty. Tue-le, tue-le... » Elle voulut dégager la pelle mais, de sa grande main ouverte, Jiggy lui assena une gifle d'une telle force que la tête de la jeune femme bascula en arrière puis trembla sur sa tige.

Tapi juste sous le râtelier, Carl avait enveloppé sa tête dans ses bras et pleurnichait comme un enfant.

« Tout va bien, tout va bien, tout va bien », continuait de murmurer Wallace dans les cheveux secs et cassants de Canny, même s'il savait que ce n'était pas vrai; car le pire venait maintenant de se passer. Tout droit sorti des pages des contes où il était question de princesses perdues et d'enfants de fées, du fond des longs couloirs obscurs et humides de ses cauchemars, le monstre était apparu sous les traits de Carl, le buveur de sang. Et, comme dans ses rêves et les moments lointains où il guettait, son oreille collée au mur dur et glacé, il ne cessait de se demander: Qu'avait-il fait, qu'avait-il fait, qu'avait-il fait...

CHAPITRE XIV

« Qu'est-ce que vous en dites? » demanda Dotty, la tête penchée sur sa feuille de papier. Elle lut : « Allô, monsieur Bird? Comment allez-vous? Si ça ne vous dérange pas, j'aimerais vous prendre quelques minutes de votre temps...

– C'est merdique », coupa Jiggy en traçant une petite ligne au crayon avant de faire pivoter la carte pour en dessiner une autre plus longue à l'intersection de la précédente.

Dotty avait les yeux cernés. Elle regarda Wallace, assis au bord du lit. Depuis l'incident du matin avec Carl, Dotty semblait devoir céder d'un instant à l'autre aux larmes, au rire ou à l'hystérie; Wallace n'aurait su dire lequel des trois, mais il savait que quelque chose n'allait pas tarder à bouillir en elle. C'était maintenant la dixième fois que Jiggy lui renvoyait à la figure le texte à lire au téléphone qu'elle écrivait pour Wallace.

« Qu'est-ce qui ne va pas, cette fois-ci? demanda-t-elle.

– Comme les autres. Ça fait pas naturel. Ça sonne fabriqué. » Jiggy se coucha presque sur la carte.

« Putain, je pige pas ce que tu racontes! Évidemment que ça sonne fabriqué. Je suis en train de le fabriquer! » Elle jeta papier et stylo sur le lit, traversa la chambre d'un pas lourd et s'immobilisa près de la porte. Un instant plus tard, elle se retourna brusquement et tendit le doigt vers Huller. « Je sais ce qui ne va pas, dit-elle d'une voix tendue. C'est encore l'histoirc avec ton beau-frère...

– Tais-toi, l'interrompit Jiggy. Assieds-toi et ferme-la! » Il traça soigneusement une nouvelle ligne sur la carte, à l'encre cette fois-ci, à l'encre rouge sang. Il sourit et obscurcit la ligne.

« Si, c'est ça qui t'emmerde! reprit Dotty. Tu m'as fait chier toute la journée et j'en ai ras le bol! »

Jiggy leva les yeux et sourit. « Ouais, peut-être que t'as raison. Seulement, tu te plantes complètement sur le motif. Tu vois, ce qui m'emmerde vraiment, c'est d'être arrivé trop tôt... avant que t'aies eu le temps de fracasser le crâne de ce fumier. »

Dotty poussa un soupir. Elle haussa nerveusement les épaules et soupira encore. Puis elle cligna des paupières et ses yeux s'emplirent de larmes.

Huller se redressa sur sa chaise et secoua la tête. « Mais bon Dieu, où tu veux en venir? Tu coupes les cheveux de ma belle-sœur et puis tu essaies de couper les couilles de mon beau-frère. A qui le tour maintenant? » Il sourit.

Dotty émit un rire gêné. Elle prit son sac au bout du lit et entreprit de chercher ses cigarettes. « Cet enfant de salaud, dit-elle tout en allumant sa cigarette. Mérite pas de vivre. » Elle aspira une longue bouffée qui siffla dans sa poitrine puis elle contempla un instant le vide. « Il y en a qui ne méritent pas de vivre, tu sais. J'ai connu une fille, une fois. C'était qu'une gamine en fait. Je crois qu'elle m'a dit quatorze ans. Elle avait jamais rien eu. Rien, de toute sa vie. Pas même un lit à elle. Et son père, c'était le salaud le plus pourri qu'on puisse trouver. Mais vraiment *pourri*, tu vois. » Elle frissonna et serra les bras contre elle. « Il était toujours après elle. Tout le temps, sans arrêt sur son dos. " Fais ça! Fais pas ça! Aide ta mère! Va promener les mômes! " Il lui a jamais laissé le temps d'être elle-même une môme, tu vois ce que je veux dire? Sa mère et lui, ils se servaient complètement d'elle. Seulement, lui, c'était pire. Il a voulu se servir d'elle jusqu'au bout. D'abord, c'était juste toucher. Et puis après, ça a été le reste. Pauvre gosse. Elle avait juste dix ans et, quand elle en a eu treize, elle a été tout raconter à sa mère. Et sa mère, elle lui a répondu : " Sale petite garce, espèce de salope, t'as pas honte de dire des choses pareilles sur ton propre père! "

« Et sa mère l'a giflée et l'a bourrée de coups de poing et de coups de pied. Comme folle elle était, et elle la frappait en hurlant : " Espèce de putain, sale petite pute... " Et elle l'a tellement battue que la gamine n'a pas pu aller à l'école pendant une semaine en attendant que ça se cicatrise un peu. Alors, la fille, elle s'est dit qu'elle allait lui faire voir, qu'elle allait lui montrer. Et elle a attendu juste le bon moment. Elle a attendu qu'il soit soûl, mauvais et excité et qu'il lui fasse de l'œil et qu'il se frotte contre le coin de la table et qu'il prenne cet air vague de vieux taureau à bite molle qui essaie de dire des trucs gentils mais qui sait pas dire autre chose que des gros mots, comme un môme.

« Seulement cette fois-ci, elle s'est pas écartée. Elle n'a pas quitté la maison, même pas la pièce. Sa mère devait bientôt rentrer de son ménage chez le porcher, et toutes ses petites sœurs étaient assises par terre en train de regarder la télé. Elle s'est assise sur une chaise et elle a vu toutes ces petites têtes, et elle s'est dit que si personne ne faisait rien, que si personne ne l'en empêchait, il s'en prendrait bientôt à l'une d'elles, à une de ces petites filles si mignonnes et qu'elle aimait tant, comme si c'étaient les siennes. Alors elle est restée là et elle l'a laissé continuer son cirque, continuer, continuer. Et quand elle a pensé que ça allait juste être l'heure que sa mère rentre, elle l'a regardé et elle a souri, et, pour la première fois, elle n'a pas essayé de s'enfuir ni quoi que ce soit.

« Il l'a prise par le bras et elle s'est levée. Elle n'a

même pas essayé de se dégager mais elle l'a suivi dans la chambre, sans dire un mot. Il allait juste être prêt quand elle a entendu la porte du hangar s'ouvrir et se fermer et puis la voix de sa mère qui disait bonjour à ses petites sœurs. Il a commencé son affaire juste à ce moment-là, et une fois qu'il était en train, tout le pays aurait pu venir voir qu'il s'en serait complètement foutu. Alors elle a gueulé : " M'man! M'man, viens vite! Viens le retirer. M'man! Au secours, M'man! "

« Et tu sais quoi? » Dotty sourit, presque gaiement. « Le son de la télé a monté, monté, monté, et elle a arrêté de crier et de se débattre pour rester couchée là, à attendre qu'il ait terminé. Et alors elle a compris que c'était un peu la même chose pour sa mère. Que c'était donc à elle, elle le savait maintenant, de l'empêcher de toucher aux autres.

« Après ça, si elle disait quelque chose, tout ce que sa mère lui répondait, c'était : " J'y peux rien. T'as qu'à te sauver. Barre-toi. " Et puis ensuite elle est tombée un peu amoureuse d'un garçon, un type plus vieux qu'elle, et elle lui a raconté pour son père et elle, seulement, en lui disant que c'était pas elle, mais une copine. Et ce type, il lui a répondu : " Dis à ta copine qu'il y a des salauds qui méritent pas de vivre. "

« Alors une nuit, juste après ça, une nuit qu'il faisait sacrément chaud et qu'elle dormait sur le divan avec rien que sa chemise, il est venu la voir. Pour être honnête, il faisait tellement chaud et moite qu'elle aussi, elle se sentait excitée, surtout qu'elle rentrait juste de voir son petit ami; enfin, il s'est mis à la secouer, la secouer pour essayer de la réveiller, et pile au moment où il allait se coucher sur elle, elle s'est relevée du divan et s'est sauvée dehors. Lui, il lui a couru après avec sa bouteille à la main. Il l'a rattrapée, et quand ça a été terminé, il s'est assis, il a allumé une cigarette et puis il a bu une grande goulée. Alors tout d'un coup, elle a attrapé la bouteille et elle lui a mis son compte. Sur la tête, sur la figure, et quand la bouteille n'a plus été qu'un col cassé plein de sang lui dégoulinant sur la main, elle a ramassé une grosse pierre et elle a continué. Ensuite, rien que pour qu'il n'y ait pas de doute, pour que sa mère sache, pour que tout le monde sache, pour que lui sache, elle a allumé une allumette et elle a essayé de l'enflammer. Mais les allumettes n'arrêtaient pas de s'éteindre mais elle sentait quand même l'odeur des poils qui brûlaient. Alors elle a continué à les craquer, les unes après les autres, jusqu'à ce que la boîte soit vide. »

Dotty contempla la cigarette qu'elle était en train d'écraser dans le reste de frites et les cendres. « Le plus dingue, c'est qu'elle a voulu d'autres allumettes. Elle n'arrivait pas à penser à autre chose, qu'il lui fallait d'autres allumettes. Mais quand elle est rentrée chez elle, la porte était fermée à clé. Alors elle a dormi dans le hangar et, le lendemain matin, comme il ne revenait pas, elle a su qu'il était mort. Quand sa mère est partie chez le porcher, elle a pris d'autres allumettes et est retournée près de lui. Là, elle a arraché les bras de la chemise de son père, elle les a posés sur son ventre et elle y a mis le feu, mais ça s'éteignait tout le temps. Alors elle s'est dit qu'elle ferait mieux de partir, mais elle s'est perdue dans les bois pendant toute la journée, toute la nuit et peut-être bien la journée d'après. Elle entendait des voix d'homme complètement excitées et mauvaises, des voix de fous, et aussi des chiens qui aboyaient et qui grognaient, et elle savait qu'elle n'aurait pas une chance de s'expliquer. Elle avait compris que ça se passerait sûrement comme avec sa mère. Ils la traiteraient de tous les noms et ils ne voudraient jamais la croire. »

Un silence s'ensuivit. Wallace la dévisageait, Jiggy la dévisageait, et l'on ne percevait plus dans la chambre que le robinet du cabinet de toilette qui gouttait. Elle avait l'air tellement jeune tout à coup, une vraie petite fille, songea Wallace. Il s'agissait de cette juvénilité qui émerge des rêves et du sommeil, tout à la fois désincarnée et fragmentaire.

« Elle s'est fait prendre? On l'a retrouvée? » demanda

Huller. Il avait écrasé le couvercle d'une boîte d'allumettes afin d'en faire une pointe dont il se servait pour se curer l'ongle du pouce.

« Elle l'a jamais dit, répondit vivement Dotty, sa voix pareille aux morceaux de verre qui tintinnabulaient au vent sous le porche de Hyacinth.

– Tu veux dire qu'on la recherche peut-être encore? » Il éleva son pouce et, le sourcil froncé, l'examina sous tous les angles.

« Qui sait? » Dotty s'étira et bâilla. « Et puis on s'en fout.

– Moi, je m'en fous pas. » Il l'avait dit si doucement, et cependant si délibérément que Dotty bondit du lit et se dressa devant lui. « Mais merde, de quoi tu te mêles?

– Comment elle s'appelle? répliqua Jiggy.

– J'ai oublié. » Dotty haussa les épaules. « Écoute, tu laisses tomber, d'accord? D'abord, je l'ai pas vue souvent et, de toute façon, j'ai pas cru la moitié de ce qu'elle racontait; elle était tellement menteuse. »

Huller s'était tourné vers Wallace. « Vous l'avez déjà rencontrée, cette fille-là?

– Non. » Wallace secoua la tête et réfléchit intensément. « Mais j'en ai entendu causer. Quelque part. »

Le récit de Dotty l'avait troublé. Après qu'elle et Jiggy furent partis avec la camionnette chercher du lait pour Alma et repérer une cabine téléphonique pour leur coup de fil aux Bird, Wallace sortit sa coupure de journal. Seules quelques lettres voulaient bien se rassembler, en mots faciles comme *et*, *elle*, *moi*. Il regarda les caractères imprimés et essaya de se souvenir de ce que racontait l'article. Mais le récit de Dotty ne cessait d'interférer, de sorte que Canny se retrouvait assise devant la télévision dans une pièce mal éclairée tandis que les cochons du porcher hurlaient dans le lointain, ce qui était incroyable car le seul porcher qu'il eût jamais connu se trouvait dans son pays, dans les Flatts. Et Buntie, le chien policier, léchait le visage d'un cadavre. Sa bave charriait du sang, et la masse de chair informe s'assemblait bientôt en un visage aux yeux larmoyants et portant favoris, un visage familier, un visage qu'il avait connu, craint et évité sur les routes de montagne et du côté de chez Ida, le vendredi. Puis Canny levait les bras et criait « Papa! Papa! » Mais, au moment où il voulait la prendre, le chien sautait sur lui et ses crocs se plantaient dans sa gorge, dans la chair tendre juste au-dessous de la mâchoire, puis une bouche commençait à sucer, à s'activer, à aspirer son sang.

La porte s'ouvrit en claquant. Encadrées par la lumière dure du dehors, Alma et Canny entrèrent.

« Elle a des poux? » questionna Alma. Furieuse, le souffle court, elle poussa Canny devant elle.

« J'ai pas de poux! protesta Canny avec indignation. Dis-lui que j'ai pas de poux, papa. » Ses yeux s'agrandirent, quêtant la confirmation de Wallace.

« Elle a pas de poux, répondit Wallace.

– Alors pourquoi qu'elle est tout le temps en train de se gratter la tête et qu'est-ce qu'elle voulait foutre avec du pétrole, ce matin? demanda Alma.

– Elle a la tête qui la gratte. » Wallace haussa les épaules. Il regarda Canny. « Pourquoi est-ce que ça te gratte la tête? demanda-t-il doucement.

– C'est à cause de la chaleur, répliqua Canny en dégageant son épaule nue de l'étreinte vigoureuse d'Alma, qui lui laissa de petits croissants de lune blancs et profonds dans la chair, à la place des ongles. Ça démange. »

Alma plissa les paupières. « Et pourquoi qu'elle voulait du pétrole, alors?

– Qu'est-ce que tu voulais faire avec du pétrole? » demanda Wallace à Canny. Celle-ci prit une expression paniquée. « J'avais soif, lui dit-elle. Il faisait chaud et j'avais soif.

– Elle avait chaud, répéta Wallace à l'intention d'Alma. Et elle avait soif.

– Tu voulais le boire? s'étonna Alma.

– Je croyais que c'était du cidre », répliqua Canny avec de grands yeux innocents.

Alma renifla et essuya un côté de sa figure en sueur sur son épaule. « On peut pas dire que c'est très malin, dit-elle. De faire tous ces problèmes rien que parce que t'es stupide. » Puis, comme soudain libéré, un gros sanglot jaillit de sa poitrine. Elle s'effondra sur le bord du lit et se mit à brailler. Elle tenait les jambes tellement écartées que Wallace pouvait voir sa gigantesque culotte blanche. Il fixa le regard sur un point situé loin derrière la tête de la femme, sur le nœud jaune qui suintait au milieu des planches de sapin blanchies à la chaux.

« Tout se casse la gueule, pleura-t-elle. Ma vie est en train de se casser la gueule. »

« Quelle heure il est? lança Dotty à l'adresse de Huller.

– Six heures », répondit-il.

Il était temps de dîner mais personne n'avait très faim. Jiggy était installé sur la terrasse, renversé sur une chaise en bois, les pieds posés sur la rambarde délabrée. Par terre, à côté de lui, il y avait le pack de six canettes de bière que Dotty venait de sortir du réfrigérateur. Elle portait un short noir et un bain de soleil blanc qui ne cessait de glisser. Elle ne tenait pas en place. Alma était au lit, se plaignant d'avoir mal au ventre, aussi était-ce Dotty qui s'occupait de préparer l'omelette au bacon dans une poêle en fer noir. Elle n'arrêtait pas de courir sur la terrasse pour voir si Jiggy n'avait besoin de rien d'autre.

Quand le dîner fut prêt, Wallace éteignit la télévision et traîna les trois enfants dans la cuisine. Il nota qu'elles s'étaient gratté la tête toutes les trois en l'espace de quelques minutes. Dotty posa la poêle directement sur la table et leur dit de se servir. Elle se dirigea vers la porte et s'appuya contre le chambranle. « Quelle heure est-il? demanda-t-elle.

– Six heures trente-cinq », répondit Huller.

Elle soupira et appuya son front contre la moustiquaire. Wallace baissa la tête sur son assiette. Soudain, Krystal cracha sa bouchée d'omelette dans son assiette et éclata en sanglots. Kelly venait de lui donner un coup de pied sous la table. Canny continua de manger sans rien dire. Elle rappelait à Wallace une petite souris grise. A une ou deux reprises, elle lui adressa un regard. Tout en elle paraissait maintenant terne et sans vie. Seuls ses yeux brillaient encore.

« Elle m'a donné un coup de pied! accusa Krystal.

– Espèce de menteuse! fit Kelly, méprisante.

– Quelle heure il est? demanda de nouveau Dotty.

– Sept heures moins vingt, répondit Huller.

– T'es dégueulasse! cria Krystal en désignant sa sœur. Elle montre ce qu'elle a dans la bouche!

– Petite merdeuse, va », chuchota Kelly en se penchant en avant, de l'œuf plein les dents.

Krystal prit alors une poignée d'omelette pleine de ketchup et la lança sur sa sœur, mais elle manqua totalement sa cible et atteignit en fait le dos de Dotty. Celle-ci, absolument furieuse, fondit sur la petite fille et lui donna une gifle.

« Maman! » Krystal se précipita au premier en hurlant, la main de Dotty imprimée sur sa joue. Ses cris percèrent le silence de la maison.

« Bon Dieu! » marmonna Huller, sur le perron. Il se redressa et, une par une, lança des canettes vides au chien qui dormait sur l'allée.

« Maintenant, j'ai plus qu'à me changer! cria Dotty, courant entre la porte de la salle d'eau et celle du perron. Quelle heure il est? J'ai le temps de me changer? Quelle connerie, je voulais pas la taper... et merde... Nom de Dieu, je me sens tellement nerveuse que j'ai l'impression que ma tête va éclater. Tiens papa, essuie-moi. » Elle lui présenta son dos afin qu'il puisse réparer le désastre. « Tu es une vraie garce, gronda-t-elle à l'intention de Kelly tout en dénouant le bain de soleil derrière son dos. Tu es la petite garce la plus mauvaise que je connaisse! » Sa voix tremblait, se désagrégeait.

Les traits de l'enfant se durcirent et ses yeux semblèrent s'enfoncer dans son crâne. « Ce que j'ai hâte que tu sois arrêtée, fit Kelly, qui garda le menton levé haut, qui ne cilla ni ne tressaillit pas quand Dotty se pencha sur elle mais continua au contraire de contempler froidement son visage de cendre.

– Qu'est-ce que tu veux dire, arrêtée? demanda Dotty. Tu vas me dire ce que tu entends par là, oui! » Elle prit Kelly par l'épaule. Mais l'enfant se mit à appeler sa mère, et ses cris étaient chargés d'une terreur si déchirante que Dotty recula, levant les mains en signe de capitulation.

« Mais qu'est-ce... » C'était Huller, dans l'embrasure de la porte.

« Qu'est-ce qu'elle veut dire, je vais être arrêtée? interrogea Dotty.

– M'man! M'man! » hurlait la petite, prise de haut-le-cœur. Sa poitrine se soulevait précipitamment, ses yeux roulaient et ses lèvres viraient au bleu. Soudain, sa tête bascula en arrière sur sa chaise et ses jambes se raidirent devant elle. Elle tomba par terre, se tordant et battant l'air. De la bave apparut aux commissures de ses lèvres.

Wallace était épouvanté. Il regarda Canny, qui continuait de manger. Ce ne fut que quand Alma arriva en courant dans la pièce qu'elle posa sa fourchette.

Alma s'agenouilla devant sa fille. « Donnez-moi un coussin! » cria-t-elle. Krystal courut chercher l'un de ceux du canapé qu'elle glissa sous la tête de Kelly.

« Elle a dit que j'allais être arrêtée, répétait Dotty pour essayer d'expliquer les choses à Jiggy tandis qu'il se penchait sur Alma et sa fille.

– Elle fait une crise! décréta-t-il en chassant les mains d'Alma qui tentaient de contenir les mouvements désordonnés des jambes de l'enfant. Laisse-la tranquille! ordonna-t-il.

– Elle est en train de mourir! hurla-t-elle en le repoussant. Elle meurt et c'est tout de leur faute et je veux qu'ils partent!

– Elle ne meurt pas, pauvre conne! Elle a des convulsions, gueula-t-il à l'adresse de sa femme pardessus le petit corps désarticulé de leur fille.

– Écoute-le, Alma, supplia Dotty. Écoute ce que dit Jig!

– Meurs pas, sanglotait Krystal dans son maillot de corps relevé. S'il te plaît, meurs pas. »

Canny quitta sa chaise, alla dans le séjour et alluma le téléviseur. Elle s'assit face à la cuisine mais ne jeta pas un regard dans cette direction. Pas une fois son regard ne quitta l'écran. De temps à autre, elle se grattait la tête. Elle est trop calme, pensa Wallace. Il savait qu'il devait lui parler de ce qui s'était passé dans la grange, mais, chaque fois qu'il la regardait et qu'il y pensait, il éprouvait trop de honte.

« Je veux de l'eau », murmura Kelly. Ses yeux s'ouvrirent lentement. Dotty s'assit près de Wallace, ou plutôt, elle s'écroula sur son siège. Sa main tremblait lorsqu'elle alluma sa cigarette.

Alma se releva pendant que Jiggy soulevait l'enfant. Il la porta au premier, suivi par Alma qui insistait pour qu'ils emmènent Kelly à l'hôpital.

« C'était une crise, répéta-t-il. J'en ai vu plein, des crises.

– Tu as vu ce qui s'est passé, hein? dit Dotty à Wallace. Je l'ai pas touchée, hein, Aubie? Tu étais là. T'as tout vu. »

Elle se leva et alla se poster au bas de l'escalier, pour écouter. Puis elle fit les cent pas entre les marches de bois usées et la table. Régulièrement, elle se passait la main par-dessus l'épaule et se grattait le dos. « Je le sens encore », prononça-t-elle à mi-voix.

En haut, le ton montait.

« ... travail..., disait la voix de Jiggy.

– ... Ta propre fille? ... plus important que ça? » répliqua la voix d'Alma.

Dotty se tourna vers Wallace et, avant qu'elle pût prononcer un mot, il sut que le moment était venu. Ce serait pour ce soir. Dotty esquissa un mouvement vers lui, mais Jiggy et Alma commençaient à descendre l'escalier.

« Ça vient et ça s'en va, affirmait Jiggy lorsqu'ils entrèrent dans la cuisine.

– Écoutez donc le docteur Huller, annonça Alma. Eh bien ma tante aussi elle avait des crises et un jour, elle a avalé la moitié de sa langue et il a fallu la sortir et puis la recoudre! » Elle regarda vers Dotty et Wallace, en quête de soutien.

« Elle peut très bien ne plus jamais en avoir, fit Huller en se lavant les mains dans l'évier.

– Oui, et elle peut en avoir dix cette nuit! rétorqua Alma.

– Ça va aller, assura Dotty. Vraiment, ça ira. »

Alma l'ignora. « Je t'en prie, Jig, supplia-t-elle. Ça prendra pas longtemps. »

Il mouillait son peigne sous le robinet. Juste au moment où il commença à lisser ses cheveux en arrière, elle lui saisit le bras.

« Écoute-moi! cria-t-elle d'une voix perçante. Écoute-moi! »

Il se dégagea et remouilla son peigne. Puis il le passa longuement dans les vagues humides et plus foncées de sa crinière.

Alma semblait avoir mal au ventre. « Je sais ce qui se passe! cria-t-elle. Crois pas que je sais rien! J'ai des yeux pour voir, dit-elle en se martelant les tempes. Et des oreilles pour entendre! »

Passant soigneusement le bout de ses doigts à la suite du peigne, il aplatit la vague.

« Je sais ce que t'as en tête! » lâcha Alma, et le visage de Dotty se figea. Elle aussi fixa les yeux sur la nuque blonde de Huller.

Il se retourna. « Écoute, dit-il en agitant son peigne en direction d'Alma. Tu la fermes, d'accord? Tu la fermes et tu te fous pas dans mes pattes! »

Les bras croisés sous son menton tremblotant, elle se dressa devant lui. « J'ai vu les taches, explosa-t-elle. Et les coups d'œil qu'elle te jette...

– Alma..., commença Dotty.

– Eh bien je vais te dire, moi. Tu es aussi pourri que Carl. Et même pire. Lui au moins, il a un problème, alors que toi... tu fais même pas attention avec qui tu baises! » Elle se rapprocha encore et lui assena un coup de poing qui l'atteignit au menton. « Espèce de salopard! brailla-t-elle alors qu'il se mettait à rire. Vas-y, sanglota-t-elle. Rigole! On va voir si tu trouveras ça drôle quand je parlerai aux flics qui s'occupent de ta probation de ton supercoup à cinquante mille dollars que toi et El...

– Ta gueule, sale conne! aboya Huller qui porta les mains à la gorge de sa femme et qui commença à serrer et à la secouer. Espèce de sale conne obèse! »

CHAPITRE XV

Le camion filait dans la nuit. Des insectes s'écrasaient sur le pare-brise. Dotty fumait cigarette sur cigarette et tambourinait du bout des doigts contre son sac. A son côté, Huller se concentrait au-dessus de son volant, le visage froid et impassible.

« Voilà », fit-il alors qu'ils se trouvaient encore sur l'autoroute. Un peu plus loin, au-dessus de la cime des arbres, un grand panneau indiquait : EASTPORT MALL, 1 500 M. Il mit son clignotant. « Tout ce que vous aurez à dire, c'est ce qui est écrit sur le papier. » Il parlait fort pour couvrir le bruit. « Et si Bird pose des questions vous les redites après lui..., vous les répétez, quoi. »

Il coula un regard vers Wallace, qui se tenait avachi sur le siège, de l'autre côté de Dotty, la visière de sa casquette de base-ball enfoncée bas sur l'arête du nez. « Comme ça, on pourra vous souffler toutes les réponses. » Il donna un coup de coude à Dotty. « Répète-lui ce que je viens de dire.

– Il t'a entendu », répliqua-t-elle d'une voix morne.

Wallace ne fit pas un geste, ne dit pas un mot.

Huller renifla. « Putain, papy, vous allez voir, ça va être de la petite bière. Y a pas à s'en faire. » Il ne cessait de jeter des coups d'œil vers Wallace. « Vous leur rendez service, en fait. Vous avez ce qu'ils veulent, et eux ils veulent payer pour ça. » Huller s'esclaffa. « C'est ça les affaires à l'américaine. » Il rit encore et s'engagea sur la bretelle de sortie avant d'emprunter un pont puis de tourner à gauche vers le centre commercial.

Huller se gara tout au bout du centre, là où trois boutiques vides affichaient A LOUER sur leurs vitrines. Il désigna la cabine téléphonique située au bord du parking. Sa voix se faisait de moins en moins forte à mesure qu'il expliquait combien il avait été difficile de trouver une cabine isolée; la plupart se présentaient en groupes de deux ou trois et se trouvaient trop près des magasins. Il avait même pris la précaution de retirer l'ampoule électrique de celle-ci. Il avait pensé à tout. Il n'avait pas fini de parler que Dotty ouvrait la fermeture à glissière de son sac et en tirait deux feuilles de papier ligné.

« Je vais avec lui, déclara-t-elle en se penchant au-dessus de Wallace pour attraper la poignée de la portière.

– Attends! l'arrêta Huller. Lis-le encore une fois.

– Tu m'énerves, grogna Dotty.

– Je ne dirai rien. Je veux juste l'entendre encore une fois. »

Dotty commença à lire d'un ton monocorde et sans vie tandis que Huller acquiesçait avec empressement à chaque phrase.

« Vous écoutez, papy? interrompit Huller.

– Oui, oui, répondit Wallace.

– L'important, c'est de convaincre Bird que vous savez de quoi vous parlez. Que vous êtes vraiment le ravisseur, insista Huller.

– Mais c'est pas vrai, protesta Wallace.

– Si, vous êtes un kidnappeur, siffla Huller d'un ton presque menaçant.

– Pas un vrai, non. Pas vraiment », répliqua Wallace en sortant de la camionnette, mais ni Dotty ni Huller ne l'avaient entendu. Huller donna une poignée de pièces à la jeune femme, puis il les accompagna jusqu'à la cabine, le bras posé sur l'épaule de Wallace. « Ça sera terminé dans une minute, dit-il. Alors du calme, papy, c'est tout. »

Wallace et Dotty se retrouvèrent pressés l'un contre l'autre dans la cabine sans air dont le sol était jonché de journaux jaunis et poussiéreux et de gobelets de polystyrène usagés. Dotty inséra une pièce dans la fente, écouta puis composa le numéro. Wallace tenait à la main le message qu'elle l'avait aidé à apprendre par cœur. Par-dessus son épaule, Dotty braquait une petite torche sur les feuilles de papier. Le téléphone sonnait à l'autre bout de la ligne. La respiration précipitée de Dotty lui chatouillait la nuque. Huller se tenait appuyé contre l'entrée de la cabine dont il étreignait le cadre à deux mains. Wallace examina les mots que Dotty avait tracés en lettres capitales. Ses orteils se crispèrent sur la petite bosse à l'intérieur de sa chaussure et il ne parvint pas à se rappeler ce que c'était, de même qu'il ne parvenait pas à se rappeler pourquoi il se trouvait ici. De fait, si quelqu'un lui avait posé la question juste à ce moment, il aurait répondu : « Je dois lire ce qui est marqué là. Pourquoi? Je sais pas. Qu'est-ce que ça dit? Je sais pas. Faut que je le fasse, c'est tout. Ne m'embrouillez pas. Ne me demandez rien. »

La sonnerie continua de retentir. Un moustique vint le piquer sur le dos de la main qui tenait le combiné.

« Allez! Allez! gronda Dotty en se balançant nerveusement contre lui.

– Merde! fit Huller en cognant des doigts contre la bande métallique qui enserrait la porte. Raccroche! On va s'asseoir un moment dans le camion. »

C'est à l'instant où Dotty éteignit la torche que l'obscurité fut absorbée par une voix curieusement familière dans son oreille.

« Allô? répéta l'enfant. Qui est-ce? Allô?

– Raccroche! commanda Dotty, prête à lui prendre le combiné.

– Allô? dit encore l'enfant.

– Allô, répondit Wallace, le message lui revenant en mémoire. Allô, monsieur Bird. Je vous appelle au sujet de Caroline...

– Elle est morte, coupa l'enfant. Vous voulez mon papa? » Wallace hocha la tête alors qu'elle commençait à appeler : « Papa! Papa! Il est dans la piscine, expliqua la petite fille dans le téléphone. Nous avons une réception... Papa! Papa! »

Dotty avait rallumé la torche. Sa lumière tremblotante faisait bondir les mots vers lui.

« Un instant », demanda l'enfant, puis le combiné fut posé avec un déclic. Il y eut un bruit de pas. Une porte claqua.

« Qu'est-ce qui se passe? » demanda agressivement Dotty. Elle lui frappa le dos. « A qui tu parles?

– A personne, répondit-il avec un hoquet en secouant la tête.

– PAPA... » Les appels de l'enfant déclinaient. « ... un monsieur au téléphone... Caroline...

– Vous parlez à... », commença Huller.

Mais un autre déclic parvint à l'oreille de Wallace, plus lointain cette fois-ci. La voix enfantine flottait toujours dans l'air, dans sa tête, comme la trace d'un chant de criquets ou d'un bruissement de feuilles.

« Allô! » fit une voix masculine, essoufflée et coléreuse. A peine l'homme eut-il parlé que toutes les voix alentour, les bruits d'eau, les rires, les conversations et les tintements de verres cessèrent. Wallace sentait, voyait presque, tous ces hommes et ces femmes se pétrifier, et ils avaient tous des visages de Kluggs et de Mooney. C'était la voix de Hazlitt dans son oreille, la voix de son beau-père qui s'enfonçait là comme une pierre tranchante. Hazlitt voulait récupérer sa camionnette après tout ce temps.

« Raccroche! » commanda la voix. Wallace crut que l'ordre s'adressait à lui et il commença à tendre la main vers le boîtier. « Elizabeth! Raccroche ce téléphone! »

Le déclic retentit. L'enfant était partie. Quelle enfant? C'étaient les Kluggs qui avaient Canny, maintenant? Dotty secouait les feuilles de papier devant lui.

« Qui est là? demanda l'homme. Qu'est-ce que vous voulez, bon Dieu? »

Dans le fond, une voix de femme appela : « Louis! » et les yeux de Wallace s'agrandirent. Il imagina une autre femme sur la ligne, puis, reliée à son téléphone, encore une autre, et une autre, comme dans le livre que Canny avait eu, avec des portes en abîme, chaque porte s'ouvrant sur une autre plus petite, jusqu'à la dernière qui s'ouvrait sur un petit miroir où l'on pouvait se voir.

Dotty siffla doucement et secoua de plus belle les feuilles de papier.

« Allô, dit-il. Est-ce que M. Bird est là, s'il vous plaît? Est-ce que je peux lui parler? Je vais attendre, merci.

– Que voulez-vous?

– Est-ce que M. Bird est là? » répéta Wallace sur le même ton de récitation. Il était affreusement troublé. Son cerveau coinçait et il ne voyait pas comment le faire démarrer.

« Est-ce que c'est une plaisanterie? Je suis M. Bird... Vous vous croyez drôle? »

Dotty avait collé son oreille contre le récepteur pour écouter. Elle pressait maintenant la main sur le micro. « C'est lui! dit-elle. Vas-y! »

Wallace la regarda. Quoi, j'y vais? Tout ce que Kluggs voulait, c'était récupérer sa camionnette. Mais elle avait disparu. Ils l'avaient vendue.

« C'est le père de Canny! dit-elle en lui donnant de petits coups sur la tête. J'appelle au sujet de Caroline, lui souffla-t-elle d'une voix caressante en faisant tourner sa main dans le vide pour lui indiquer de continuer.

– J'appelle au sujet de Caroline, répéta Wallace d'une voix tremblante tandis que les mots se bousculaient et s'assemblaient. Je suis la personne du 30 août 1980 qui a pris Caroline, et je l'ai encore. Elle va bien. Je veux bien vous la rendre si vous me donnez l'argent de la récompense.

– Vous êtes le même dingue que l'été dernier! Eh bien cette fois-ci, je porte plainte », déclara Bird avant de raccrocher violemment.

Wallace resta sans bouger pendant que Dotty et Huller le bombardaient dc questions.

« Qu'est-ce qu'il a dit?

– Il a l'air de te croire?

– Il pose des questions?

– Il veut savoir quelque chose sur Canny?

– Il a raccroché, répondit Wallace qui tenait toujours le combiné, sa main l'étreignant telle une serre.

– Qu'est-ce qu'il a dit avant de raccrocher? demanda Huller.

– Il a dit qu'il portait des plantes, répondit Wallace.

– Quoi? » fit Huller d'une voix aiguë. Wallace répéta sa réponse.

Huller vociféra durant tout le chemin du retour. « Tout ce qu'il avait à faire, c'était de le garder au bout du fil. Continuer à parler, c'est tout ce qu'il avait à faire. C'est si dur que ça? »

Dotty ne répondit pas et Wallace gardait le regard rivé sur la vitre. Ils se trouvaient sur l'autoroute. Le pick-up ne pouvait pas aller plus vite. Huller appuyait à fond sur la pédale et l'aiguille du compteur tressautait sur cent vingt kilomètres à l'heure, cent vingt-cinq... Le camion tremblait et le volant vibrait bruyamment. Dotty ouvrit deux boîtes de bière, une pour Huller et une pour elle.

« Faut que je fasse tout moi-même? Trouver les cartes! Dégoter le numéro! Rédiger le message! Bon Dieu, autant que j'appelle Bird moi-même; autant lui dire que c'est moi qui l'ai fait, tiens!

– Hum, murmura Dotty.

– Je pourrais très bien. Je pourrais, vu le peu qu'il arrive à faire!

– C'est le téléphone, dit-elle en tournant la tête et en baissant la voix. Je te l'avais dit. Le téléphone, ça le panique complètement.

– Ah ouais? » fit Huller en prenant un long comprimé

noir dans la poche de sa chemise. Il le fit sauter dans sa bouche et l'avala avec une gorgée de bière.

« T'en as déjà pris un, lui rappela Dotty.

– Va te faire foutre! » aboya-t-il, ralentissant lorsqu'ils furent à proximité d'une aire de repos déserte. Huller y engagea la camionnette et se gara juste devant une cabine téléphonique. Il engloutit le reste de sa bière puis sauta d'un bond du pick-up avant de claquer méchamment la portière.

Wallace et Dotty le regardèrent insérer une pièce dans le boîtier. Il composa un numéro, raccrocha précipitamment, récupéra la pièce dans le petit compartiment puis refit à plusieurs reprises le même numéro sur le cadran.

« Il est complètement défoncé, dit Dotty à mi-voix. Il me fait peur quand il est comme ça.

– On pourrait partir, proposa Wallace. Ce soir. Il y a de l'essence dans la grange.

– Pour aller où? soupira-t-elle.

– Je sais pas. Quelque part.

– On a été partout, Aubie. »

Il réfléchit un instant. « Tu parlais de Hollywood avant.

– Tu n'es pas fatigué, Aubie? » Elle laissa retomber sa tête contre le dossier. Ses paupières peintes en doré se fermèrent. « Est-ce que tu n'es pas... fatigué? » Elle se redressa brusquement en entendant un rugissement rageur suivi d'un bris de verre. Huller venait de projeter une grosse pierre sur la cabine.

« Ils ont décroché ce putain de téléphone », marmonna-t-il en reprenant l'autoroute. Il tendit la main pour avoir une autre bière et jura parce que Dotty n'arrivait pas à ouvrir la boîte. La languette s'était cassée. « Donne-moi l'ouvre-bouteilles, grogna-t-il. Dans la boîte à gants! »

Dotty se pencha par-dessus Wallace et fouilla parmi les cartes graisseuses et les serviettes en papier usagées. « Qu'est-ce que c'est que ça? demanda-t-elle en approchant une coupure de journal de la lumière du tableau de bord.

– Donne-moi ça! commanda Huller.

– C'est sur Canny! » Elle lança un coup d'œil vers Huller.

« C'est le même que l'autre, assura-t-il.

– Non, répliqua-t-elle en examinant l'article. C'est pas le même. Il y a une photo de son père. » Elle se pencha très près de la feuille et commença à lire. « On annonçait ce matin que...

– Je t'ai dit de me donner ça! rugit Huller en lui arrachant la feuille des mains. Et ne recommence pas! explosa-t-il. Essaie pas de faire ta maligne! Et prends pas comme ça, sans demander », ajouta-t-il en pliant la feuille avant de la glisser dans sa poche de poitrine. Après un bref coup d'œil dans le rétroviseur, il changea de voie. Ils arrivaient à une nouvelle aire de repos équipée d'une cabine. La camionnette s'y engouffra sur deux roues et Huller bondit aussitôt dehors. La ligne sonnait toujours occupée. Il était sur le point de mettre à nouveau sa pièce quand il changea d'idée et jaillit hors de la cabine. Il s'approcha de la vitre baissée de Wallace et s'appuya sur le rebord avec un sourire faux.

« Et si je vous conduisais là-bas en personne, papy? » A la lueur des grands néons, le visage de Huller luisait d'une transpiration rosâtre et lumineuse.

« T'es fou? fit Dotty d'une voix entrecoupée.

– Comme ça, vous pourrez dire ce qui s'est passé...

– Tu rigoles! » coupa Dotty. Elle passa la tête devant Wallace. « T'es dingue ou quoi?

– Qu'est-ce que vous en dites, papy? Ça vous tente? » continua Huller, ignorant la jeune femme.

Wallace secoua la tête et regarda Dotty.

« Vous pourriez lui dire ce qui s'est passé. Pas de téléphone. Pas à réfléchir... »

Wallace secouait toujours la tête.

« Arrête ça, Jig! fit Dotty.

– Vous auriez le cran pour le faire? » demanda Huller avec un large sourire.

Soudain, la porte s'ouvrit. Huller saisit le bras de Wallace et tira le petit homme dehors. Celui-ci trébucha et s'écroula sur Huller qui le prit à deux mains par les épaules. « Mais t'as des couilles ou pas? cracha alors Huller.

– Laisse-le tranquille! » avertit Dotty en jouant des pieds et des mains pour s'extirper de la camionnette tandis que Huller soulevait Wallace par le plastron de sa chemise.

« Ne le touche pas! » hurla Dotty qui se précipita sur le dos de Huller et lui entoura la taille en serrant les mains sur son estomac. Avec un rugissement, Huller se tourna et se retourna. Dotty suivait ses mouvements comme une poupée de chiffon, ses pieds raclant la poussière. Le rire de Huller claqua comme un coup de poing. Le colosse ploya alors, tel un arc bandé, puis se détendit brusquement, envoyant la jeune femme basculer sur ses mains.

« Viens ici... Viens donc... » Il agitait les mains juste devant la figure de Wallace. « Je te ferai pas de mal, petit bonhomme. Je veux juste voir si t'as des couilles.

– Salaud », gémit Dotty en se relevant.

Huller avait repris Wallace par le devant de sa chemise. Le poing fiché sous son menton, il le fit reculer jusqu'à la lisière d'arbres sombres qui délimitait la forêt. Dotty courut à la camionnette et s'empara des deux boîtes de bière encore intactes posées sur le plancher. Les saisissant par leur emballage de plastique souple, elle les lança contre Huller, le touchant à la nuque et aux épaules. « Lâche-le! cria-t-elle. Il t'a jamais rien fait. Il a jamais fait de mal à personne... »

CHAPITRE XVI

Le lendemain matin, Wallace attendit que Huller fût parti au volant de la camionnette pour sortir du bungalow. Lorsqu'il pénétra dans la cuisine, Alma était à table. Le duvet sombre qui couronnait sa lèvre supérieure était parsemé de miettes de chips. Elle froissa le sachet vide et le jeta vers le sac en papier qui servait de poubelle. La boulette rata son but et roula jusqu'à la cuisinière.

« Faut que je vous parle », dit-elle. Elle prit une feuille de papier hygiénique dans sa poche de poitrine et se moucha. « Faut que je sache ce qui se passe. »

Il l'entendait à peine. Dans ses oreilles résonnait encore le doux bruissement enfantin, aussi familier et réconfortant, quoique aussi étonnant, que le son régulier de ses propres artères, de son propre cœur.

Il y avait eu la voix d'homme. Le père de Canny, avait dit Dotty. Ses yeux s'élargirent, emplis de l'image d'un M. Bird grand et mince, le gilet barré par la chaîne de sa montre en or. Caroline était une enfant pâle et blonde, toute de blanc vêtue et qui levait les bras vers l'ombre étroite de M. Bird. Caroline était la fille de M. Bird, le père de Canny, d'après ce qu'avait dit Dotty. Mais le père de Canny, c'était lui. C'est pour cela que M. Bird ne lui avait pas prêté attention et ne l'avait pas compris la nuit dernière. Ils avaient parlé de deux petites filles bien distinctes. M. Bird ne connaissait pas Canny, c'était tout. Cela lui paraissait presque clair. Presque. La voix d'Alma ne cessait de piétiner son cerveau, de réduire ses pensées en bouillie.

« Je me suis réveillée avec un affreux pressentiment », disait-elle. Elle étalait de la gelée de raisin sur des biscuits au sucre. A petits gestes rapides et avides, elle en tapissa son assiette. « Comme si quelque chose de mauvais allait arriver. » Elle frissonna. « Comme si le mal était dans l'air, ajouta-t-elle avant de lécher un fragment de gelée accroché au dos de sa main. C'est quelque chose de terrible, je le sens. Il est tellement bizarre en ce moment. Comme la nuit passée, où il s'est réveillé exprès pour nettoyer son arme. Je l'entendais qui sifflotait et qui rigolait tout seul. » Elle dévisagea Wallace. « Où est-ce que vous avez été hier soir, vous, Dotty et lui? C'est quoi, toutes ces cartes routières? Et ce type avec la Lincoln blanche, qu'est-ce qu'il voulait? Faut que vous me disiez! Je vous en prie! »

Ils entendirent la camionnette de Huller bringuebaler sur l'allée. Alma se leva et se précipita vers la porte. « C'est lui », dit-elle. Elle mit sa main en visière au-dessus de ses yeux. « Et merde! Il a encore Ellie avec lui. »

Toute la journée, Wallace resta à proximité de Dotty et de Canny. Ellie resta allongée sur le divan. L'oreiller présentait de grandes taches humides, là où elle avait salivé pendant son sommeil. Ellie sursauta lorsque la porte s'ouvrit puis se referma en claquant. Dotty rentrait de son bain de soleil. Elle portait un short noir moulant et un tee-shirt d'homme aux manches roulées sur les épaules. Alma et elles prirent une cigarette et s'installèrent devant la table. Maintenant qu'Ellie était de retour, les deux femmes avaient oublié les paroles vives de la veille. Elles avaient rapproché leurs têtes l'une de l'autre. Au trouble qui apparut sur le visage de Dotty et à sa façon de secouer la tête, Wallace devina qu'Alma venait de lui poser la même question qu'à lui au sujet de la nuit précédente.

« Pousse-toi, grogna soudain Ellie alors que Krystal escaladait ses jambes repliées sous elle.

– Pas tant que tu te lèveras pas, décréta Krystal.

– Je me sens pas bien, l'avertit Ellie. Je vais dégueuler.

– Vas-y », fit Krystal en riant.

Ellie bondit alors, projetant Krystal par terre, et courut à la salle d'eau, la main plaquée sur sa bouche et les yeux dilatés.

« J'espère que je vais pas attraper ça, fit Dotty en portant le dos de sa main à son front. J'ai l'impression que je suis bouillante. »

Au même instant, Huller arriva sur le perron et fonça dans la cuisine. Il s'essuyait les mains sur un chiffon graisseux. Il cogna à la porte de la salle de bains mais recula précipitamment en entendant Ellie gémir.

« Elle a mal au cœur, expliqua Alma avec un regard scrutateur. Dotty et moi, on était justement en train de dire qu'on espérait bien ne pas attraper la même chose. »

Huller se dirigea promptement vers l'escalier.

« Me dis pas que t'es malade aussi, fit Alma. Me dis pas que t'as chopé le même microbe qu'elle, quand même. »

Huller tourna la tête d'un mouvement brusque. Mais c'est avec un sourire qu'il répliqua : « Je suis trop vicelard pour être malade. » Et il lui jeta le chiffon sale à la tête. Elle se baissa et le projectile atteignit la moustiquaire.

« Fumier », murmura-t-elle, ce qui fit rire Dotty.

L'après-midi était déjà bien entamé et Huller n'était toujours pas rentré. Il était parti à midi, refusant de dire à Alma où il allait.

De la salle de bains, Wallace entendait les deux femmes discuter.

« Faut que j'appelle son agent de probation, dit Alma.

– Et ça servira à quoi? répliqua nerveusement Dotty.

– Comme ça, je saurai peut-être ce qui se passe ici.

– Je te l'ai dit, assura Dotty. Il essaie juste de nous aider, moi et Aubie, à nous sortir d'un sacré merdier. Enfin, Aubie surtout, ajouta-t-elle à voix basse. Ça va vraiment mal, tu sais. Il s'est fichu dans de sales draps. »

Dotty lui adressa un clin d'œil lorsqu'il sortit de la salle d'eau et vint s'asseoir près d'elles. Elle essayait de coiffer les cheveux maigres et ternes d'Alma en une couronne de tresses trop fines et comme mouillées. Elle voulut ensuite lui recourber les cils, mais ils étaient si courts que l'appareil n'en put saisir que l'extrémité.

Les trois petites filles étaient venues se joindre aux deux femmes autour de la table, attendant chacune leur tour d'être maquillées. Canny ouvrit grands les yeux lorsque Dotty pressa doucement le coussinet de caoutchouc du recourbe-cils sur ses cils pâles.

A regarder Dotty, Wallace pouvait presque croire que tout allait bien, qu'il ne s'était rien passé la veille au soir.

« J'aurais probablement ma boutique à moi, à l'heure qu'il est », disait-elle de cette voix douce et insouciante que prennent les femmes occupées à quelque chose. Elle en était maintenant aux cils de Krystal. « Après l'élection de Miss Floride, j'ai eu tellement la grosse tête que j'arrivais plus à bosser. » Elle soupira, mouillant son petit doigt pour faire tenir le coin des cils de Krystal sur l'appareil.

Wallace sourit, ses yeux se perdant dans le flou lumineux de leurs voix.

« Et maintenant, un peu de blush, annonça Dotty en plongeant un pinceau dans un petit pot de verre contenant une crème rose et luisante. Souris! » commanda-t-elle avant d'appliquer le pinceau par petites touches sur le haut des joues rondes et sans relief d'Alma. Puis ce fut au tour des enfants.

« S'ils me laissent prendre le mien, c'est la teinte que je choisirai pour le bout d'essai », dit-elle en estompant la couleur jusqu'à la racine des cheveux de Kelly. Les petites se sentaient tellement heureuses de tant d'attention qu'elles parvenaient à peine à parler. Leurs yeux brillaient.

Canny offrit une joue après l'autre au pinceau teinté de rose. « Oh! souffla-t-elle lorsque Krystal lui eut passé le miroir rond dépourvu de cadre. J'ai l'air d'une grande, fit-elle avec un soupir.

– Et qu'est-ce que c'est que cette gonzesse pas possible? » dit Dotty en riant. Elle feignit d'étudier Wallace. « Voyons voir ce que je peux faire. Un peu de rouge ici », dit-elle en dessinant deux ronds rose vif sur ses tempes saillantes avant qu'il puisse la repousser.

Les trois gamines gloussèrent.

« Oh! papa! s'écria Canny. On dirait un vrai clown! »

Dotty se détourna de sa trousse de maquillage pour l'examiner de près. « C'est vrai! conclut-elle en dévissant un tube de rouge à lèvres. Un vrai clown, Aubie, tu sais! ajouta-t-elle avant de se rapprocher pour lui entourer la bouche d'une balafre rouge. Tu es parfait, prononça-t-elle dans un souffle. Tout simplement parfait. » Elle tira profondément sur sa cigarette. « Tu as exactement l'air qu'il faut », dit-elle avec un jet de fumée chaude qui aveugla le petit homme.

Elle épaissit ses cils d'un large trait de mascara, puis dessina, de part et d'autre de sa bouche cerclée de rouge, de fines moustaches de chat. « Juste comme font les clowns. Tu sais, joyeux et triste en même temps. Comme si on allait avoir le cœur brisé dans la minute qui suit... »

Alma était prise de fou rire. Elle s'accrochait au bord de la table. « Oh! mon Dieu... Oh! mon Dieu », sifflait-elle. Les petites Huller riaient elles aussi. Le sourire de Canny pâlissait. Dotty lui dessinait maintenant une étoile bleu vif au milieu du front.

Ellie commençait à s'agiter dans l'autre pièce, gênée par les rires et par la fumée des cigarettes. « Allez jeter vos mégots, cria-t-elle aux deux femmes. Je vous ai dit que ça me rendait malade.

– T'as qu'à t'asseoir sur la terrasse si ça te plaît pas », lui répondit Alma sur le même ton.

Ellie les supplia de nouveau d'aller jeter leurs cigarettes. « Je vais vomir, menaça-t-elle.

– Je t'en prie », gueula Alma. Dotty venait juste d'allumer une nouvelle cigarette. Wallace leva les yeux en entendant la camionnette de Huller approcher. Avec un sourire, Alma alluma elle aussi une autre cigarette. Ellie se mit à jurer et à traiter sa sœur de tous les noms. Les deux femmes tiraient de longues bouffées de tabac qu'elles exhalaient en direction du séjour. Ellie cria et lança un soulier d'enfant vers la cuisine.

« Nom d'un chien, fit la voix de Huller depuis le perron.

– Je vous en prie, arrêtez de fumer, gémit Ellie.

– Éteins ça », commanda Huller, d'abord à l'adresse de Dotty, puis à celle d'Alma. Dehors, le moteur du pick-up s'emballait.

« Dis-lui d'aller s'asseoir sur la terrasse, renifla Alma en jetant un regard de conspiration à Dotty.

– Je te dis d'éteindre ça! » gronda-t-il.

Alma chercha à nouveau un soutien du côté de Dotty. « On s'en foutait bien, quand moi ça me rendait malade. T'as fumé tout le temps que j'étais enceinte. »

Huller lui arracha alors le mégot des lèvres. Il le jeta par terre et l'écrasa. Il y eut un léger grésillement lorsque Dotty plongea le sien dans son café.

Les yeux fixés sur Huller, Alma n'était plus seulement blanche sous son maquillage, mais cireuse. Elle frissonna et donna l'impression que c'était elle qui allait vomir. Elle ne pouvait détacher les yeux de son mari.

Huller avait sorti une feuille de papier de sa poche. Il fit signe à Dotty. « Viens, dit-il. Et vous aussi, papy..., puis sa bouche s'ouvrit toute grande à la vue du visage maquillé de Wallace. Nom de Di... » Stupéfié, il interrogea Dotty du regard. « Tu veux bien lui dire de faire quelque chose? S'il te plaît? » Il se dirigea vers la porte. « S'il te plaît? répéta-t-il avant de claquer la porte derrière lui.

– Lave-toi la figure! aboya Dotty, et Wallace se sentit soudain stupide.

– Il m'a fait ça », fit Alma d'une toute petite voix. Elle regarda vers le séjour obscur, vers la forme mince recroquevillée sur le divan, vers Ellie, les genoux ramenés sous le menton, les cheveux emmêlés et aplatis, ramenés en masse sur les oreilles.

« C'est pas juste, déclara Alma. C'est pas juste d'être passée par tout ce que j'ai passé et que ça se finisse comme ça.

– Alma..., commença Dotty, mais le klaxon retentit au-dehors.

– C'est pas juste », répétait encore Alma quand Wallace sortit de la salle d'eau pour courir vers la camionnette. Des traces de maquillage persistaient dans les creux rugueux de ses joues, et ses yeux étaient barbouillés de noir.

« Je veux des réponses à certaines questions, disait Dotty lorsqu'il monta dans le pick-up. Et je les veux maintenant!

– Tu sais tout ce qu'il y a à savoir, mon chou, répliqua Huller, qui s'engagea sur la route et changea de vitesse. Ce soir, le coup de fil. Ils partent en vacances dans quelques jours. » Il tendit la feuille. « Fais-lui lire...

– Non! dit-elle en repoussant la feuille. Tu sais foutrement bien ce que je veux dire.

– Mais il y a rien à dire, merde! » La paume de sa main heurta le volant avec un bruit mat. « Fais-lui lire ça maintenant. Et cette fois, il a intérêt à s'en tirer! Je te préviens... »

Dotty fit claquer la feuille sur le genou de Wallace. Celui-ci la contempla. La sueur commençait à perler sur l'arête de son nez.

« On ne me menace pas comme ça, avertit Dotty.

Et je ne me fais baiser par personne, je te dis bien, personne.

– Allons, dit Huller en posant sa main serrée sur le genou de Dotty. Tu vas lui lire ça. Tu veux bien, mon chou? Allez, l'incita-t-il d'une voix radoucie en voyant qu'elle ne bougeait toujours pas. On a du pain sur la planche. » Il cligna de l'œil. « Vas-y, détends-toi. Ça sera plus facile pour lui cette fois. J'ai fait un peu de repérage avant.

– Qu'est-ce que ça veut dire? s'enquit-elle.

– Que je l'ai appelé moi-même », avoua Huller. Il mit le clignotant. « Juste pour régler l'affaire. Pour que papy ne foute pas tout par terre.

– Je croyais qu'on n'était pas censés bouger tout seuls, protesta Dotty. On était bien d'accord là-dessus.

– Écoute, je m'excuse. C'est juste une idée qui m'est venue comme ça, pendant que j'étais dehors.

– Moi aussi, j'ai des idées, mais je me retiens », répliqua Dotty, la voix plus aiguë.

Wallace essayait d'écouter maintenant. Clignant des yeux, il tentait de se concentrer sur ce qu'ils disaient, mais la peur qu'il percevait dans la voix de Dotty réveillait la sienne.

Huller expliquait à la jeune femme que tout ce que Wallace aurait à faire, c'est de donner à Bird quelques détails. Wallace en fut plutôt content. Il ne comprenait pas la colère de Dotty.

« Quels détails? demandait Dotty.

– Du genre comment était habillé le bébé, où vous avez été après...

– Qu'est-ce que ça vient faire là-dedans, bordel? l'interrompit-elle. Ça le regarde pas où on a été après.

– Je sais, concéda Huller. Je sais, mais il faut bien qu'on lui fasse un peu plaisir. Il faut le convaincre. Enfin tu vois, il va quand même pas lâcher vingt-cinq mille dollars dans un sac comme ça, rien que parce qu'on lui a *dit* qu'on avait sa môme. M. Louis Bird veut être convaincu. Et tu peux compter sur moi qu'il attend que ça, d'être convaincu.

– Qu'est-ce que tu veux dire?

– Il avait l'air fatigué. Tu vois, comme s'il avait déjà entendu ça des milliers de fois et qu'il voulait vraiment que ça soit terminé.

– Moi aussi », fit Dotty avec un soupir. Elle alluma une cigarette et poussa un nouveau soupir. « Moi aussi, je suis fatiguée. »

Huller prit lui aussi une cigarette. Il en aspira trois bouffées rapides puis la jeta par la fenêtre dans une traînée d'étincelles rouges. Ils arrivèrent bientôt devant une petite épicerie. Huller quitta alors la route et alla se garer près de la cabine téléphonique qui se dressait au bout du parking.

« Une chose encore, dit Huller en coupant le contact. Bird veut te parler à toi aussi. »

Dotty lui agrippa le bras. « Pourquoi? Pourquoi est-ce qu'il veut me parler? Comment est-il au courant que j'existe? Mais bon Dieu, qu'est-ce que tu lui as dit? »

Huller repoussa sa main sans ménagement. « Il a dit qu'il voulait parler à celui qui avait effectivement enlevé la petite, à celui qui était entré dans la maison. » Il haussa les épaules et s'efforça de sourire, mais son sourire demeura mince et froid.

« Pourquoi? Qu'est-ce que ça prouverait?

– Comment veux-tu que je le sache? » rétorqua Huller d'une voix tendue. Il passa la main sur son front gras. « C'est ce qu'il a dit, c'est tout!

– Non », décréta Dotty, les yeux écarquillés. Elle souriait. « Je ne lui parlerai pas.

– Si, tu vas lui parler, répliqua Huller en riant. Oh que si, tu vas le faire. »

Elle se tourna vers lui et baissa la voix. « Tu disais toi-même qu'il n'avait pas à savoir qu'il y avait plus d'une personne dans le coup. C'est toi qui faisais tout un cirque là-dessus! » Sa voix n'était plus qu'un chuchotement, grinçant et insistant. Wallace s'imagina qu'il l'entendait au travers d'un panneau de moustiquaire. « Tu disais que c'était Aubie seulement qui devait parler. Tu disais que ça pouvait pas être autrement.

– Eh bien maintenant, faudra que ça soit comme ça. » Huller lui pinça le menton et attira le visage de Dotty tout contre le sien. « D'abord, il te parle à toi. Ensuite, il parle au papy. Tout ce que tu as à dire, c'est ce qui s'est passé, rien de plus. »

Elle se dégagea. « Jig, je ne lui parlerai pas! » Elle écrasa son mégot et alluma une autre cigarette.

« T'as intér..., commença Huller.

– N'insiste pas! cracha-t-elle en tendant sa cigarette vers lui. Et je rigole pas. N'insiste pas, je te dis. »

Il lui saisit le poignet. « Si, j'insiste, grogna-t-il. Je suis dans ce merdier jusqu'au cou maintenant, alors j'ai pas le choix! »

Wallace regardait par la vitre, sur sa droite.

« Retire tes sales pattes de là, l'avertit Dotty, la voix frémissante de douleur. Tu me la fais pas. Je sais très bien ce que tu prépares! Tu crois que t'es en train de me baiser; eh bien tu te goures! »

Huller laissa tomber ses mains. Il se radoucit.

« Bien sûr que tu sais ce que je prépare, Dot. Bien sûr, puisque c'est ce qu'on a prévu. Seulement, des fois il faut faire quelques changements. » Il sourit.

Une demi-heure s'était écoulée. Comme Dotty refusait de prendre le téléphone, Huller dut tout réécrire. Il paraissait prêt à tout pour la calmer. Elle le regarda rédiger son message, sans cesser de fumer, sans rien dire.

Wallace tortillait le bouton usé au sommet de sa casquette. Il sentait que lui aussi aurait dû éprouver de la colère, mais tout ce qu'il arrivait à percevoir au fond de lui-même, c'était de la peur. Quand le message fut terminé, Dotty l'étudia avec lui, lui montrant bien chaque mot à mesure qu'elle les lisait. Wallace hocha la tête et continua de tortiller son bouton de casquette.

Dotty et Wallace se retrouvèrent pressés dans la cabine téléphonique. Huller resta à l'extérieur, les mains posées sur le cadre de la cabine, la tête baissée. Son jean délavé tombait bas sur ses hanches et la toison épaisse de sa poitrine était trempée de sueur. Quand Dotty eut composé le dernier chiffre, elle écouta, puis colla promptement le combiné à l'oreille de Wallace. On avait décroché à la première sonnerie.

« Allô! claqua une voix masculine, pareille à un coup de feu résonnant sur la ligne (allô... allô... allô... dans le lointain). Allô! répéta la voix, presque un cri.

– Allô, marmonna doucement Wallace, déchiffrant chaque mot que lui indiquait le doigt de Dotty. C'est la même personne à qui vous avez déjà parlé, lut-il d'une voix hésitante. J'ai votre petite fille... » Il approcha la feuille.

« Caroline! chuchota Dotty.

– Caroline, répéta-t-il. Et je veux vous la rendre. Elle est...

– Comment est Caroline? » coupa Bird.

Wallace se pencha plus encore sur le papier pour y chercher la réponse. Dotty colla son oreille contre le récepteur.

« Comment est-elle? » insista Bird.

Dotty l'encouragea à parler d'un signe de la main. Mais il resta muet.

« Dis-lui comment est Canny, chuchota-t-elle.

– Elle est petite. Et elle a les cheveux longs maintenant, et des yeux bleus.

– De quelle couleur sont ses cheveux? questionna Bird.

– Ils sont... ils sont... » Wallace n'arrivait pas à trouver le mot juste. Il fixa les poils sur la poitrine de Huller. « Jaunes! » dit-il, aussi brusquement que le mot lui était venu.

Huller tira Dotty et lui glissa quelques mots à l'oreille. Dotty secoua alors la feuille de papier devant le nez de Wallace qui se remit à lire.

« Je l'ai emmenée le 30 août 1980. Un samedi. Il était à peu près midi. Je suis rentré par la porte principale et je suis allé dans la cuisine. Elle était dans son parc, dans la pièce d'à côté. J'ai pris du pain dans le réfrigérateur et un bocal bleu plein de pièces de monnaie sur le comptoir, et ensuite, j'ai entendu le téléphone sonner. Et alors je l'ai prise. Quand la sonnerie s'est arrêtée. Je l'ai emmenée et je suis ressorti par la porte d'entrée... » Il ne cessait de lancer à Dotty des regards suppliants. C'était à elle de lire ça, pas à lui.

« Continuez. » Elle hocha la tête.

« Et puis je suis parti avec la camionnette, lut-il. Et personne ne m'a vu...

– Avait-elle quelque chose avec elle? interrompit Bird. Dans sa main? Tenait-elle quelque chose?

– Rien qu'une cuiller, répondit Wallace. Tiens, c'est vrai. Je l'avais oubliée, cette cuiller! » Tout excité, il regarda Dotty. « Tu te rappelles de cette cuiller? lui demanda-t-il. Tu te rappelles qu'elle voulait pas la lâcher? » Dotty hocha la tête et posa un doigt sur ses lèvres. Il y eut un curieux silence. Il n'entendait plus dans son oreille qu'une respiration, une étrange respiration, comme le souffle amplifié d'un poumon ou le battement d'un cœur.

« De quel genre de cuiller s'agissait-il? » finit par demander Bird, la voix tendue, faible et lasse.

Wallace haussa les épaules et regarda Dotty. « Je sais pas. C'était rien qu'une cuiller, je crois... une cuiller un peu drôle – avec un mot dessus... non, pas un mot, un... un... un... un A. Il y avait un drôle de A dessus. Je m'en rappelle maintenant parce que mon nom... »

Dotty lui plaqua une main sur la bouche et poussa un petit grognement.

« Quoi? Que disiez-vous? appela Bird d'une voix forte. Je ne vous entends plus. Où est cette cuiller? Qu'avez-vous fait de cette cuiller? Ne raccrochez pas, je vous en prie!

– Je l'ai jetée par la fenêtre, répondit Wallace.

– La cuiller? Où cela?

– A un feu rouge. On s'était arrêtés et je l'ai jetée.

– Pourquoi? fit Bird.

– J'avais peur qu'elle se fasse mal, expliqua Wallace. Elle tapait tellement fort avec...

– Est-elle..., demandait encore Bird quand Huller s'empara du combiné.

– D'accord? » fit-il avec brusquerie. Puis il hocha

la tête à mesure qu'il écoutait. « Tout est réglé, alors? » A nouveau, il hocha la tête, souriant à présent, le visage ruisselant de sueur. « Ouais... ouais... », murmura-t-il.

Dotty le dévisageait, les yeux plissés et brillants dans l'obscurité.

« C'est ce qu'il voulait entendre, papy, déclara Huller en lui tapant sur le dos tandis qu'ils regagnaient le camion. C'est cette cuiller qui a emporté le morceau. On n'en a jamais parlé dans les journaux. Jamais. Personne ne savait pour cette cuiller.

– Il t'en avait parlé? De la cuiller? interrogea Dotty lorsqu'ils furent installés.

– Il a pas dit ce que c'était. Juste qu'il y avait quelque chose qu'une seule personne pouvait savoir...

– Et tu ne m'as rien dit, remarqua Dotty d'une voix pensive. Tu pensais que j'allais tout gâcher ou quoi?

– J'étais sûr que tu gâcherais rien du tout, fit Huller qui se retourna pour regarder par-dessus son épaule tandis qu'il faisait reculer le pick-up dans le parking.

– Ou peut-être que tu pensais encore que je mentais sur toute la ligne. C'est ça! Fallait que tu sois convaincu toi aussi!

– Allez, Dot... »

Ils parcoururent quelques kilomètres en silence. Wallace sentait le pied de Dotty frapper le plancher tout contre le sien. Elle se mordit la lèvre et soupira. « Je sais pas si je pourrai y arriver, dit-elle.

– A faire quoi? demanda Huller.

– A la rendre. Cinq ans, c'est long », dit-elle avec une drôle de voix. Wallace tendit l'oreille. Il connaissait cette voix. C'était la voix frémissante de la jeune démente, celle qui avait des entailles sanglantes aux poignets. La voix qui passait des larmes au rire le plus sauvage et aux larmes à nouveau, de sorte que tout devenait pareil : les cris, les mots, les rires, les larmes, tout était pareil. Tous disaient la même chose, tous rasaient le bord acéré et aveuglant d'une falaise lisse et déchiquetée...

« Je l'aime cette gosse, disait-elle avec des hoquets

étouffés. Peut-être que je le montre pas tout le temps, mais je l'aime.

– Où tu veux en venir? demanda Huller qui braqua brusquement afin d'arrêter la camionnette sur le bas-côté. Qu'est-ce que tu racontes?

– Juste que ça va être dur. » Les larmes dévalèrent ses joues. « Elle est toute ma famille, dit-elle en sanglotant avant de souffler dans un mouchoir en papier. Elle et Aubie. » Elle leva la tête et regarda Wallace, puis sanglota de plus belle. Lui-même sentait ses yeux s'embuer de larmes.

« Écoute, disait Huller. Elle sera mieux là-bas. Ils sont pleins de fric. Elle aura tout ce qu'elle voudra. »

Dotty continua à pleurer. Wallace avait la poitrine douloureuse à force de contenir son chagrin. Les doigts calleux de Huller martelaient le volant. Les pleurs de Dotty ne cessaient de s'intensifier.

« Et faut pas oublier, reprit Huller, exaspéré, que c'est leur môme. Pas la tienne.

– J'ai besoin d'un verre, sanglota Dotty. Ou d'une pilule, ou quelque chose, Jig. Faut que je me calme. » Elle se moucha de nouveau. « Nom d'un chien, je suis en train de partir en morceaux. Je craque, Jig. » Elle leva les mains et l'argent dur de ses ongles peints scintilla dans la nuit. « Regarde comme elles tremblent. » Elle contempla ses mains comme si elles ne lui appartenaient pas.

« Tiens, grommela Huller qui étendit ses jambes pour fouiller dans la poche de son jean. Juste un, dit-il en laissant tomber un comprimé tacheté de couleurs dans la paume de Dotty. Juste de quoi te faire remonter la pente », annonça-t-il, puis il en prit un aussi qu'il avala en déglutissant bruyamment. Dotty sortit une flasque de gin de son sac. Elle fit passer le cachet à longs traits avides puis tendit le flacon à Huller.

Les larmes aveuglaient Wallace. Il regardait les voitures passer sans vraiment les voir. Tout l'agressait. Le rouge d'un camion passant tout près le fit tressaillir tandis que son ventre se serrait. Le parfum douceâtre du gin l'enveloppa soudain. La voix de Dotty le suffoquait maintenant, comme un baiser d'ivrogne, distrait, mouillé et écœurant.

« ... Je crois que je vais en reprendre un peu, disait-elle en dévissant le bouchon.

– Les vingt-quatre heures qui viennent vont être cruciales, rappela Huller.

– Je n'arrête pas de penser à quel point on était proches, soupira Dotty.

– Ouais, d'accord, fit Huller.

– Tellement qu'elle sait tout. Enfin, tu vois, et si elle raconte toute l'histoire avec Carl?

– T'inquiète pas.

– Ou les fois où il a fallu que je la frappe. Oh! merde! Elle va en raconter tellement sur moi qu'ils sauront tout de suite où...

– Arrête! Arrête ça! commanda Huller alors qu'elle se laissait gagner par l'hystérie. Je t'ai dit que je m'occupais de tout ça. »

Elle buvait directement à la bouteille. « Mais comment? Tu me dis pas comment.

– T'inquiète pas, répéta-t-il en posant la main sur le genou de la jeune femme. Je me charge de tout ça.

– Nom de Dieu, souffla-t-elle. On a combien de temps? »

Il regarda sa montre. « Moins de trente-six, dit-il.

– Trente-six quoi? demanda-t-elle avec un rire nerveux. Des jours, des semaines? »

Huller coula un regard vers Wallace qui gardait le visage tourné vers la vitre. « Des heures, prononça-t-il.

– Merde, lâcha-t-elle. Merde, j'y arriverai jamais.

– Tu y arriveras », assura Huller, et il eut un rire insouciant.

CHAPITRE XVII

Il se tourna et se retourna toute la nuit, puis il finit par se réveiller et suivit d'un œil la longue descente de la lune pâle. Trente-six heures, pensa-t-il. Plus que trente-six; c'était tout.

Au matin, les trente-six heures n'en faisaient plus que vingt-quatre. Dans vingt-quatre heures, Canny serait partie. La banquette arrière resterait vide. Il n'y aurait plus d'histoires; plus personne avec qui regarder la télé. Il mangerait seul désormais. Mais alors? A quoi bon? La douleur dans sa poitrine finirait-elle par s'en aller?

Il s'assit au bord du lit et laça ses souliers noirs en contemplant le rai de lumière vive qui jaillissait du trou dans le plancher. Il fouilla le petit coin tranquille à l'intérieur de sa tête où il savait trouver Hyacinth et ses deux fils, où son père nourrissait les porcs de Carson, où un petit garçon s'appuyait contre un piquet de clôture pour taper avec un bâton sur l'os de métal qui lui poussait contre la jambe; il fouilla et finit par tomber sur le pouce lacéré de Camelia Crebb, et aussi sur la robe que mettait Hyacinth pour aller à l'église, bleu marine avec des boutons de verre carrés et un large col de dentelle qui ruchait sur ses épaules; il fouilla mais ne put trouver ni Canny ni même un recoin où elle pourrait au bout du compte se cacher.

Pendant toute sa vie, cela avait été son problème : connaître A, connaître B, connaître C, mais ne jamais être capable de leur donncr un sens. Il manquait toujours quelque chose. Tout enfant, et même plus tard, en temps qu'homme et que père, lorsqu'il dessinait pour ses fils ou, plus récemment, pour Canny, ses dessins représentaient toujours des bonshommes avec un seul bras, ou des visages sans nez ou des chiens sans queue.

Il avait très peu parlé avec Canny au cours des derniers jours. La bosse dans sa chaussure, l'article, maintenant tellement usé qu'il répandait des fragments de papier chaque fois qu'il le dépliait, était devenu plus réel que Canny elle-même.

Dotty grogna dans le lit voisin. Ses yeux clignèrent et sa main se leva pour les protéger. La lumière matinale semblait s'infiltrer non par les fenêtres mais bien par le petit trou du plancher, et s'élever si haut qu'aucun recoin de la chambre n'échappait à sa clarté. De la poussière flottait dans le rayon de soleil que nulle brise ne venait troubler ni nulle ombre interrompre.

D'une main, Dotty chercha à tâtons dans son sac posé par terre ses lunettes sombres cerclées de blanc et son paquet de cigarettes. Elle chaussa les lunettes et alluma une cigarette qu'elle inhala en se laissant retomber sur l'oreiller malpropre. Bientôt prise d'une légère quinte de toux, elle demanda à Wallace un verre d'eau qui lui servit à avaler un de ces comprimés si colorés qu'il lui avait déjà vu prendre la veille. Elle inclina à peine la tête pour prendre une gorgée. Quand elle lui rendit le verre, sa main tremblait tellement qu'elle renversa de l'eau sur un côté du lit.

« J'ai la tête qui va éclater, dit-elle au bout de quelques minutes en allumant une deuxième cigarette directement sur la première avant d'écraser celle-ci dans l'assiette, sur la chaise.

– C'est tous ces cachets, dit-il. Ça te rend dingue, tu le sais bien.

– Je suis déjà dingue, répliqua-t-elle. Je suis née comme ça.

– C'est les cachets, insista Wallace. Tu te rappelles, la dernière fois? »

Sa bouche se mit à trembler et elle se mordit la lèvre. Elle le dévisagea. Il ne pouvait voir ses yeux derrière les verres teintés, mais il savait qu'elle le dévisageait. Il haussa les épaules avec gêne. « Ça t'a rendue folle, ces cachets, rappela-t-il. T'as pris un couteau, et tu t'es enfermée dans la chambre avec Canny. Et puis tu disais que tu allais te tuer et elle avec toi. Et puis tu t'es endormie et c'est Canny qui a pris le couteau et qui a ouvert la porte... »

Elle riait. Elle exhala encore un peu de fumée et continua de rire.

« Oh! Aubie, dit-elle, et il vit qu'elle essuyait les larmes qui coulaient sous les lunettes noires. Tu crois qu'elle se rappellera de trucs comme ça et qu'elle ira les dire?

– Elle était vraiment toute petite, répliqua-t-il.

– Peut-être que tu devrais lui parler, dit Dotty. Ou peut-être que je pourrais écrire une lettre ou quelque chose. Juste pour dire qu'on n'a jamais voulu lui faire de mal. Je pourrais fourrer ça dans sa poche. Quand tu lui auras donné sa pilule pour dormir. Jig aura même pas besoin de savoir.

– Et si la pilule n'est pas bonne pour elle? demanda-t-il brusquement. Et si ça la rend malade? » Il n'avait jamais oublié la fois où elle s'était mise à courir en rond juste après qu'il lui eut donné une cuillerée de sirop pour la toux. Elle s'était cogné la tête contre les murs, avait jeté des objets dans tous les sens et avait adopté un comportement si dément qu'il avait dû lui attacher les bras et les jambes. Puis il l'avait tenue dans ses bras alors qu'elle se débattait et se tordait tellement que la corde lui entrait dans la chair.

« Pas de problème, assura Dotty. Jig doit s'occuper de trouver un truc pas trop fort.

– Et s'il n'y connaît rien? insista Wallace.

– Il sait!

– Et s'il dit qu'il sait mais qu'il se trompe et qu'elle...

– Nom d'un chien, Aubie! Tu vas arrêter, oui? Tu me rends folle quand tu commences comme ça.

– Oui, mais si...

– Et si le monde s'arrêtait de tourner, Aubie? Et si le soleil explosait? Bon Dieu de merde! » Elle retira ses lunettes et le regarda bien en face. « Est-ce que tu comprends ce qui se passe ici. Aubie? Je veux dire, est-ce que tu comprends vraiment? »

Il se contenta de la regarder. Il ne savait pas si elle lui posait réellement une question ou si elle s'apprêtait à lui faire une scène.

« Tu comprends bien que, demain matin, tu vas habiller et préparer Canny, que tu vas lui donner à manger et lui faire prendre sa pilule et puis qu'on va aller à Stonefield dans notre bagnole, avec Jig qui suit dans la camionnette. Alors, tu vois, on l'emmène dans les bois, dans cette cabane que Jig a réinstallée. Là, on la laisse, et Jig va prendre le fric. Si le compte y est, Jig appelle les Bird pour leur dire où elle est. Et puis il... » Elle s'interrompit, sa bouche s'ouvrant et se refermant sans bruit. Il perçut tous les mouvements de la machinerie interne, tous les engrenages, le moindre rouage. De l'autre côté de l'allée, la voix de Canny retentit, stridente et colérique. « C'est pas moi! C'est elle! Non, c'est pas moi! Ferme-la! » Puis elle poussa un hurlement soudain. Wallace se dirigea vers la porte puis se retourna avec un regard d'impuissance vers Dotty.

« Attends, Aubie! » dit-elle pour le rappeler. Il ne cessait de jeter des coups d'œil vers la porte.

« C'est peut-être notre dernière chance de parler, reprit-elle. Faut que je te dise quelque chose. Je... des fois j'ai l'impression d'être une très vieille dame à l'intérieur. Comme si j'allais bientôt mourir. Comme si j'allais mourir si je me barre pas. Faut que je me tire toute seule, Aubie. Mais ce qui me retient, c'est toi. J'ai toujours eu le sentiment que j'avais pas enlevé seulement Canny ce jour-là, mais toi aussi. C'est ça qui me file les jetons – pas seulement de voir partir

Canny, mais toi aussi, Aubie. Rien que d'y penser... enfin, je ne peux pas supporter de penser qu'il pourrait t'arriver quelque chose... »

La porte d'entrée de la maison claqua, puis parvinrent le vrombissement de moteur et le dérapage de pneus familiers de Huller faisant démarrer sa camionnette.

« Elle te reprendra sûrement, poursuivit Dotty. Tu n'auras qu'à lui raconter que tu as pris un coup sur la tête et que tu as passé toutes ces années à essayer de te rappeler qui tu es. » Elle se redressa avec excitation, ses jambes croisées en tailleur. « J'ai vu ça dans un film une fois, le type était parti pendant dix ans et sa famille avait passé tout ce temps à le chercher. Je parie qu'elle a passé toutes ces années à te chercher, Aubie. Je parie qu'elle n'a pas dormi une seule nuit complète depuis que t'es parti. » Elle sourit. « Pourquoi tu ne l'appellerais pas, Aubie? Tu lui dirais : " Allô, Hyacinth, je viens de retrouver toute ma tête; je me rappelle de mon nom maintenant et je voudrais rentrer à la maison. " »

Il secouait la tête. « Je veux aller avec toi, assura-t-il. Comme on avait dit.

– Ouais, soupira-t-elle. Eh bien, rappel... réfléchis quand même à ce que je te dis. Repenses-y. » Elle se leva. « Merde », marmonna-t-elle en s'enveloppant dans son drap. Elle souleva le rideau de plastique et pénétra dans le cabinet de toilette. Lorsqu'elle ressortit, elle portait une jupe rouge et un large tee-shirt noir sur lequel on lisait MIAMI BEACH en lettres roses shocking.

« Je vais chercher quelque chose à manger », dit-elle, tout près de la porte. De l'autre côté de l'allée, les cris des enfants avaient repris. Alma cria à son tour. Dotty fit demi-tour et alla prendre dans son sac un cachet qu'elle glissa dans sa poche. « J'ai la tête qui va péter, dit-elle en allumant une cigarette pour les quelques mètres jusqu'à la maison. Je le sens. »

Il entreprit de mettre de l'ordre dans le bungalow. Des tas de vêtements gisaient dans tous les coins. Il les ramassa et les rassembla sur un lit. Puis il plia chaque vêtement avant de le poser sur l'autre lit. Quand tout fut plié, soigneusement empilé, quand toutes les chaussures furent alignées par paires, il alla chercher sous les lits les sacs et les cartons vides qu'ils ne jetaient jamais. Tous ces déménagements, songea-t-il, tous ces voyages, de ville en ville... Ses bras tombèrent soudain le long de ses flancs et il s'effondra sur la chaise en bois. Cette fois, elle est décidée, se dit-il. Elle va partir, et Canny va partir.

« Vite, papa! »

Il leva les yeux et vit Canny qui poussait un bidon rouge par le pan déchiré du bas de la moustiquaire.

« Pour les poux », expliqua-t-elle en entrant promptement dans la chambre. Même en parlant, elle se grattait la tête. « Le pétrole », grogna-t-elle en soulevant le bidon à deux mains pour le porter dans le cabinet de toilette. Elle en ressortit et vint lui secouer le bras. « Je l'ai, papa. J'ai le bidon! »

Elle était vêtue d'une vieille chemise verte qu'il ne connaissait pas. Les manches, coupées en haut des bras, s'effrangeaient, et son pantalon bleu était déchiré aux deux genoux. Elle avait les pieds noirs de crasse.

On ne peut pas la rendre comme ça, songea-t-il.

« Papa! » Elle lui tira de nouveau le bras. « Occupe-toi de mes cheveux! Ils sont tous devant la télé! »

Elle lui prit la main et essaya de le faire lever de sa chaise. « S'il te plaît, papa! Elles sont toutes en train de se gratter et Alma vient juste de dire à maman que soit c'est la varicelle, soit c'est des poux. S'il te plaît, papa. Alma est dans une de ces colères! »

Il tira la chaise au milieu de la chambre et installa Canny dessus avant de lui couvrir les épaules d'un sac poubelle en plastique découpé. Il prit ensuite une vieille chaussette qu'il trempa dans le pétrole pour frotter chaque touffe de cheveux emmêlés jusqu'à ce que toute la tête soit imbibée. La petite avait les yeux rougis par les émanations et le nez qui coulait. Wallace saisit alors les mèches huileuses entre l'ongle du pouce et l'index afin d'essayer d'en décoller les lentes perlescentes. Quand cela tirait trop fort, elle tressaillait et tortillait les épaules. « Ouille », fit-elle à mi-voix. Il sépara en deux la masse de cheveux au-dessus de la nuque et éprouva un haut-le-cœur en découvrant les plaies vives qui striaient son crâne. Certains endroits évoquaient de la viande crue.

« C'est infecté, constata-t-il en l'examinant de près. Il y a plein de pus. Après, je te mettrai un peu de machin cicatrisant, dit-il, en opérant plus précautionneusement à présent. Ça te fera du bien, murmura-t-il. Ça fera partir les poux et les écorchures... ça ira mieux...

– Papa, je t'aime », chuchota la petite. Elle rejeta la tête en arrière pour le regarder. « Et toi, tu m'aimes? »

Il acquiesça et elle sourit.

Un corbeau croassa et un bruissement de feuilles balaya le toit du bungalow, battant le papier goudronné comme de grandes ailes. A ce moment-là, le pick-up de Huller s'engouffra dans l'allée et s'immobilisa dans un crissement de freins.

« Ellie est enceinte, dit précipitamment Canny. Et Alma a dit à maman que si elle mettait la main sur son flingue, elle les zigouillerait tous les deux.

– Qui ça?

– Ellie et lui. Jiggy.

– Et m'man, qu'est-ce qu'elle a dit? » Wallace s'éclaircit la gorge. Les émanations lui piquaient les yeux.

« Rien du tout. » Canny haussa les épaules. « Je crois qu'elle a trop bu ou pas loin. Elle prend son petit déjeuner. Des bretzels et de la bière. » Canny lui secoua le poignet et il se remit à l'ouvrage. « Papa, je parie que si tu disais qu'on part maintenant, elle dirait oui. Elle a l'air tellement triste. »

Comme il ne répondait rien, elle reprit : « Et tu sais quoi? Toutes les affaires d'Ellie sont dans le coffre à outils du camion de Jiggy! Je crois qu'ils vont se faire la malle! chuchota-t-elle gaiement. Je les ai vus ranger tout ça hier soir. Tard. Alma dormait déjà et il n'y avait plus de lumière ici. Elle a dit : “ Trente-six heures, je crois pas que je pourrai attendre aussi longtemps. ” Et puis lui, il a dit quelque chose à propos d'une Barbie. »

Au son de la camionnette de Huller, ils regardèrent tous deux vers la porte ouverte. Avec le vieux chien roux qui lui courait après en aboyant, le pick-up fit demi-tour sur l'allée et fonça vers la route. Wallace se pencha de nouveau au-dessus de la petite fille et débarrassa une nouvelle mèche de cheveux de sa colonie de lentes.

La pluie commença à midi. Elle tombait en vagues tièdes et molles souvent interrompues par quelques minutes d'un soleil éclatant et mouillé pour suinter à nouveau d'un ciel bleu dur. Les enfants avaient passé presque toute la journée à regarder la télévision avec Alma et Dotty.

Lorsqu'il fut presque l'heure de dîner, Ellie vint frapper à la porte du bungalow. Elle colla son petit visage blême contre la moustiquaire.

« Hé papy, les gosses commencent à avoir faim. » Elle mit sa main en visière au-dessus de ses yeux ternes et rapprochés pour mieux scruter la pièce sombre. « Vous êtes là ? »

Il hocha la tête puis répondit : « Oui.

– Eh bien, Dotty dort, les gosses crèvent de faim et Alma dit que tout le monde peut aller se faire foutre et qu'elle veut plus faire la bouffe pour toute une colonie. Et moi, papy, je vous assure, j'ai essayé. Mais rien que de voir les boîtes, ça me donne envie de vomir, alors cuisiner... Je me suis dit que vous pourriez peut-être préparer un petit quelque chose ? »

Il se leva du lit et la suivit. Dans le séjour, le téléviseur crachait des parasites à chaque instant. Dotty dormait sur le canapé avec la bouche grande ouverte et un cendrier plein de mégots en équilibre sur la poitrine. Canny et les deux petites Huller étaient assises par terre, et essayaient de regarder des dessins animés. Les ombres et les lueurs de l'écran clignotaient sur leur visage. Krystal et Kelly se grattaient toutes deux la tête. Canny lui lança un regard embarrassé. Ses cheveux pendaient sur ses épaules en mèches graisseuses et comme mouillées.

Huller se trouvait dans la grange et Alma était invisible quoique de temps à autre, tel un orage lointain, son pas fît vibrer le plafond au-dessus de leur tête. Wallace ouvrit deux boîtes de viande qu'il découpa en tranches fines, pour huit, et les ajouta aux oignons qui fondaient déjà dans la sauteuse. Comme il n'y avait plus de pommes de terre, il fit cuire des macaronis. Une fois les pâtes cuites et égouttées, il les ajouta au mélange de viande et d'oignons.

Ellie se précipita dans la salle de bains et claqua la porte. Même avec le robinet ouvert, il pouvait l'entendre vomir. Dehors, le ciel s'obscurcit brusquement sous un nouvel orage et des éclairs crépitèrent. Le chien gravit les marches du perron et vint se réfugier près de la porte. A chaque grondement du tonnerre qui approchait, il gémissait et grattait le grillage qui maintenait le bas de la moustiquaire en place. Wallace regarda le chien et se demanda pourquoi il n'aboyait pas pour qu'on le fasse entrer, ou pourquoi il ne poussait pas la porte. L'animal lui renvoya un regard lourd et mouillé.

Wallace s'approcha de la porte et, à l'abri de la moustiquaire, murmura : « T'es vraiment pas malin comme chien, tu sais ça? » Le chien leva le museau vers le ciel boueux et hurla doucement. Wallace étouffa un petit rire et ouvrit la porte. L'animal se précipita à l'intérieur et courut se cacher sous la table.

Huller montait les marches. Il portait une sorte de grand poncho imperméable jaune et des bottes maculées d'une boue noire et épaisse qui laissa de vilaines traces dans la cuisine. Il fit passer le poncho dégoulinant par-dessus sa tête et le jeta sur le perron. « Je bossais sur le camion, expliqua-t-il en désignant la grange. Il est fin prêt à rouler », ajouta-t-il avec une claque complice sur l'épaule de Wallace. A peine eut-il dépassé le petit homme que le chien bondit de sous la table et saisit en grondant le revers du pantalon de Wallace entre ses crocs.

« File de là! » ordonna Huller en donnant des coups de pied dans les flancs de son chien jusqu'à ce qu'il retourne se terrer sous la table.

Wallace sentait les battements de son cœur résonner dans ses oreilles.

« Qu'est-ce que c'est que cette saloperie? demanda Huller en soulevant le couvercle de la sauteuse.

– Le dîner, répondit Wallace, conscient du regard morne et voilé du chien sur lui.

– Eh bien on n'a qu'à manger, alors. Alma! appela-t-il dans l'escalier. Tout le monde à table! A la bouffe! »

Ils se rassemblèrent autour de la table, tous plus énervés et plus renfrognés les uns que les autres. Dotty avait des yeux d'oiseau, brillants et inexpressifs, avec des pupilles tellement dilatées qu'elles semblaient prêtes à jaillir de leurs orbites. Elle ne voulait pas se lever, mais Huller avait insisté. Elle ne mangeait rien. A la place, elle fumait, remplissant son assiette de cendres et d'allumettes. Quant à Huller, Wallace ne l'avait jamais vu d'aussi bonne humeur. Il faisait des plaisanteries et taquinait même ses filles.

Alma n'avait pas prononcé un mot. Kelly commença la première à se gratter la tête, puis Krystal l'imita. Les petits yeux dépourvus de cils d'Alma allèrent de l'une à l'autre. Puis elle regarda Canny. « Qu'est-ce que t'as dans les cheveux?

– Rien, répondit Canny en baissant le nez vers son assiette.

– Pourquoi ils sont si gras tout d'un coup? » insista Alma, dont les deux filles se grattaient maintenant avec frénésie.

Canny haussa les épaules et regarda Wallace. Les yeux d'Alma s'agrandirent. « Elle a des poux, hein? » Elle émit un reniflement en direction de Canny. Le visage de la petite touchait presque son assiette.

Alma renifla encore. « C'est pour ça, dit-elle en regardant Krystal et Kelly. C'est pour ça que ça les démange tellement. » Elle-même se mit à gratter sa chevelure maigre. « On a tous attrapé des poux! »

Ellie porta la main à ses cheveux coupés puis examina le bout de ses doigts.

Dotty éclata de rire. Elle enfouit son visage dans ses mains et des larmes jaillirent de ses yeux. Elle secoua la tête et suffoqua bientôt, étouffée par le fou rire.

« On en a tous! s'écria Alma. Et c'est de ta faute, dit-elle à son mari.

– Tais-toi et mange, ordonna Huller en repoussant son assiette d'un air menaçant.

– Mais regarde-la rire, lui répondit Alma. Elle s'en fout.

– La ferme », grogna Huller.

Krystal s'était mise à pleurer. « Je les sens, les poux, dit-elle en se raidissant sur sa chaise. Ils me mordent partout!

– Ils vont te bouffer la tête, fit Kelly, et Krystal hurla. Et puis ils vont te bouffer le cou... », continua Kelly.

Ellie se leva et courut vers la salle d'eau, la main plaquée sur la bouche.

Alma avait le regard fixé sur Dotty, toujours hilare. « Arrête, demanda Alma. Arrête de rire comme ça. »

Cela ne fit que renforcer le fou rire de la jeune femme. Les lèvres d'Alma tremblèrent. « Sors d'ici! » ordonna-t-elle non sans un frémissement craintif dans la voix. Elle recula d'un pas et se tourna vers Huller. « Fais-la partir, dit-elle, si bas qu'il s'agissait presque d'un murmure. Fais-la partir avant qu'il arrive quelque chose. »

Kelly avait cessé de tourmenter sa petite sœur. Les deux petites observaient maintenant l'hilarité maladive et entrecoupée de larmes de Dotty.

« M'man », prononça Canny, mais Huller se tenait déjà près de la jeune femme et lui conseillait d'aller dormir dans la pièce d'à côté. Il posa la main sur son bras mais elle le repoussa, les yeux ruisselants de rage.

« Fumier, ne cessait-elle de répéter. Tu me la fais pas, espèce de fumier.

– Papy, donnez-moi un coup de main », commanda Huller. Il saisit le bras de Dotty, mais elle le repoussa encore. Ellc se leva et sa chaise bascula en arrière. Sans cesser de marmonner, elle sortit d'un pas chancelant.

Huller se rassit et remit son assiette devant lui. Il frotta un bout de pain dans la graisse qui se figeait sans prêter attention au fait qu'il était maintenant seul à manger. Canny se leva et fit le tour de la table pour atteindre la porte. Huller l'attrapa par le poignet et l'attira tout contre lui. « Où crois-tu que tu vas comme ça, princesse? lui demanda-t-il, la bouche pleine de pain.

– Voir ce que fait maman, répondit-elle en essayant de s'écarter de lui.

– Elle va très bien. Elle a juste besoin de dormir un peu », assura-t-il.

Canny se raidit. « Je vais voir quand même. » Elle tira mais il lui tenait toujours fermement le poignet.

« Laisse-la partir, dit Alma. Bon Dieu, laisse-les tous partir. »

Huller sourit à Canny. « Je vais te dire, commença Huller en s'essuyant la bouche du revers de la main qui tenait encore l'enfant, en s'essuyant bien d'avant en arrière sans cesser de parler. C'est moi qui vais voir ce que fait ta mère, comme ça, tu pourras continuer à jouer un peu avec les filles.

– Pas avec moi, protesta Kelly en faisant la grimace.

– Avec moi non plus, renchérit sa petite sœur.

– Et pas question qu'elle dorme avec elles non plus, intervint Alma. Pas avec dès poux, sûrement pas.

– Eh si, fit Huller, sans desserrer son étreinte. Elle aura qu'à dormir sur le divan. » Il sourit et tapota le dos étroit de l'enfant. « Je vais m'occuper tout spécialement de ce petit paquet-là, maintenant. » Il lui assena une nouvelle petite claque et laissa sa main sur les frêles épaules. Wallace sentait la transpiration lui brûler les yeux. L'ampoule devint beaucoup trop lumineuse. Il avait le regard rivé sur la main de Huller et une voix hurlait dans sa tête : *Ne la touchez pas!* Mais personne d'autre ne l'entendait.

« Eh, papy! Allez donc jeter un coup d'œil sur ce que Dotty est en train d'avaler et voyez si vous pouvez pas lui planquer ses trucs.

– J'y vais aussi, déclara Canny qui fit un pas vers Wallace, mais Huller l'empêcha d'aller plus loin.

– Le papy peut faire ça tout seul, princesse. Comme ça, je pourrai m'occuper de toi », dit Huller en lui redonnant une petite tape. Son sourire n'était pas tant un sourire qu'un glissement humide et rapide qui recroquevilla les orteils de Wallace à l'intérieur de ses souliers, le faisant trébucher lorsqu'il traversa l'allée. Sa respiration comprimée lui heurtait la cage thoracique comme autant de coups de bec d'oiseaux affamés.

Le bungalow était vide. Wallace fit demi-tour pour voir Huller qui l'observait depuis le perron. Au même instant, et avec la même expression de surprise plaquée sur leur visage, ils se tournèrent vers la grange d'où émergeait Dotty, trébuchant sur la pente semée d'ornières. Elle tenait à la main une grande feuille de papier.

« Espèce d'ordure! » hurla-t-elle tandis que Huller dévalait le perron en courant.

Il lui arracha la feuille des mains et resta près d'elle, à lui parler d'une voix basse, pressante et apaisante.

« ... me doubler, nullard, espèce de fils de pu... », continua-t-elle par-dessus la voix de Huller.

Il l'avait prise par le bras. Il essayait de la tirer vers le bungalow, de l'éloigner de la maison où la figure d'Alma s'encadrait dans l'embrasure de la porte. Ellie les regardait d'une fenêtre du premier étage, la joue collée à la moustiquaire comme un rideau aplati.

Chaque fois que Huller l'attrapait, Dotty se libérait avec un torrent d'injures. Un instant durant, il parut presque avoir peur d'elle. Mais il la ressaisit bientôt et ses doigts épais lui enserrèrent les poignets pour moitié la conduire et moitié la traîner vers le bungalow. Wallace dut sauter des parpaings branlants pour leur céder le passage.

« Vite, Aubie, cria Dotty alors que Huller la forçait à gravir les marches. Emmène Canny d'ici avant le... » Huller lui assena un coup sur la tête et elle poussa un hurlement de douleur.

« Rentre là-dedans », rugit Huller en la poussant à l'intérieur de la chambre obscure.

Wallace perçut le bruit de sa chute puis un sanglot, sec comme un craquement d'os. Huller baissa les yeux sur lui. « Elle est complètement dans les vapes, dit-il. J'aurais rien dû lui donner. Laissez-moi la calmer... » Il se tourna vers l'intérieur du bungalow, où la voix de Dotty grondait dans l'obscurité.

« Laissez-moi lui remettre les idées en place, reprit-il en faisant claquer ses doigts. Rentrez à la maison, je m'occupe d'elle. » Les yeux de Huller étaient pareils à ceux de Dotty, aussi brillants et insondables que du verre noir.

« Je vous ai dit de rentrer à la maison! » s'impatienta Huller qui sauta au bas des marches et projeta sa main juste sous le menton de Wallace. Il se tenait si près que le petit homme respirait l'odeur de sa sueur et les relents douceâtres sur sa langue.

« Pauvre débi... », marmonna-t-il en regardant Wallace traverser précipitamment l'allée.

Wallace ne pénétra pas dans la maison. Il revint se planter au milieu de l'allée, pour les écouter crier l'un contre l'autre. Il ne parvint à reconnaître que son propre nom, échangé à plusieurs reprises. Il se rapprocha du bungalow et se posta au bas des marches.

« Avoue-le, répétait Dotty. Vas-y, avoue!

– T'es tellement dans le cirage, assurait Huller, que tu sais même pas de quoi tu parles.

– Avoue, persista Dotty d'une voix implacable et stridente. Avoue!

– Tiens! Prends ça... Tu perds les pédales... voilà...

– Toi et ce Callahan, vous avez tout réglé, hein?

– T'es dingue? Callahan? Il serait le premier à me donner!

– Et l'article?

– T'as tout embrouillé! dit Huller. T'as mal lu.

– J'ai très bien lu. Vingt-cinq mille pour leur môme, et vingt-cinq mille de mieux si les kidnappeurs sont pris.

– C'est pas aussi terrible que ça en a l'air. » Il essaya de rire mais ne parvint à émettre qu'une petite toux.

« Tu..., commença-t-elle.

– Je ne voulais pas te faire peur, c'est tout, mon chou. » Sa voix s'adoucit. « Je ne voulais pas prendre le risque que tu te mettes à paniquer, c'est pour ça. Je comptais te le dire après..., quand on aurait été partis depuis longtemps et qu'on serait devenus tellement riches que tu pourrais plus... que tu ne voudrais plus changer d'avis.

– Et Ellie, alors? Elle vient aussi? Est-ce qu'on va devoir toutes les deux...

– Elle n'a rien à voir là-dedans! Je te l'ai déjà dit, rien du tout!

– Qui est-ce qui l'a foutue en cloque, alors?

– Comment je le saurais, moi, si elle le sait pas! s'exclama Huller.

– Alma est sûre que c'est toi.

– Écoute, Dot, on part demain matin. Demain matin, finis les Ellie, Alma ou Callahan. Il n'y aura plus que toi et moi et tout ce fric. Vois les choses comme ça. Oublie toutes ces conneries. Tout est réglé comme du papier à musique. J'ai tout prévu. J'ai calculé chaque mouvement, chaque seconde de l'opération. Je n'ai rien laissé au hasard. Alors tu n'as aucune crainte à avoir, Dot. J'ai préparé un plan parfait. Même ce que le papy doit dire aux Bird est prévu. C'était comme un coup de génie la façon dont ça a tourné. Il a tout reconnu! Tu piges? On n'a jamais parlé de toi. On n'a entendu que lui...

– Oui, mais toi tu voulais que je leur parle, c'est moi qui ai pas voulu, corrigea Dotty.

– C'est à ce moment-là que j'ai commencé à comprendre, répliqua Huller. J'ai vu que ça faisait comme les pièces d'un puzzle en train de se mettre en place.

– Et Canny là-dedans? demanda-t-elle d'une voix faible.

– Elle était trop petite. Elle s'en rappelle pas. Pour autant qu'on sache, il t'a enlevée aussi. Tu n'étais qu'une gosse à l'époque. Il t'a kidnappée d'abord, et puis il l'a enlevée ensuite. »

Dotty pleurait maintenant. « On peut pas faire ça... pas à ce pauvre Aubie. Tu ne comprends pas.

– Je comprends pas quoi?

– Je ne sais pas, sanglota-t-elle. Je peux pas expliquer. Mais de tous les gens qui existent sur cette planète, il... il est...

– Écoute, c'est comme ça et pas autrement », dit Huller, sa voix couvrant les sanglots de Dotty. La chaise grinça et les talonnettes dures de ses bottes se dirigèrent pesamment vers la porte. « Tout est réglé.

– Et Aubie? »

Il y eut un silence, puis Huller répondit : « Ils l'attendront.

– Non! gémit-elle. Pas ce pauvre Aubie... S'il te plaît... Laisse-le rentrer chez lui... Laisse-le juste...

– Nom d'un chien!

– Peut-être même que tu pourrais lui laisser une part du...

– La ferme!

– Non, écoute-moi... »

Ils se tenaient à présent juste de l'autre côté de la porte. Huller la prit par les poignets et la maintint si fermement et tellement près de lui qu'ils ne formaient plus qu'une silhouette mouvante éclairée par les dernières lueurs du jour, une forme passée et fantomatique derrière la moustiquaire couverte de poussière.

Dotty grogna et se débattit. « Écoute-moi..., essayait-elle encore de dire.

– Ta gueule, maintenant. J'en ai ras le bol. Merde! J'ai pas besoin de toi, rugit-il alors qu'elle lui donnait un coup de tête dans l'épaule. Et j'ai pas besoin non plus de ce débil...

– Eh bien tue-le, alors! Ça vaudrait mieux! Tue-le et sors-le de cet enfer!

– C'est une idée, fit Huller en riant.

– Donne-moi ton arme, demanda Dotty. Je le ferai moi-même. » Elle éclata de rire. « Je vais tous nous faire sauter la cervelle! » Elle haletait. « Chacune de nos putains de... » Sa voix prenait un aigu hystérique, et, pour ponctuer chacun de ses mots, la voix de Huller résonnait, grave et hachée.

Il disait : « Tout ce qu'il me faut, c'est la môme... et encore, j'ai même pas encore besoin d'elle. Je pourrais la rendre morte, tu m'entends? » Il la giflait.

Wallace trembla à ce son écœurant. Il s'appuya sur le bois rugueux, à l'extérieur du bungalow, et fut surpris de trouver la terre aussi parfaitement immobile sous son corps ravagé et la sauvagerie de leurs coups, de la trouver si impassible et indifférente à tant de souffrances.

« Morte! grognait Huller en la frappant encore et encore. Dans un sac, dans une boîte. Ou même rien qu'une poignée de ses dents... ou de ses cheveux! » Il tira alors Dotty par les cheveux et la jeta sur le lit qui sursauta sur le plancher et envoya une vibration jusque dans les doigts de Wallace. Puis celui-ci perçut un bruit sourd et régulier, comme les battements d'un cœur sinistre et monstrueux... Lui donnait-il des coups de pied? Cognait-il contre le lit? Elle n'émettait aucun son.

« Tout ce qu'il me faut, c'est la preuve que je l'ai trouvée, grognait Huller entre les coups. Et morte ou vive, ça n'a aucune importance... Tu m'entends, sale petite garce, tu... »

Dotty gémit. Quelque chose se fracassa. La chaise, peut-être. Du verre se brisa.

« J'ai besoin de personne, alors m'emmerde pas. J'en ai marre qu'on m'emmerde... » Il poussa un grognement. Elle aussi.

Quelque chose, une chaussure ou une boîte, alla cogner contre le mur puis tomba par terre.

« Arrête, haleta Dotty. ... salaud... putain... Ohhh! » gémit-elle, puis une masse de chair heurta la chair. Encore, et encore. Elle gémit à nouveau puis il y eut un craquement, un fracas qui résonna dans les cloisons du bungalow.

Il n'y eut plus un son; ce n'était pas même le silence mais plutôt une immobilité, bientôt suivie par le frottement sec d'une branche feuillue sur le toit.

Il faut que j'aille voir, maintenant, se dit Wallace. Elle est finie. Dotty est finie. Il lui a fait ça...

Au-dessus de lui, la porte s'ouvrit en claquant contre le mur. L'ombre massive de Huller se projeta sur les marches, sur l'allée. Il avait disparu.

Wallace la découvrit recroquevillée sur le lit, le visage tourné vers le mur. Le dossier de la chaise avait été arraché et, à l'entrée de la salle d'eau, le rideau de plastique ne pendait plus que par un mince lambeau. Des vêtements et des chaussures s'éparpillaient dans toute la chambre, et le plancher était jonché de débris de flacons de maquillage, leur sombre contenu imprimant l'empreinte de ses pas à côté d'elle.

« Dot? » Il lui toucha l'épaule et répéta son nom, soulagé de l'entendre geindre. Il se pencha pour écouter sa respiration engorgée de larmes.

« Dotty, murmura-t-il. Réveille-toi! Réveille-toi, Dotty! » Il la secoua et répéta les mêmes mots. Elle jura et se recroquevilla un peu plus.

« Faut qu'on s'en aille, l'implora-t-il. Il va nous tuer, Dotty. Il va tuer Canny... Réveille-toi, je t'en prie, Dotty, réveille-toi. »

Elle s'étira et, lorsqu'elle se retourna, il vit la chair éclatée de sa lèvre inférieure et le filet de sang qui avait dévalé son menton et sa mâchoire jusqu'à l'oreille, où il s'était coagulé sur les cheveux. Elle avait l'œil droit enflé, exorbité, et, quand elle remua à nouveau la tête, il remarqua tous les cachets que Huller avait dû lui jeter à la figure dans un dernier accès de dégoût. Pareils à de petits bonbons multicolores, ils étaient répandus sur la toile bleue de l'oreiller et sur le drap souillé. Il ramassa tous ceux qu'il put trouver et les fourra dans sa poche, puis il s'assit sur l'autre lit et la regarda.

Ils devaient partir cette nuit, dès que les Huller seraient tous endormis. Il fallait qu'il réfléchisse. Il avait besoin d'un plan. Cette fois-ci, la fuite serait différente. Cette fois-ci, ils fuiraient quelqu'un qui savait tout d'eux. Mais il n'arrivait pas à penser à cela. Pour l'instant, sa plus grande crainte était de ne pas pouvoir réveiller Dotty à temps. Après avoir pris des cachets, il était déjà arrivé à Dotty de dormir douze ou quatorze heures d'affilée. Peut-être pourrait-il simplement la porter jusqu'à la voiture. Avec l'aide de Canny, il pourrait sûrement y arriver. Il pourrait s'asseoir d'un côté et Canny de l'autre, et ils ramèneraient ses bras sur leurs épaules et ils la mettraient debout...

Canny, songea-t-il en levant soudain la tête. Il devait aller chercher Canny là-bas. C'était la première étape. C'est ça, pensa-t-il. Chaque chose en son temps.

« Ne t'affole pas. Réfléchis bien, dit-il à voix basse, pour lui-même, tandis qu'il quittait le bungalow et traversait l'allée. N'aie pas peur..., chaque chose en son temps...

– Qu'est-ce que vous dites, papy? » C'était Huller, qui descendait les marches de la maison. Une canette de bière pendait au bout de ses doigts. Il avait une cigarette plantée au coin de la bouche, et l'extrémité incandescente se mouvait de bas en haut pendant qu'il parlait. « C'est elle qui vous envoie? Elle a fait une vraie crise.

– Non, répondit Wallace. Je venais juste chercher Canny. Pour la nuit. Pour la dernière nuit. »

Huller s'éloigna de l'escalier et décolla le mégot de ses lèvres d'un coup de langue pour le cracher aux pieds de Wallace. « Laissez-la passer une bonne nuit de sommeil, papy. Elle va en avoir besoin. C'est mieux pour elle. OK, papy? »

Wallace ne bougea pas. Il ne savait plus quoi dire.

Canny s'était approchée de la porte. Elle pressait son front contre la moustiquaire et appuyait le menton sur la tête d'un ours en peluche dépourvu d'oreilles.

« Papa! appela-t-elle, et elle commença à ouvrir la porte.

– Reste où tu es, ordonna Huller. Dedans! »

Au moment où la porte se refermait, un frisson parcourut Wallace. Le bras de Huller lui emprisonnait l'épaule.

« Faites-moi confiance, dit Huller en le reconduisant vers le bungalow. Vous en faites pas. Je m'occupe de tout. Bird va récupérer sa gamine, et vous vous allez sortir de tout ça en ayant l'air d'un sacré héros. Je veux dire, avec la façon dont vous vous êtes occupé de la petite, dont vous vous souciez d'elle. Bird va être tellement reconnaissant qu'il...

– Mais Alma veut pas d'elle dans la maison... à cause des poux, elle veut pas », coupa Wallace. Il avait enfin trouvé une autre raison pour que Canny vienne dormir avec eux.

« Mais qu'est-ce que vous ra...

– Elle peut venir dormir là, continua-t-il, tout excité. Elle en a plein, vous savez. Elle en a tellement qu'elle a la tête tout écorchée, et j'ai jamais vu autant de lentes. Sûrement qu'elles vont toutes percer cette nuit. Sûrement même que les poux sont déjà en train de sortir. » Ses yeux brillants étaient rivés sur ceux de Huller. « Sûrement qu'ils sont en train de chercher d'autres personnes à mordre juste en ce moment.

– Eh, doucement! Du calme, papy. Ça fait plus de mots que vous en avez dit en un mois. Canny va dormir en bas, on...

– Elle aura peur, interrompit Wallace.

– Pas avec moi à côté, répliqua Huller avec une tape appuyée sur l'épaule du petit homme. Les croque-mitaines n'oseront pas venir. »

Les deux hommes étaient debout près du lit de Dotty. Elle avait les yeux ouverts maintenant, et elle les fixait droit devant elle, une expression dure et glacée plaquée sur le visage. Elle aurait pu être aveugle, ou morte. Wallace perçut un raclement au fond de sa gorge, puis un sanglot si mince et si soudain, et pourtant empreint d'une sauvagerie si avide et douloureuse à la fois qu'il en reçut comme un coup de poignard.

« Je suis désolée... oh!... je suis désolée, prononça-t-elle en pleurant. Oh! mon Dieu. »

Huller s'était laissé tomber sur un genou; sa tête était tout près de celle de la jeune femme et sa voix était d'une douceur que Wallace n'avait jamais entendue auparavant chez un homme. Il s'exprimait presque comme une femme pour essayer de la réconforter.

« Ça va... ça va... j'ai perdu mon calme...

– Oh! Jig, gémit-elle. Je suis tellement désolée. Tout est de ma faute. Je suis tellement paumée...

– Tiens, prends ça...

– Non, non, écoute-moi, dit-elle en se dressant sur un coude. Je n'aurais pas dû te contrer comme ça. Je suis d'accord avec tout ce que tu dis. Même si...

– Eh! s'exclama Huller en se relevant. On est tous sur les nerfs. Même le papy, il est survolté; c'est devenu un vrai moulin à paroles... »

Elle cligna des paupières et tourna vers Wallace un regard voilé et déformé.

« Ça va t'aider à te calmer, disait Huller en prenant quelque chose dans sa poche qu'il posa sur le drap, à côté de sa joue. Hé, papy, vous devriez en prendre un aussi. Tenez. » Il ouvrit la paume. « Prenez-le! »

Le cachet se mit à fondre à la seconde où il toucha sa main tellement il était fiévreux et malade jusqu'au plus profond de ses entrailles. Elle va le faire, se dit-il. Elle va le laisser tuer Canny et puis elle me tuera. Et ça ne lui fera rien du tout, pensa-t-il en entendant les sanglots se muer avec une incroyable soudaineté en un rire de gamine. « Oh! dis donc, oh! bon sang... Aubie va être complètement parti. J'arrive pas à y croire... »

Elle va rire, se dit-il encore. Même si elle ne s'en fout pas, elle rira, comme ça elle n'aura plus à y penser. Dotty n'aime pas se faire de souci.

« Et voilà! » Huller avait allumé la lumière. Il examinait attentivement un long comprimé jaune enveloppé dans de la cellophane entortillée à chaque extrémité. « Et ça, c'est pour la gosse, annonça Huller. Elle le prendra une demi-heure avant de partir. Ça l'assommera juste le temps qu'il faut pour qu'on puisse l'emmener sans mal... Qu'est-ce que c'est que cette tête, papy? C'est pour dormir, c'est tout. Pour qu'elle ait pas peur.

– Il a peur que ça lui fasse du mal, expliqua Dotty en retombant sur l'oreiller, ses yeux morts maintenant fermés et la voix lasse et rauque. Que ça la rende malade ou un truc comme ça. » Elle ne cessait de lécher la chair fendue de sa lèvre. A la lueur crue de l'ampoule, son visage tuméfié et meurtri lui fit penser à un fruit gâté.

« Mais non! fit Huller. Ça ne la rendra pas malade. Dis-lui, Dot.

– Ça la rendra pas malade, Aubie. » Elle se lécha la lèvre et ébaucha un sourire. « Ça la rendra riche... ça nous rendra tous riches... cette petite pilule va tous nous rendre riches. » Du sang coula de son sourire blessé.

CHAPITRE XVIII

S'il y avait une qualité qu'Aubrey Wallace possédait au-delà de toute autre, c'était la patience. C'était ce qui avait permis à son père de lui dire : « Tu m'attends. Ce ne sera pas long. Tu fais simplement ce qu'on te dit de faire et je reviendrai. Ce ne sera pas long. »

Et il avait attendu; il avait fait ce qu'on lui avait dit de faire, ne s'était jamais plaint, n'avait jamais posé la moindre question mais avait attendu, aussi indifférent au malheur et au doute que les arbres recouverts de glace qui végétaient devant sa fenêtre lors de ce premier long hiver au foyer. « Attends ton tour » était la règle maîtresse en vigueur au foyer, où il y avait tant d'enfants difficiles à discipliner. Au bout de quelque temps, les mots finissaient par prendre le pouvoir abrutissant d'une prière : attends ton tour; attends ton tour; attends donc ton tour.

Et maintenant, il attendait; il attendait que Dotty dorme profondément, que les lumières s'éteignent dans la maison, que le chien cesse ses aboiements sporadiques. Une fois, il alla vérifier la voiture puis rasa le mur de la maison pour arriver sous la fenêtre du séjour, près du canapé sur lequel devait dormir Canny. Le téléviseur était toujours allumé. Sa lueur bleutée chatoyait au travers du drap qui pendait en fait de rideau devant la fenêtre. Une forte odeur de cigarette lui parvint et le chien aboya. Huller jura. Wallace retourna précipitamment au bungalow et s'assit dans l'obscurité où Dotty dormait profondément, ses ronflements lourds et réguliers ponctuant l'attente.

Dehors, la nuit fourmillait de lucioles étincelantes et craquait au chant sec des criquets. Le ciel s'illuminait au tremblement rapide des éclairs de chaleur et résonnait parfois du grondement étouffé d'orages oubliés.

Il n'avait cessé de réfléchir. La confusion commençait à s'éclaircir. Il y avait des faits qui se dressaient comme autant de bornes kilométriques le long d'une route dangereuse : le matin venu, Huller le livrerait pour obtenir la récompense supplémentaire. Dotty laisserait faire et Canny serait peut-être blessée pendant l'opération. Ou pis... et il se souvint que Huller avait assuré n'avoir besoin que d'un os, d'une poignée de cheveux ou même de quelques dents. Même si Huller projetait de s'enfuir avec Ellie, Dotty ne voudrait pas y croire avant qu'il soit trop tard. Tout est changé, pensa-t-il. Il fallait qu'il rende Canny lui-même, puis il pourrait rentrer chez Hyacinth. Ses yeux s'agrandirent dans l'obscurité. Il percevait toute la logique de son plan, sa justesse. Tout redeviendrait comme avant, il y avait très longtemps. Il dirait : « Je suis parti, mais ce n'était pas ma faute, et maintenant, me revoilà. » Et il oublierait tout ce qui était intervenu entre-temps, et cela n'aurait aucune importance. Chacun reprendrait son chemin, lui, Dotty et Canny, comme auparavant, chacun vivant aussi isolé, éloigné et inconnu de l'autre que des planètes en orbite.

Que tout fût si simple l'étonnait. La certitude de ce qu'il devait faire était d'une clarté, d'une telle transparence qu'elle en devenait presque aveuglante. Donc, il restait assis, silencieux et immobile, sans oser remuer.

Tout semblait tellement simple qu'il éprouva le besoin de trouver une amulette, un charme; de rencontrer quelque complication qui ajouterait le mérite à la réussite, qui les protégerait du mal; une mission semblable au voyage du chevalier errant dans des royaumes hostiles de dragons meurtriers et de haies hérissées. Il fallait une explication, une façon de donner sa version des faits et d'expliquer comment cela avait pu arriver; de certifier que cet acte insensé n'avait pas été prémédité et qu'il n'y avait eu aucune intention de faire le mal. Il avait l'impression que cela devrait suffire, cette remise en ordre de l'univers, cette histoire, ce récit qui semblait commencer non avec Canny comme il l'avait cru tout d'abord, mais sur une petite route de campagne; non, même pas là. C'était bien plus compliqué que cela, n'est-ce pas? Cela allait au-delà des faits et des dates. C'était M. Bird, la voix à son oreille, lui demandant pourquoi. Pourquoi? Parce que le pot d'échappement avait commencé à bringuebaler, parce que Dotty avait eu faim, parce qu'ils n'avaient pas d'argent, parce qu'un portail était resté grand ouvert et qu'une porte n'avait pas été verrouillée; parce qu'à ce moment-là, un téléphone avait sonné et que celui qui avait décroché en disant « allô » n'avait aucunement conscience que deux vies pareilles à deux étoiles filantes se rapprochaient, se rapprochaient..., des pas étouffés, l'enfant qui regardait; en haut, le combiné collé contre une oreille, un rire peut-être..., et toujours plus proche, s'alignant en cet instant précis, dans cette même convergence, l'explosion qui pulvérise un univers pour en créer un autre, la cécité qui peu à peu s'estompe mais sans que l'on puisse jamais retrouver un monde complet ou intelligible..., là-haut, ni vu, ni entendu, « allô, ça va », tandis qu'en bas, dans la salle inondée de lumières et de miroirs, le bébé, l'enfant inattendu exigeait un salut en réponse au sien, et l'exigeait de la fille aux yeux fous qui avait du sang séché sous les ongles.

Au moment de l'impact, qu'étaient-ils sinon des étrangers qui ne le seraient plus jamais les uns pour les autres, qu'ils se rencontrent ou non, qu'ils se connaissent ou non par leur nom, car si Canny représentait toute sa famille, lui représentait tous les Wallace, les Herebonde et les Kluggs (même s'il ne s'agissait pas réellement d'un lien de sang mais d'un lien provoqué par une autre collision, un autre viol – un lien tout aussi éternel), et Dotty représentait pour lui tout ce qu'il avait jamais connu du mystère, du rêve et du hasard.

Il ne pouvait évidemment rien comprendre de tout cela, mais, soudain conscient de l'étendue de la complexité et du mystère du monde, il éprouvait le même émerveillement que celui qui, perçant la face brillante des étoiles, croit qu'il peut entrevoir le mécanisme de toute la nuit au-delà.

Toujours dans le bungalow, il s'assit au bord du lit. Dotty tournait le dos à la lumière et dormait avec l'oreiller sur sa tête. Il contempla le bloc-notes posé sur la chaise de bois. Il plissa le front et pinça les lèvres en déchiffrant la première phrase qu'il venait d'écrire. Ça ne voulait rien dire. Il froissa la feuille de papier en boule et la fourra dans sa poche, puis il recommença, lentement, douloureusement. « Nom d'un chien », grogna-t-il. Il forçait le crayon à avancer sur le papier. C'était aussi difficile que d'épisser deux câbles. Il savait ce qu'il voulait dire, mais la connexion entre son cerveau et ses mains refusait de se faire convenablement.

Au bout d'une heure, il avait écrit :

VOUS ME CONESSEZ PAS. MÈ VOICI VOTRE PETITE FILLE PERDU QUE JE VOUS RAPORTE APRÈ TOU CE TAN. CÉ VOTRE VRAI BÉBÉ QUE QUELQUIN QUE JE CONNÉ A PRI POUR L'ÉMER É PAS POUR LUI FER DU MAL.
JE VOUS CONNÉ PAS ALORS JE VOUDRÉ QU'ON LESSE LÉ CHOSE COME SA PASQUE JÉ JAMÉ RIEN FÉ DE MAL. SOF DE PAS ARÉTÉ CETE PERSONE QUI LA VRÉMENT ENLEVÉ.

Il avait les doigts serrés, crispés sur le crayon, la sueur dégoulinait de sa casquette de base-ball. Il avait mal à la tête et comme une boule qui enflait dans sa gorge.

Il écrivit :

CÉ PAS MOI. JE LÉ PAS ENLEVÉ. JE SUI QUEN MEME COUPABLE D'AVOIR RIEN FÉ. MÈ JE RÉPARE EN VOUS LA RENDAN SENE ET SOVE ET MOI MEME ALOR SA DOI CONTER POUR QUELQUE CHOSE.
J'ÉSPERE QUE VOUS ORÉ DE LA CHANSE AVEC ELLE. OUBLIÉ PAS QUE CÈ VOTRE VRÉ FILLE. ATENDÉ É VOUS ALÉ VOIR. ELLE É TRÉ GENTILLE. JE LEME BIEN. É MEME DÉ FOI JE LEME BOCOU.
JE SERÉ RECONÉSAN SI VOUS ENVOILLÉ PA LÉ FLIC APRÉ MOI PASQUE JE JURE DE RIEN FERE DE MAL ET QUE VRÉMEN SI ON I PENSE JEN É JAMÉ FÉ.
PS. JE MESCUSE POUR TOU CE PROBLEME. DITE LUI QUEL ME MANQUERA.

Il leva la feuille de papier et rougit de plaisir. « Regarde ça », murmura-t-il, émerveillé. C'était la première lettre qu'il eût jamais écrite.

Il éteignit la lumière et s'approcha de la porte. De l'autre côté de l'allée, la maison était plongée dans l'obscurité. Sur la pointe des pieds, il descendit les marches et se dirigea vers la voiture. Une main sur le volant et l'épaule coincée contre la carrosserie, il se mit à pousser. La voiture grinça, alors il poussa de toutes ses forces, et poussa encore en grognant doucement, sa tête cognant contre le cadre, jusqu'à ce que l'auto commence à rouler. Il la poussa ainsi jusqu'au bout de l'allée puis l'engagea sur la route où il continua de pousser pendant plus d'un kilomètre. Puis il rebroussa chemin. Ses pas semblaient résonner comme des coups de tonnerre dans la nuit sans lune.

Il se posta devant la fenêtre. Une brise légère gonflait et soulevait le drap déchiré, puis le laissait retomber contre la moustiquaire. Il percevait, juste derrière, la respiration irrégulière de Canny.

« Canny! murmura-t-il, puis il gratta des doigts contre le châssis. Canny, réveille-toi! » Il colla l'oreille à la moustiquaire et écouta. Au même instant, le drap se souleva et la truffe froide et humide du chien surgit de l'autre côté pour se presser contre sa joue. Il tomba à genoux et le chien gronda. A l'intérieur, une voix d'enfant ensommeillée commanda : « Couché! Méchant chien...

– Canny! siffla-t-il. Lève la moustiquaire. Vite! »

Alors qu'elle s'exécutait, il entrevit le dos large de Huller vautré sur la table de la cuisine, profondément endormi, la tête appuyée sur les bras.

« Prenez la deuxième à gauche pour prendre la 495. Et puis surveillez bien les panneaux de sortie. Stonefield est à une vingtaine de kilomètres », expliqua le pompiste.

« Où est-ce qu'on va? » demanda Canny lorsqu'il remonta dans la voiture. Il la regarda. « Faut que je te dise quelque chose. Tu vois, une fois, il y a très longtemps, il y avait une petite fille. Elle avait un an.

– Elle s'appelait comment? l'interrompit Canny.

– C'est pas important. Tu écoutes juste », dit-il. Il n'arrivait pas à se rappeler le nom dans l'article, et il ne voulait pas s'arrêter pour le retrouver dans sa chaussure. « En tout cas, elle était petite...

– Invente un nom.

– Hein?

– J'aime bien les histoires où tout le monde a un nom, décréta la petite.

– Mais, Canny, c'est pas une histoire. » Il la dévisagea. « C'est comme une histoire, mais c'en est pas une.

– Mais tu as dit : “ Il était une fois... une fois... ”

– Enfin, Canny, tu m'embrouilles tout. Tu comprends, c'était juste un bébé. Elle avait pas deux ans, et puis il y a une dame qui est venue... enfin, c'était pas vraiment une dame encore. C'était plutôt une fille, je crois que tu dirais...

– Où est m'man? demanda Canny en bâillant.

– Elle dort.

– Elle sait qu'on est partis?

– Non, de toute façon, elle...

– Comment ça se fait? coupa encore Canny. Est-ce que c'est une surprise? Comme la fois où on a piqué toutes ces boîtes en pleine nuit?

– Oui. Alors...

– Hein papa, tu t'en rappelles? dit-elle avec un soupir. On en a pris au moins mille, cette fois-là, non?

– Heu... un paquet, oui.

– Je peux me coucher? » Elle bâilla de nouveau.

« Bien sûr, répondit-il tandis qu'elle posait la tête contre sa jambe. En tout cas, c'était juste une fille. Et puis le camion a commencé à faire plein de bruit à cause du pot d'échappement. Alors le type qui conduisait a dit que le pot était foutu. La fille, elle a dit " Bon ", et puis elle a rigolé. » Il sourit. « Elle rigolait tout le temps. Elle rigolait pour rien. » Wallace fronça les sourcils. « Merde, où j'en suis? Ah oui, le pot d'échappement. Alors le type lui dit que le pot est foutu. Et il dit qu'il a pas un sou et qu'il est perdu et que chez lui, sa femme sait pas où il est. » Wallace soupira. « Je l'ai regardée et puis je lui ai dit : " Je raccroche le tuyau et on fait demi-tour. " »

Ses yeux brillaient au-dessus du volant. « Je commence à bricoler le tuyau, et voilà qu'elle saute du camion et qu'elle file dans la rue. Moi je me dis : " Vas-y! C'est ta chance. " Alors je grimpe dans le camion, mais il y a plus de clés. Elle les a prises.

« Alors je reste assis dans le camion, avec la peur rien que de sortir, et je réfléchis à ce que je vais faire. Et puis je la vois revenir en courant comme une dératée. Et elle a cette toute petite fille dans les bras... »

Le son de sa propre voix dans l'obscurité lui plaisait. A mesure qu'il racontait, il revoyait tout comme cela s'était passé lors de cette journée. « Ensuite, tout ce que je sais, c'est qu'on s'est retrouvés à l'entrée de Washington, la capitale, et qu'elle t'avait déjà appris à l'appeler maman et moi papa. Elle, elle me disait : " Encore deux jours. Allez, on la garde rien que deux jours encore! " Et on continuait de rouler et les deux jours étaient passés et elle recommençait : " Encore deux jours... " et puis ça a été une semaine. " D'accord, je disais, une semaine. Un mois, d'accord. " Et avant que je m'en rende compte, elle croyait qu'elle était ta vraie maman et que j'étais ton vrai papa, et toi, bientôt, tu ne savais plus non plus. »

Il baissa les yeux sur elle puis scruta de nouveau la route. « Après, ça a été l'hiver, et puis l'été, et puis l'hiver encore et nous, on suivait juste le cours des choses, on bougeait. Et on s'occupait de toi. Bien sûr, à ce moment-là, ta mère commençait à se rendre compte que c'est pas toujours facile de s'occuper d'un gosse. Et puis elle voulait du bon temps. Elle était tellement jeune. Elle commençait à en avoir marre de déménager tout le temps et d'avoir tout le temps peur, alors j'essayais de faire de mon mieux. Je m'occupais de toi pour qu'elle ait pas à le faire, et je m'occupais d'elle aussi. J'avais vraiment la trouille qu'elle s'en aille et qu'elle nous laisse tous les deux tout seuls. Qu'est-ce qu'on aurait fait alors? Tu comprends ce que je veux dire, Canny? »

Sa main effleura le visage de la petite fille. « Canny? Tu dors, Canny? T'as rien entendu de ce que je t'ai dit? »

Il passa brusquement sur la voie de droite. Devant eux, un panneau indiquait : STONEFIELD, PROCHAINE SORTIE.

« Réveille-toi, Canny! Réveille-toi! »

A l'est, un trait pâle de lumière argentée bordait le ciel noir. Canny se tenait tranquillement assise contre le dossier. Elle ne cessait de bâiller.

« C'était à droite, marmonna-t-il en revenant vers le centre-ville. On était dans la grand-rue et on a pris à droite. » Ils étaient maintenant revenus dans la rue principale. Il ralentit et dépassa au pas la caserne des pompiers, la bibliothèque, les feux clignotants orange, la poste et toute une série de boutiques, puis il tourna.

« On est perdus, papa?

– Je sais pas, répondit-il en descendant lentement l'avenue étroite. Peut-être pas... Ça fait pas pareil, la nuit. » Il écarquilla les yeux. De l'autre côté du carrefour, juste en face, il découvrit la même maison blanche dont il se souvenait. « C'est là, dit-il en se garant contre le trottoir.

– Mais, papa, c'est trop tôt! On peut pas leur prendre leurs vieilleries pendant qu'ils dorment. »

Il sortit la lettre de sa poche. Canny bâilla et se gratta la tête à deux mains.

« Arrête, dit-il en la regardant, et il écarta les deux petites mains. Tu veux quand même pas que ces gens croient que t'as encore des poux. »

Elle leva le menton. « Peut-être que s'ils pensent que j'ai des poux, ils nous donneront plus de trucs pour qu'on parte plus vite. » Elle rit.

« Écoute-moi, maintenant, Canny. Écoute-moi bien... » Le ton de sa voix lui parut effrayant. « Tu es... Je vais... Tu vois, j'ai pas toujours été... » Il détourna les yeux et replia la lettre. « C'est bien cette rue. »

Il ouvrit la portière et descendit de voiture. « Viens là », dit-il en lui faisant signe de passer par son siège. Sans le quitter de ses yeux fatigués, elle sortit et resta plantée près de la voiture. « Viens », murmura-t-il, mais elle refusait de le suivre. Il rebroussa chemin et la souleva. Elle serra les bras autour de son cou tandis qu'il descendait lentement la rue. « Tu vois cette grande maison, là, chuchota-t-il à son oreille. Celle avec le grand porche rond. Tout ce que t'as à faire, c'est de monter et de sonner, ou alors, si y a pas de sonnette, de frapper à la porte. Mais il faudra frapper fort... parce qu'ils seront en train de dormir. » Ses pieds raclaient les gravillons du trottoir. « Tu leur donneras cette lettre », murmura-t-il en se baissant pour poser la petite par terre. Les jambes menues lui enserrèrent la taille. Elle enfouit son visage dans le cou de Wallace.

« Non », dit-elle à mi-voix. Elle lui serrait le cou si fort qu'il en éprouva un vertige et trébucha contre les arbustes sombres et touffus. Il tenta de décrocher les mains derrière sa nuque. « Allez! Bon sang, Canny! Tu veux une raclée? Tu vas en avoir une! Lâche-moi, nom de Dieu! » s'écria-t-il avant de réussir enfin à dénouer les doigts de la petite fille. Il parvint ensuite à repousser ses jambes et à la poser sur le trottoir. Il lui jeta la lettre, se retourna et courut vers la voiture. Il entendait résonner le flap flap flap de ses sandales de caoutchouc derrière lui. « Papa! T'en va pas, papa! S'il te plaît, papa! Je serai sage... Je t'aime papa! Je t'aime...

– Elizabeth? » appela une voix inquiète depuis la maison qui faisait l'angle.

Canny poussa un cri de terreur et se retourna en même temps que Wallace pour voir une vieille femme aux longs cheveux blancs apparaître dans l'embrasure d'une fenêtre du premier étage.

« Papa! » hurla Canny qui se jeta contre lui. Il lui plaqua la main sur la bouche et la pressa contre lui.

Le châssis de la fenêtre se souleva. « Elizabeth Bird! Qu'est-ce que tu fais dans la rue à une heure pareille? Ta mère sait-elle... Oh! s'exclama la vieille dame alors qu'elle se penchait pour observer l'enfant dans les bras de Wallace. Pas encore! » gémit-elle. Un instant durant, Wallace et la vieille dame s'entre-regardèrent, figés dans une expression d'horreur.

« Vous allez m'abandonner, articula Canny entre deux sanglots. Comme elles avaient dit. » Sa poitrine se soulevait convulsivement. Assise contre Wallace, elle avait passé les deux bras autour du sien. La vieille voiture toussait dès qu'il accélérait. Il gardait les yeux rivés sur le rétroviseur. Il s'attendait maintenant à tout instant à voir surgir une voiture de police lancée à sa poursuite.

« Chut, faisait-il sans cesse.

– Vous voulez m'abandonner. Maman et toi, vous en avez marre de moi. Vous me détestez. Tout le monde me déteste. » Elle pleurait, les épaules secouées de sanglots.

« Chut..., cherche un téléphone... » Il parvenait à peine à parler. Les mots lui écorchaient la gorge. Il avait la langue épaisse et indocile. J'aurais dû la laisser, pensait-il. J'aurais dû me sauver.

« Me laisse pas, mon papa. S'il te plaît ! » Elle glissa sa tête trempée de larmes sous le bras qui tenait le volant. Puis elle pressa son visage contre la poitrine de Wallace. « Je serai sage. Je serai tellement sage que tu croiras que je suis plus là. »

Il n'entendait pas la plupart des mots qu'elle lui disait, mais il sentait sa bouche remuer contre sa poitrine, comme un autre cœur battant contre le sien.

Il tourna à droite et se retrouva dans la grand-rue. Quel est le plan ? ne cessait-il de se demander. Quel est le plan ? Dans sa panique, il avait tout oublié. Tout ce dont il parvenait à se rappeler, c'était qu'il fallait la ramener. Puisqu'il ne pouvait la déposer chez eux, il fallait qu'il les appelle pour leur dire où la trouver. Il la laisserait dans la cabine téléphonique et il lui dirait que Dotty allait venir la chercher ; qu'il fallait qu'elle attende Dotty. Il lui donnerait la lettre. La lettre ! Il s'affaissa sur son siège et prit conscience qu'il avait dû la laisser tomber quand la vieille femme les avait interpellés de sa fenêtre. Il ne se souvenait même plus de ce qu'il avait écrit dans la lettre. Pas un seul mot ne lui revenait.

Le son lointain d'une sirène lui parvint. Une cabine téléphonique se dressa soudain au bord d'un parking comme un lac infini entre une blanchisserie et une boutique de mode. Wallace freina et alla se garer devant le magasin de vêtements. A la lueur des réverbères, tous les mannequins au visage triste et grenu semblaient l'observer.

« Viens », dit-il. Il ouvrit la portière et n'eut même pas à tirer Canny dehors tellement elle s'accrochait à lui, ses petites jambes calquant leur mouvement sur les siennes. « A qui tu téléphones? s'enquit-elle. Tu appelles maman? Dis-lui que je serai tellement...

– Chut... », fit-il en l'attirant contre lui afin de refermer la porte de la cabine sur eux. La plainte de la sirène s'amplifiait.

« Dis-lui qu'on part, lui souffla-t-elle. Dis-lui que toutes les affaires d'Ellie sont dans le camion...

– Chut! » Il fouilla dans sa poche et en extirpa une poignée de monnaie qu'il approcha de son visage. Pas de grosses pièces. Il n'avait que de la toute petite monnaie. Il introduisit une pièce de vingt-cinq cents dans la fente. Le bourdonnement brusque de la tonalité le surprit. Il pressa le bouton pour demander le standard.

Canny le tirait par la manche. « Dis-lui...

– Arrête! ordonna-t-il. Ne fais pas... »

La standardiste répondit et il releva vivement la tête. « Allô, je voudrais un numéro. » Il essaya de tourner le dos à Canny, mais elle tourna avec lui. « M. Bird, annonça-t-il. Louis. »

La standardiste lui demanda dans quelle ville il voulait téléphoner.

« Stonefield, répondit-il, mais il ne se rappelait plus quelle rue. C'est une grande maison blanche, expliqua-t-il dans le combiné. Avec un grand porche...

– Désolé, monsieur, l'interrompit la standardiste. Il est sur la liste rouge. »

En entendant mentionner la grande maison blanche, Canny mit ses bras autour de sa taille. Elle leva les yeux vers lui. Il baissa la voix et détourna la tête. « Je sais. C'est pour ça que je vous le demande.

– Je suis désolée, monsieur, mais je ne peux vous le communiquer...

– Mais je... » Il tendit l'oreille et s'aperçut qu'elle avait raccroché. Sa pièce dégringola dans la sébile métallique.

« Dis papa, c'est qui, Bird? » Canny lui secouait le bras. « Pourquoi t'appelles quelqu'un?

– Chut...

– Appelle maman! A qui tu téléphones? Tu téléphones à maman? demanda-t-elle alors qu'il remettait la pièce dans la fente et appuyait de nouveau sur le bouton.

– Allô, dit-il lorsque la téléphoniste eut répondu. Je voudrais téléphoner à Atkinson, dans le Vermont, mais j'ai à peu près cinquante cents. » Il examina la monnaie dans sa paume, l'approchant tout près de la vitre. Canny regarda aussi. « Soixante-quinze... quatre-vingt-six cents..., compta la petite fille en touchant chaque pièce.

– Quatre-vingt-six cents, répéta Wallace à la standardiste. D'accord, dit-il après avoir écouté les explications de son interlocutrice. Mais je sais pas si elle paiera. Ça fait longtemps. Elle... Hyacinth Wallace », dit-il, puis il donna son ancien numéro et sentit aussitôt comme une faiblesse dans toutes ses articulations. Ses jambes se dérobèrent sous lui. Le sol oscilla sous ses pieds. « Aubrey Wallace, dit-il encore en fermant fort les paupières et en se voûtant tandis que la sonnerie retentissait dans son oreille.

– Papa... » Canny lui attrapait sans cesse le bras.

« Allô? » fit la voix lointaine, trop lointaine même pour qu'il puisse en percevoir la texture.

Elle saura quoi faire, pensa-t-il en entendant la standardiste lui demander si elle acceptait un appel en PCV. Il y avait des parasites sur la ligne. Cela faisait dans son oreille comme de l'électricité statique, comme des éclairs. Peut-être qu'il y a de l'orage, là-bas, pensa-t-il. La standardiste répéta sa question.

« Aubrey Wallace est plus ici », répondit la voix qu'il reconnut comme étant celle de Hyacinth.

En bruit de fond, il perçut une voix d'homme, profonde et étouffée par les draps, par l'oreiller, par des épaisseurs insondables. Wallace crut tout d'abord que la ligne était encombrée, qu'il y avait une mauvaise connexion. Puis le vieux lit grinça. Il aurait aussi bien pu se trouver dans la chambre, dans cette chambre sombre et carrée tant il l'entendit distinctement.

« Et c'est pas Mme Wallace non plus. C'est Hyacinth

Farnham que vous avez. Mme Henry T.J.P. Farnham, ajouta-t-elle fièrement.

– Papa! C'est..., souffla Canny.

– Merde », marmonna-t-il. Pourquoi Hyacinth avait-elle dit cela? Il n'arrivait pas à donner un sens à ses paroles.

Canny le tirait par la manche. « Papa!

– Je suis désolée, monsieur, dit la téléphoniste dans son oreille. Voulez-vous... »

Clic! Et la ligne fut coupée. C'était cette main, ce bras massif et couvert de poils blonds qui venait de lui passer devant la figure pour appuyer sur le levier et qui lui prenait à présent le combiné des mains, sans dire un mot, sans prononcer un seul mot. L'arme de Huller le contraignit à sortir de la cabine pour retourner à sa voiture.

Derrière eux, il entendit la voix de Canny, loin, très loin dans la nuit, apeurée et ne cessant de demander à Dotty ce qui était arrivé. « Qu'est-ce qui va pas? Oh! maman, ta figure est dans un état... C'est tout rouge...

– Espèce de salaud! grogna Huller en le poussant à coups de canon vicieux dans la colonne vertébrale. Sale petit connard... »

Ils arrivèrent à la voiture. Huller ouvrit la portière. Du dos de la main, il assena une claque sur la tête de Wallace et le poussa à l'intérieur, le forçant à s'asseoir. « Fais pas le malin. N'y pense même pas », aboya-t-il alors que Dotty s'installait à côté de Wallace. Elle avait le visage blessé, tuméfié et enflé. Les fentes rouges de ses yeux n'étaient plus que deux coupures sanglantes et vitreuses; le bout de son nez partait curieusement sur le côté et ses lèvres noires protubéraient exagérément. C'était le visage d'une morte, d'une morte de plusieurs jours, horrible et gonflé, déformé et plissé à la lueur fugitive des néons comme un cadavre flottant sur le dos. Elle n'émit pas un son.

« Elle sera avec moi dans le camion, fit Huller par

la fenêtre. Oubliez pas ça. J'ai la gamine et j'ai le revolver. »

Ils avaient parcouru la moitié du chemin du retour avant que l'un d'eux se décide à parler.

« J'essayais d'appeler chez moi », dit Wallace. Il avait mal à la tête et dans la poitrine. Il n'osait pas lui dire qu'il avait accompagné Canny jusqu'à la rue où habitaient les Bird. « Je voulais lui dire que j'allais rentrer. Je voulais rentrer chez moi avec Canny. J'avais tout écrit. »

Elle ne répliqua rien. Elle craqua dans l'obscurité une allumette qui siffla brièvement pour allumer la cigarette qu'elle avait glissée dans le coin intact de sa bouche.

« Je leur disais ce qui s'est passé..., que c'était pas exprès, que...

– Tais-toi, prononça-t-elle d'une voix épaisse, la mâchoire raide et comme prognathe. Tais-toi donc.

– Il a dit qu'il allait la tuer. Il a dit qu'il pouvait le faire! s'écria-t-il, soudain furieux. Je l'ai entendu!

– Il ne le fera pas, assura Dotty.

– Et il va me faire arrêter, reprit Wallace. Il va...

– Non, il ne le fera pas, répéta-t-elle sur le même ton morne et monocorde, comme une voix surgie de la nuit, de derrière un mur, inaccessible. Tout est différent maintenant. »

Alors elle s'en moque toujours, pensa-t-il. Il n'y a plus qu'elle et lui qui comptent.

Dans la nuit sombre et silencieuse, la maison se dressait, immense et insondable, pareille à une gigantesque pierre tombale. Une fenêtre s'alluma à l'étage, puis s'éteignit. Le rideau s'écarta et un visage pâle et inexpressif les regarda. Huller freina derrière eux et se gara en biais, en sorte de bloquer la sortie de l'allée. Il descendit et alla ouvrir la portière de Canny en lui tendant les bras. Celle-ci sauta au bas de la camionnette et, ignorant Huller, se dirigea vers la voiture. Il la rattrapa par l'épaule, la fit pivoter et la poussa vers la maison. Lorsqu'il ouvrit la porte pour faire entrer l'enfant, le chien bondit sur le perron. Avec des jappements de joie, il se précipita sur les talons de Huller et s'aplatit en une attitude de totale soumission. Il gémit et frotta son pelage broussailleux contre les jambes dc son maître qui se tenait maintenant debout devant la vitre baissée de Dotty pour lui dire que c'était maintenant à elle de veiller que tout se passe bien.

Elle regardait droit devant elle, son profil contusionné évoquant curieusement celui d'Alma.

« Ça sera terminé dans quelques heures, poursuivait Huller. Mais il faut que tu sois forte. » Il tendit la main et lui souleva le menton. « Je me trouve vraiment dégueulasse d'avoir fait ça..., de t'avoir fait mal... »

Elle hocha imperceptiblement la tête, en un mouvement quasi mécanique.

« De tout le monde... après tout ce que tu as fait... mince! » Il continua à lui parler d'une voix basse, douce et rauque.

« J'ai besoin de quelque chose, dit-elle.

– Plus de cachets. Il n'y a plus que deux heures à attendre. Faut que tu aies l'esprit clair, décréta Huller.

– Le revolver. » Elle articulait avec difficulté. « J'ai peur. » Elle esquissa un faible mouvement en direction de Wallace. « Je veux le revolver... »

Huller contempla Wallace. Sa main disparut lentement à la vue pour ouvrir la portière. « Allez, dit-il à Dotty, son regard toujours rivé sur celui de Wallace. Va à la maison. Laisse-moi...

– Non! s'écria-t-elle en s'efforçant de refermer la portière. C'est pas ce que je veux dire! »

Huller retint la portière. Le chien reniflait et grattait le sol près des pieds de Huller. « Pas grave, fit Huller. Le mien ou celui d'un autre, ça revient au même pour moi.

– Je suis fatiguée, dit-elle. Il se tiendra tranquille. J'ai juste besoin de dormir.

– Donne-moi les clés », commanda Huller en tendant le bras par-devant Dotty. Il fit ensuite le tour de la voiture et ouvrit la portière de Wallace. « Dehors!

ordonna-t-il. Allez, petit bonhomme. » Il tira Wallace de son siège et le plaqua contre la carrosserie de l'auto. Le chien poussa un grognement et plongea vers les chevilles de Wallace. Puis il entreprit de mordiller les jambes de son pantalon.

Wallace se laissa aller contre la tôle. Il n'avait pas peur du chien. Il n'avait pas peur de Huller. Il se sentait soudain extrêmement las.

Huller éclata de rire. Il laissa Wallace et alla chercher à l'arrière de son pick-up une pelote de cordelette qu'il se mit à dévider. Ricanant tout seul, il demanda à Wallace de se tourner vers la voiture et de mettre les mains derrière le dos. Tandis que le chien continuait de grogner et de donner des coups de dents, il noua une extrémité de la corde autour des poignets de Wallace. Il glissa l'autre fermement dans le collier de cuir raide et racorni du chien, de sorte qu'ils n'étaient plus séparés que par une trentaine de centimètres de corde.

« T'auras plus de problèmes, maintenant », fit Huller en riant. Le chien en effet tirait et se démenait pour tenter de se libérer, forçant Wallace à plier les genoux et arquer le dos en arrière.

« Pauvre vieux Rouquin », fit gaiement Huller, puis son visage s'assombrit. Il se pencha sur le chien et lui gratta sa tête obtuse. « Pauvre grosse bête. Va falloir les sortir tous les deux de leur enfer », remarqua-t-il, non sans une trace de tristesse dans la voix.

CHAPITRE XIX

L'obscurité ne la gênait guère puisqu'elle ne voyait presque rien par les fentes de ses paupières enflées. C'était à cause de ses mains tremblantes et sans force qu'elle mit tant de temps à dénouer la corde. Une fois libéré, le chien s'effondra contre la porte, sa truffe écumante appuyée sur ses pattes.

Wallace sentait le regard de l'animal posé sur lui dans le noir. Dotty s'était assise sur son lit, pareille à une poupée désarticulée. Wallace prit place sur le sien. De temps à autre, sa tête tombait de sommeil. Au-dehors, le chant des criquets diminuait peu à peu.

« Faut que je dorme, dit Dotty d'un ton désespéré. Il le faut.

– C'est presque le matin », fit remarquer Wallace. Il contempla avec inquiétude le ciel qui pâlissait, touchant à présent aux dernières nuances de gris. Déglutir lui faisait mal à la gorge. Dans très peu de temps, elle se rendrait de l'autre côté, dans la maison, puis la porte ne tarderait pas à se rouvrir sur Huller qui entrerait sur la pointe des pieds, prendrait la voix massue qu'il prenait avec le chien et lui commanderait de se tourner. Viendrait alors le choc du métal froid et dur contre sa tempe, le canon du revolver qui s'enfoncerait dans le petit creux mou et dépourvu d'os sur lequel il avait toujours eu peur d'appuyer de crainte de se blesser le cerveau, de l'abîmer davantage que ce qui, d'après les médecins, avait déjà été fait à la naissance.

Il venait juste de sombrer dans le sommeil quand il sentit Dotty se glisser près de lui dans le lit. Elle posa le bras de Wallace sur son épaule. « Je voudrais être morte, gémit-elle contre la gorge du petit homme. Il n'y a pas moyen de s'en sortir. Il ne reste rien, nulle part où aller.

– Hyacinth s'est mariée, lâcha-t-il soudain avec une note de stupéfaction dans la voix devant cette soudaine évidence qui s'imposait à lui, qui jaillissait de lui. J'aurais jamais cru ça, qu'elle se marierait.

– Comment tu le sais? demanda-t-elle, étouffant un sanglot au fond de sa gorge.

– Elle me l'a dit. Dans la cabine. Elle a dit qu'elle s'appelait Mme Hyacinth T.J.P. Farnham.

– Et qu'est-ce que tu as dit? » Elle se redressa et se moucha dans un coin du drap.

« Rien. Je savais pas quoi dire. »

Elle se leva et s'approcha de la porte. Le chien se précipita pour se coucher entre les lits. Dotty regarda la maison. Elle alluma une cigarette, en tira quelques bouffées rapides puis la jeta par terre et l'écrasa de son talon nu. Un profond sanglot monta dans sa poitrine puis expira en une courte plainte. Elle poussa enfin la porte et la referma doucement au lieu de la laisser claquer comme à son habitude.

Il laissa retomber la tête de côté et ferma les yeux, à peine rendormi. Il avait les bras gourds et ses jambes lui semblaient des barres métalliques, froides et raides comme la vieille attelle. Sa respiration parut s'arrêter et il crut avoir dormi et rêvé pendant très longtemps. J'ai dormi tout le temps, disait sa voix. Je n'ai rien vu, j'ai dormi. Canny est partie, Dotty est partie, Hyacinth est partie et pareil pour mes deux garçons. Ils sont tous partis. Et toi aussi, disait la voix. Toi aussi... parti...

Il pensa d'abord qu'il s'agissait des battements sonores de son cœur, comme un souffle creux. Mais ce n'était pas son cœur puisqu'il était parti. Et voilà qu'il ouvrait ses yeux bouffis sur les rais pâles de lumière matinale qui jouaient dans les branchages feuillus et noueux. Par terre, juste à côté de lui, le chien dressa brusquement la tête et hurla.

« Je me lève, annonça Wallace en soulevant précautionneusement les pieds du lit. C'est tout, ajouta-t-il en faisant de la main un signe d'apaisement. Je me lève juste... »

De là où il était assis, sur le lit, Wallace crut voir un éclair orangé traverser les ombres vives de l'aube. Le chien l'avait vu aussi. Il recula puis se tendit vers l'avant, figé en une posture puissante d'énergie contenue, son arrière-train si prêt à bondir que ses flancs tremblaient et palpitaient.

Au même instant, la porte s'ouvrit violemment et le chien s'élança devant Dotty qui s'engouffrait dans la chambre avec Canny. Canny portait les mêmes vêtements que la nuit précédente. Ses cheveux pendaient en masse désordonnée et ses yeux fatigués tiraient vers le rose sous leur voile terne.

« Maman! répétait-elle sans cesse pour essayer d'attirer l'attention de Dotty. Maman...

– Tiens! fit Dotty en lançant les clés de la voiture à Wallace. J'ai pas pu trouver les siennes, merde. Faudra faire le tour du camion. » Elle se précipita dans la salle d'eau et en ressortit avec son attirail de maquillage bringuebalant dans une serviette sale.

Même immobile, elle donnait l'impression de courir, de s'agiter. Tous ses mouvements désordonnés étaient contenus dans sa voix. Dotty paraissait pétiller, crépiter d'énergie. Même ses cheveux raides semblaient chargés d'électricité. Il émanait d'elle une légère odeur de brûlé.

Dehors, le chien continuait d'aboyer.

« Venez, dit-elle. Partons! Partons! Nom de Dieu, pas de temps à perdre...

– Maman! fit Canny en lui saisissant le bras. C'était quoi, ce bruit? C'était...

– Merde! Il me faut des chaussures! haleta Dotty. Trouves-en! »

Wallace attrapa une paire de hauts talons rouge vif et les posa à ses pieds.

« Prends-les, mais prends-les! lança-t-elle, et il serra les souliers contre sa poitrine.

– Qu'est-ce qui s'est passé? Dis-moi, maman, je t'en prie, supplia Canny.

– Rien! Vas-y maintenant! » Dotty la poussa en avant. « Tu veux que ton père soit tué? Tu veux qu'il meure? hurla-t-elle. Bouge! Dépêche-toi! » Elle maintint la porte ouverte. Canny sortit en courant, aussitôt suivie par Wallace. C'est alors qu'il remarqua le revolver enfoncé contre la moustiquaire, comme une extension de la main de Dotty, le canon de l'arme de Huller lui faisant comme un long doigt trop lisse.

Le chien avait couru autour de la maison puis gravi les marches du perron. Il se jetait maintenant sur la porte avec un hurlement d'agonie.

Une fois dans la voiture, Dotty fut prise d'un petit rire nerveux. La lumière qui filtrait à travers les arbres était aveuglante, si vive contre le pare-brise que Wallace dut détourner les yeux.

La voiture démarra aussitôt. Il fut étonné que Huller n'eût pas débranché la batterie. Il fit marche arrière et effectua son demi-tour avant d'avancer jusqu'au bout de l'allée, bloquée par la camionnette de Huller. Il ne cessait de regarder dans le rétroviseur, s'attendant à voir Huller les prendre en chasse.

« Fais le tour, dit Dotty en se penchant en avant. Mais fais le tour! » hurla-t-elle.

Il s'exécuta et engagea la voiture dans les bois qui bordaient la route. Des branches couvertes de feuilles et d'aiguilles frappèrent le pare-brise et lui griffèrent le visage par la fenêtre ouverte. « Merde... merde..., marmonna-t-il en maintenant le volant avec sa main droite tout en essayant de se protéger la tête avec la gauche.

– Là! s'écria Dotty en tendant le bras. Prends à gauche! Voilà la route! »

A ce moment-là, alors que l'automobile sortait des bois pour mordre sur le bas-côté de la route, une explosion secoua le sol.

« Papa! » hoqueta Canny à son oreille.

Il crut tout d'abord qu'une pierre avait heurté le fond de la voiture. Mais, lorsque celle-ci se hissa sur la chaussée avec son vieux rugissement poussif et qu'une seconde explosion retentit, il regarda dans le rétroviseur et vit des volutes d'épaisse fumée noire s'élever au-dessus des arbres. Ces pauvres petites filles, pensa-t-il. Il ne pouvait penser à autre chose. Ces pauvres, pauvres petites filles.

« Papa », murmura Canny, mais, quand il la regarda dans le rétroviseur, elle n'ajouta rien.

Dotty abaissa le pare-soleil. La vieille photo du premier pas sur la lune pendait par une punaise. Elle essaya de la refixer, mais elle ne cessait de glisser. Alors elle l'arracha d'un geste violent et la jeta par la fenêtre.

Rien n'avait changé dans son expression. Elle avait toujours le regard animé de la même lueur vive et mouvante tandis que sa bouche semblait vibrer sous l'effet d'une étrange énergie statique qui chargeait l'air matinal d'étincelles invisibles. C'était sa voix qui paraissait différente, profonde et comme dépourvue de fibre, sortie non de la chair, des nerfs ou même des os, mais de la pierre.

« Prends la nationale, ici », lui disait-elle. C'était une direction qu'il n'avait jamais empruntée auparavant. « Et maintenant, arrête-toi », ordonna-t-elle en lui montrant une station-service. Elle lui fit faire le tour de la station puis lui commanda de se garer tout contre le bâtiment.

« Donne-moi le cachet, demanda-t-elle. Nom d'un chien... de nom d'un chien », fit-elle en embrassant du regard les piles de vieux pneus et les bidons d'huile rouillés remplis d'eau. Il chercha dans ses poches le comprimé enveloppé que lui avait remis Huller.

Elle s'en empara et s'agenouilla sur son siège pour faire face à Canny.

« Je suis pas malade, dit Canny en voyant le comprimé.

– Tu vas l'être si tu le prends pas, menaça Dotty qui pressa le cachet sur les lèvres serrées de l'enfant.

– Non! » protesta Canny qui se rejeta en arrière de sorte que, pour l'atteindre, Dotty dut se pencher par-dessus le dossier du siège. Elle jura, leva la main et gifla la petite. Puis elle la gifla encore. « Viens ici, petite conne », marmonna-t-elle en lui attrapant les cheveux et la tirant vers elle. Canny grogna puis se mit à pleurer.

« Faut lui écraser, expliqua rapidement Wallace. Écrase-le.

– Pas cette fois! répliqua Dotty qui essayait toujours de faire entrer le grand comprimé jaune entre les lèvres butées de Canny. Ouvre, putain de... espèce...

– Donne », dit Wallace en lui prenant le cachet des mains. Avant qu'elle puisse le reprendre, il le cassa en deux d'un coup de dents et en mit la moitié dans la bouche de Canny. « Avale », dit-il en lui adressant un regard suppliant.

Elle obéit, et ses yeux s'emplirent de larmes.

Il examina la moitié qui restait dans le creux de sa paume. Elle lui parut énorme. « C'est bon pour les gosses, ça?

– Commence pas, l'avertit Dotty. Donne-lui ça. Vite! »

Il se tourna sur son siège. « Tiens », dit-il, et, quand Canny ouvrit la bouche, il cligna de l'œil et fit semblant de lui administrer l'autre moitié du comprimé.

Dotty regarda par-dessus son épaule.

« Avale, dit-il, et Canny déglutit bruyamment.

– Et maintenant, couche-toi, dit Dotty à l'enfant. Ferme les yeux et tu verras, toute cette merde ne sera bientôt plus qu'un mauvais rêve. »

Il démarra et reprit la route nationale. Dotty lui

demanda de s'arrêter à la première cabine téléphonique qu'il verrait.

Elle avait fermé les yeux. « J'ai pas besoin de lui, marmonna-t-elle, la tête appuyée contre le dossier. J'ai besoin de personne. » Des larmes jaillirent de ses paupières et coulèrent sur ses joues tellement meurtries que la chair commençait à noircir. Elle ouvrit les yeux et se tourna vers Wallace. « Qu'est-ce qui ne va pas avec moi, Aubie? murmura-t-elle. Mais bon Dieu, qu'est-ce que j'ai? J'arrive qu'à faire du mal aux gens. »

Wallace réfléchit un instant. « Tu es mauvaise, constata-t-il en hochant la tête comme pour en pomper les pensées. Mais tu es bonne aussi. C'est juste que la part mauvaise est trop..., qu'elle est trop forte pour la bonne.

– En voilà une! » s'écria-t-elle en montrant une cabine qui se dressait dans le parking d'un restaurant italien.

Il l'observait depuis la voiture. Elle se pencha au-dessus de la tablette puis se redressa brusquement, ses mains battant l'air pendant qu'elle parlait.

A l'arrière de l'auto, Canny était vautrée dans un coin. Son menton retombait sur sa poitrine et sa tête se soulevait si légèrement qu'elle semblait ne pas dormir encore très profondément. Il reporta son attention sur Dotty. Elle s'entretenait maintenant avec les Bird. Ils décidaient probablement de ce qu'il conviendrait de payer. La nuit précédente, il avait eu trop peur. Il ne s'était pas montré assez fort. Aujourd'hui, il ferait ce qu'il fallait.

Il pensa soudain à Kelly et à Krystal, et fut submergé par la nausée. Il ne voyait plus que leurs visages ronds et disgracieux. Il cligna des yeux et cligna encore, jusqu'à ce qu'il puisse voir au-delà, jusqu'à ce qu'il puisse voir Dotty à travers la vitre sale et inondée de soleil de la cabine – non, pas réellement Dotty mais un flou grisâtre, une ombre.

Elle ne va pas bien du tout, pensa-t-il en levant lentement les mains, l'une vers le volant et l'autre vers la clé de contact. Ce qu'il avait dit était faux. Elle n'était pas en partie bonne et en partie mauvaise – pas en faisant une chose pareille; pas en tuant deux petites filles plus jeunes encore que Canny – si elle l'avait vraiment fait... Peut-être que non, après tout. Peut-être que c'étaient des bangs d'avions supersoniques et que la fumée venait de là aussi. Il respira à fond. Les pauvres petites filles, pensa-t-il encore. Et cette pauvre grosse Alma. Ses doigts se serrèrent sur la clé. Maintenant! commanda son cerveau. Maintenant! Vas-y! Laisse-la et pars!

Mais elle va se retrouver toute seule, se dit-il en la regardant quitter la cabine téléphonique. Pieds nus sur les cailloux, elle marchait vite, les bras croisés sur sa poitrine, le revolver se balançant contre son sein.

« Ils attendent mon prochain appel, annonça-t-elle en montant dans la voiture. L'argent est prêt. » Elle le regarda. « C'est dans un cimetière, Aubie, alors t'as pas intérêt à me faire de comédie, c'est compris? »

Il hocha la tête.

« Il faut que tu le fasses, insista-t-elle. Pas question de foutre tout en l'air, Aubie. » Elle serra davantage les bras contre elle et parut presque frissonner. A côté d'elle, Wallace était absolument trempé. La sueur coulait le long de ses tempes et dévalait l'arête de son nez pour se concentrer juste sous ses yeux.

« D'abord, on va à la forêt municipale. » Elle tremblait. La carte palpitait dans sa main. « Ensuite, quand on l'aura laissée, on ira chercher le fric et puis on les appellera pour leur dire où la trouver. » Elle se baissa et appuya le front contre le tableau de bord. « Je crois que je vais dégueuler », gémit-elle.

Il ne cessait de cligner des paupières. Il était difficile de conduire avec toute cette sueur qui l'aveuglait. Il lui semblait en même temps que la voiture n'avait jamais aussi bien roulé. Le moteur était presque silencieux. S'il y avait des bosses sur la chaussée, les pneus devaient les survoler.

Elle lui dit de tourner, et il tourna... à gauche... à droite... à droite... à gauche. A un moment, elle lui demanda de s'arrêter, vite, car elle allait vomir. Et il s'arrêta. Elle ouvrit la portière et, avec les deux pieds bien ancrés, se pencha au-dessus de la route. Il entendit l'éclaboussure sur le bitume, puis il sentit l'odeur, il vit les épaules de la jeune femme se crisper et il perçut les râles aigres à la fin.

Puis elle s'effondra contre le dossier de la banquette, amaigrie, épuisée. Elle assura se sentir mieux à présent. « Prends l'autoroute. Un peu plus haut sur la route. »

Il avait pris l'autoroute. Il dépassa des fermes, une plantation de pommiers et, au loin, tels les piquets noirs d'une clôture délabrée, les cheminées inégales des usines. Là, l'autoroute passait brusquement de trois voies à deux. C'était justement sa voie qui disparaissait, aussi Wallace n'eut-il plus nulle part où aller jusqu'à ce que Dotty fasse précipitamment tourner le volant. Des klaxons résonnèrent tout autour de lui et des freins crissèrent. Canny dormait si profondément que les coups de klaxon eux-mêmes ne parvinrent pas à la réveiller.

Ils se retrouvèrent bientôt sur une route large, ombragée par les sapins massifs qui se dressaient de chaque côté. Il n'y avait pas de maison par ici. Pendant des kilomètres, il ne sembla y avoir rien d'autre que cette forêt de conifères.

« Là-haut. » Elle lui désignait, sur la droite, un panneau indiquant FORÊT DOMANIALE DE STONEFIELD en lettres noires. Il prit la piste étroite et traversa lentement une aire de stationnement jonchée de boîtes vides et de débris de bouteilles.

« Continue, dit-elle. Tu vas arriver à un embranchement. » Elle étudia de nouveau sa carte puis jeta un rapide coup d'œil vers Canny. « Elle ferait mieux de ne pas se réveiller, remarqua-t-elle. Là! prends à droite maintenant – quitte la route. Et continue. » La piste se réduisait ici à deux traces de pneus. L'herbe poussait haut sur le petit monticule du milieu. Il ne pouvait dépasser les vingt kilomètres à l'heure sans que l'essieu cogne contre des pierres.

Dotty certifiait qu'il devait se trouver quelque part une cabane que Jiggy lui avait fait voir. « Continue. C'était très loin dans les bois, assura-t-elle. Jiggy a dit que personne ne s'enfonçait jamais aussi loin. »

Au bout de trois kilomètres environ, le chemin se rétrécit encore. A certains endroits, des lianes épineuses éraflaient le toit et les vitres de la voiture. Dotty persistait à scruter la carte sur ses genoux, le point qu'elle continuait de marquer avec son doigt. Le revolver faisait une petite bosse sous la carte.

« Où on ira, après? demanda Wallace.

– Après? Après quoi?

– Après l'argent. Quand ils l'auront récupérée, dit-il avec difficulté.

– Je sais pas encore.

– Tu veux toujours aller à Hollywood? » questionna-t-il.

Elle ne répondit pas.

« Tu veux toujours aller à Hollywood? » cria-t-il par-dessus le bruit du moteur. Elle le regarda et éclata soudain de rire. Il s'aperçut alors pour la première fois qu'elle avait perdu une dent de devant. Le trou noir lui fit mal au cœur. Il se concentra sur le chemin, sur la vieille cabane affaissée qui approchait.

Il s'arrêta dans la clairière toute fraîche, près de la cabane. La porte était constituée de trois planches clouées en Z et arborait un cadenas visiblement neuf. Il ouvrit la porte et regarda à l'intérieur. C'était une petite boîte sombre et sans air. Une toile d'araignée luisait d'un coin à l'autre du réduit. L'odeur de terre froide et humide le fit frissonner. Elle aura tellement peur, pensa-t-il. Il se représenta Canny se relevant brusquement dans le noir le plus complet et se mettant à hurler en pensant que c'était un cauchemar et qu'il allait venir la rassurer. Et si les choses tournaient mal, se demanda-t-il. Et si on ne venait jamais la chercher. Personne ne l'entendrait jamais. Dotty l'appelait de la voiture.

« Elle bouge, cria-t-elle. Dépêche-toi. Mets-la dans la cabane avant qu'elle se réveille. »

Sur la banquette arrière, Canny battit des paupières. Elle essaya de lever la tête, mais ses yeux roulèrent et elle retomba mollement.

« Canny? fit-il en se penchant au-dessus d'elle.

– Où est mon...? » Le reste de sa phrase se perdit dans une bouillie épaisse. Il lui souleva la tête et l'approcha tout près de la sienne. Elle le regarda un instant et lui adressa un sourire vague et béat avant que ses yeux ne se révulsent, paraissant s'enfoncer dans son crâne.

« Canny, appela-t-il en la secouant.

– Sors-la! lui intima Dotty. Mais sors-la donc!

– Elle est réveillée, mais elle l'est pas vraiment, répliqua-t-il d'une voix paniquée.

– Alors dépêche-toi de la mettre là-bas avant qu'elle le soit vraiment. Prends-la! Sors-la d'ici! »

Il la prit dans ses bras, soulevant sans peine le petit corps inerte qui semblait fait d'air, de brindilles et d'air. Il recula puis resta un instant près de Dotty qui lui tendit un cadenas par la vitre baissée. « Dépêche-toi! lui lança-t-elle. Mais fous-la dedans et ferme cette putain de cabane! »

Il s'exécuta; il pénétra dans l'humidité noire du réduit, s'accroupit et la posa à même la terre, cherchant à tâtons une pierre ou un bâton éventuels qui puissent la blesser. Il se prit les doigts dans l'épaisseur poisseuse d'une toile d'araignée quand il se pencha pour l'embrasser.

« Papa... », murmura-t-elle, et il sentit un courant d'air au moment où elle tendit les bras vers lui.

Il se leva vivement et ferma la porte derrière lui.

« A clé, ordonna Dotty. Mets le cadenas! »

Il glissa le cadenas dans les anneaux.

« Ferme à clé! cria-t-elle.

– Papa? lui parvint la voix de Canny, faible et étouffée. J'ai mal à la tête...

– Elle est réveillée, lança-t-il à l'adresse de Dotty.

– J'ai un mauvais goût dans la bouche, dit Canny.

– Elle se sent pas bien », cria-t-il. Il tenait toujours à deux mains le cadenas ouvert.

« Je vais vomir, gémit Canny. Papa? Papa, s'il te plaît, aide-moi...

– Mais tu vas fermer ça, nom d'un chien! »

Ses épaules se voûtèrent et il baissa les yeux vers la mousse douce et verte qui bordait le bas de la porte.

« Je peux pas me lever... Papa... Oh!... »

Lorsqu'il rouvrit la porte, elle était agenouillée, ses mains tâtonnant frénétiquement l'air devant elle. Des marques de doigts boueuses barraient un côté de son visage.

« Je ne me sens pas bien, prononça-t-elle faiblement en levant les yeux vers lui. Pourquoi on m'a mise là? Qu'est-ce que j'ai fait?

– Repose-toi, murmura-t-il à son oreille tout en la portant jusqu'à la voiture. Repose-toi...

– Remets-la! hurlait Dotty qui ouvrait sa portière. Je t'ai dit de la remettre, espèce de crétin... »

Ce ne fut que lorsqu'il eut allongé Canny sur la banquette et se fut reculé un peu qu'il remarqua l'arme braquée sur lui. « Elle est malade, dit-il. Elle a eu peur.

– Sors-la, connard, et remets-la dans la cabane. » Elle agrippa le revolver à deux mains.

Il regarda l'arme, puis il regarda Dotty. « On l'emmène avec nous. Et on téléphonera après.

– On ne peut pas! On nous arrêtera si on la voit!

– On n'a qu'à la cacher, répliqua-t-il. On l'a déjà fait – sous une couverture ou quelque chose comme ça.

– Non! Tu vas m'écouter maintenant... »

Mais il était déjà dans la voiture et mettait le moteur en marche.

« Aubie! Attends. C'est plus comme avant. Tout va être très bientôt fini. »

Elle s'appuya contre le dossier et pleura un moment, puis elle leva la main et assena à Wallace une claque sur la tête. Puis elle jura et le martela de coups de poing tandis qu'il pilotait la voiture sur le sentier étroit. Enfin, avec une sorte de hoquet, elle s'effondra sur lui, appuyant la tête contre son épaule. « Nous allons tous mourir... nous tous... ils vont nous tuer... », dıt-elle en sanglotant.

Il la dévisagea. « Tu les as tuées, ces petites filles, Dot? »

Elle redressa la tête et, une seconde durant, elle donna l'impression qu'elle se retenait de sourire.

« C'est lui, répondit-elle en se frottant le bras. Il est allé d'un lit à l'autre. Elles dormaient toutes. Et puis il a voulu s'en prendre à Canny. » Sa voix s'était adoucie. « C'est à ce moment-là que je lui ai pris le revolver. On s'est battus et il n'arrêtait pas de me repousser – comme ça..., dit-elle en tenant ses paumes ouvertes à la verticale. Et puis soudain, j'ai entendu un coup de feu, et lui il s'est écroulé comme quelque chose qui se dégonfle, pchhht! » Elle émit une sorte de sifflement et sa main retomba doucement. « Comme un ballon qui crève. » Des larmes coulaient sur son visage, mais elle souriait.

Il conduisait toujours. Ses mains transpiraient sur le volant. Elle mentait. Elle avait assassiné la famille entière. Il ne doutait pas un instant qu'elle les avait tués, un par un, puis qu'elle avait mis le feu à la maison. Un sentiment d'horreur monta en lui comme une nausée dans sa poitrine, son pouls sembla faiblir, l'air lui parut plus rare et chaque souffle l'épuisait.

Elle sanglotait et sa voix se bloquait; elle secoua la tête et hoqueta un peu. Il eut peur de tourner la tête et de découvrir qu'elle riait. Il perçut dans sa voix le même tremblement froid et comme hébété que lors de leur première rencontre, le jour où elle l'avait poussé dans la rivière. Il lui vint soudain à l'esprit qu'elle avait sans doute essayé de le tuer, ce jour-là. Il se dit qu'elle y avait peut-être réussi.

Peut-être. Peut-être qu'il était mort depuis tout ce temps, depuis ce moment-là. Tout cela n'était en fait que le rêve d'un mort et personne n'était réellement blessé ni réellement tué parce qu'il se trouvait toujours là-bas. Il le voyait maintenant, le voyait et l'entendait – lui, ce cadavre qui flottait sur l'eau miroitante, la tête penchée, les bras arqués et légers comme des ailes et, à ses pieds, les semelles métalliques incrustées de goudron qui l'ancraient sur place, quoi qu'il puisse arriver.

Le temps qu'on le retrouve, sa peau était sûrement toute ridée par l'eau et pure, d'un blanc très pur. On l'avait alors repêché et enterré dans des vêtements neufs et propres, ceux-là même que Hyacinth avait reprisés le dernier matin, raccourcissant les manches du costume noir et faisant l'ourlet du pantalon, la bouche hérissée d'épingles alors qu'elle parlait de mort aux deux petits garçons. *Quel papa? Le papa de qui? Le vôtre bien sûr*. Et c'était pour cela qu'on ne lui répondait jamais. C'était pour cela qu'on semblait toujours regarder à travers lui. Parce qu'il était déjà parti, déjà dans la fosse terreuse à la regarder, entourée des deux garçons, graves et les yeux secs. Il n'y avait aucun son, juste l'immobilité calme, si calme, à travers laquelle il distinguait leurs visages et le sien, aussi vide et secrètement réjoui que les leurs d'être enfin débarrassé du terrible fardeau qu'était Aubrey Wallace.

CHAPITRE XX

Ils roulèrent le long de la grand-rue. Il était encore trop tôt pour que les magasins fussent ouverts. La circulation se réduisait à un fourgon gris qui arrivait en face. Les feux passèrent au rouge et les deux véhicules s'arrêtèrent.

« Elle dort? demanda Wallace en regardant derrière lui.

– Elle a intérêt, coupa Dotty. Parce que, dès qu'on a le fric, on va la remettre dans la cabane. » Elle s'agenouilla et ramassa par terre, à l'arrière, un drap sale qu'elle jeta sur Canny.

Au moment où le feu passa au vert, Wallace prit conscience que le chauffeur du fourgon le dévisageait. Il sentit les yeux de l'inconnu lui vriller le crâne lorsqu'ils se croisèrent. Au feu suivant, il tourna à droite. Il n'y avait pas une seule automobile en vue, pas même garée. Il n'y avait personne dans la rue, pas même un chien.

« Ne me bousille pas ce coup-là », dit Dotty. Sa voix avait pris une nuance pressante, comme une prière. « Je t'en prie... juste pour cette fois... Oh! je t'en supplie...

– Elle peut bien respirer? » demanda-t-il en ralentissant devant un stop.

Dotty s'abrita les yeux et désigna le carrefour suivant, où deux églises occupaient deux coins opposés, l'une en pierre brune et grenue, l'autre en planches à clin blanches. L'église blanche était dotée d'un haut clocher avec une horloge à chiffres dorés.

« Longe la blanche, indiqua Dotty, et prends l'allée.

– Est-ce qu'elle peut respirer? » répéta-t-il. Mais Dotty ne répondit toujours pas.

Il s'engagea dans l'allée qui faisait le tour de l'église et aboutissait dans cette même rue tranquille, sans voitures ni passants, cette rue où rien ne bougeait, pas un oiseau, pas une feuille, pas un nuage dans le ciel implacablement bleu.

« Gare-toi derrière, chuchota-t-elle. Là! Juste là! » Quand ils furent exactement derrière l'église, elle tendit le bras vers un cimetière valonné, tout hérissé de buttes et de minces pierres tombales dont certaines étaient si anciennes qu'elles s'enfonçaient dans la terre, telles de vieilles dents cariées et déchaussées. « Il devrait y avoir un caveau par là, murmura-t-elle en scrutant le flanc de la colline. Avec marqué Henson au-dessus de la porte. Mais la porte ne sera pas fermée. Le fric est à l'intérieur, dans un sac de sport.

– Moi, je descends pas là-bas, marmonna-t-il.

– Je le sais! J'y vais, t'inquiète pas. » Elle regarda autour d'elle. « C'est tellement calme. J'ai jamais vu d'endroit aussi calme. » Elle se passa la main sur la gorge et toussa. « J'arrive même pas à avaler. Je suis tellement énervée que je ne peux pas avaler. » Elle fourra le revolver dans la ceinture de sa jupe et fit bouffer son chemisier par-dessus.

Le calme était étrange. Le monde avait cessé de tourner. Lorsque Dotty ouvrit sa portière, le grincement leur fit l'effet d'un cri. « Merde..., quelle merde! » fit-elle à mi-voix, et elle la laissa grande ouverte. Quand elle fut dehors, elle regarda derrière elle, à droite puis à gauche, et sembla prendre une profonde inspiration avant d'avancer vers le bord de la colline herbeuse. Elle s'élança alors de biais entre les tombes, aussi vive et prudente qu'un chat la nuit, s'immobilisant tous les quelques pas pour regarder frénétiquement par-dessus son épaule. Elle pense que je vais partir, songea-t-il, et il regretta de ne pouvoir le faire.

Elle disparut au bas de la colline. Canny gémit sur la banquette arrière. Comme Wallace se tournait vers elle, il surprit un mouvement, l'éclat fugitif du verre, dans son rétroviseur latéral. Il se figea et l'aperçut de nouveau. Au sommet du clocher, derrière une petite ouverture à volet, se tenait un homme en costume d'été clair qui tenait des jumelles devant ses yeux. Il regardait vers le bas, dans la direction que Dotty avait prise. Canny gémit encore. Les mots ânonnés dans son sommeil médicamenteux semblaient noyés et très lointains sous le drap.

« Non, souffla Wallace dans le silence qui les enfermait comme dans une cage de verre. Reste tranquille. Bouge pas. »

Dans le rétroviseur, il vit l'homme baisser ses jumelles et porter à ses lèvres ce qui ressemblait à un micro.

« Allons... allons... », murmura-t-il.

Dotty revenait. Il lui fallait porter le sac de sport à deux mains. Elle faisait un pas puis devait projeter le sac en avant avant d'effectuer le suivant.

« Papa? Papa, j'ai mal à la tête », dit Canny. Elle repoussa le drap et s'assit, les genoux au menton. Elle oscilla d'un côté puis de l'autre. « Où est maman? Elle est partie quelque part?

– Chut. » Il leva les yeux et vit que la lucarne était vide. Sûrement le pasteur, se répéta-t-il. Il monte certainement une ou deux fois par jour pour vérifier que tout est en ordre.

Dotty se dirigea vers la portière ouverte et hissa le sac sur le siège. « Putain, quelle fortune! fit-elle, essoufflée. Mais qu'est-ce qu'elle... » Elle regarda tour à tour Canny puis Wallace. « Couche-la! Couche-la donc, connard! » Elle sauta dans la voiture et claqua la portière.

« Elle a mal à la tête, expliqua-t-il.

– Démarre », coupa-t-elle. La transpiration ruisselait sur son visage.

Il lança le moteur et entreprit de faire le tour de l'église. Dotty s'agenouilla sur le siège pour faire face à Canny. « Couche-toi! Couche-toi, Canny... Couvre-toi!

– J'ai mal à la tête. Ça fait... », disait Canny. Il y eut un claquement et le petit cri bref de Canny. « Maman, non... ma tête... »

Dotty continua de la gifler en lui répétant de se coucher, de se couvrir avec le drap.

« On est des vraies cibles, maintenant! dit-elle, le souffle court. S'ils sont ici, ils l'ont vue et ils savent qu'on l'a avec nous!

– Personne l'a vue, mentit Wallace.

– Ils ont tout ce qu'ils veulent, maintenant, reprit-elle d'une voix entrecoupée. Ils vont nous tuer, espèce de petite garce. C'est ça que tu veux? C'est ça que tu veux? » Ses mains volaient, frappant et giflant la tête recouverte de l'enfant. La plainte fluette de Canny remplit la voiture.

« Elle est couverte! C'est pas de sa faute, dit Wallace qui saisit le bras de Dotty tout en faisant sortir le véhicule dans la rue. Elle savait pas!

– Si, elle savait! rétorqua Dotty, toujours agenouillée en face de Canny. Elle savait!

– Bien sûr que non », fit-il. Le fil cassait, l'air se raréfiait. « Elle est encore petite. Elle ne sait pas pourquoi on est là. » Il vit du coin de l'œil l'éclat de la main levée de Dotty qu'il plaqua contre lui d'une secousse. Elle était en train de pointer son arme sur l'enfant qui sanglotait sous le drap.

« Tu veux la tuer? » demanda-t-il en conduisant de la main gauche tout en maintenant de la droite l'avant-bras de Dotty contre lui. Le visage de la jeune femme n'exprimait plus que trouble et souffrance lorsqu'elle s'affaissa, la tête pendante, la joue pressée contre le dossier de la banquette. Sans lâcher le revolver, elle étreignit le sac de sport avec une sorte de hoquet rauque.

Elle va nous tuer, pensa-t-il. Si ce n'était pas tout de suite, ce serait sur le chemin de la forêt domaniale, et si ce n'était pas là, ce serait dans la cabane, et même si elle attendait encore, si elle les laissait reprendre la route, elle le ferait un jour. D'abord Canny, puis ce serait lui.

« On va la déposer », dit-il tranquillement en tournant à droite.

Elle leva brusquement les yeux et regarda par la vitre latérale. De loin leur parvenait le son rythmé d'un moteur qui approchait. Ce ne fut que lorsque le bruit s'amplifia et se rapprocha que Wallace comprit qu'il venait d'en haut.

« C'est un hélicoptère! s'exclama Dotty. Tu crois que c'est... » Le reste de ses paroles se perdit dans le vacarme assourdissant qui vibrait au-dessus d'eux. Les pales d'un noir terne faisaient tourbillonner des bandes d'ombre et de soleil sur la voiture et sur la route. Dotty écarquilla les yeux puis détourna la tête, se recroquevillant à chaque strie de lumière, comme si elle avait été touchée. Sa bouche s'ouvrait et se fermait, mais Wallace ne pouvait l'entendre. A l'arrière, Canny gisait immobile sur la banquette.

Puis l'hélicoptère s'éloigna soudain dans un soubresaut, comme tiré par une longe invisible, et s'éleva dans le ciel.

« Ça doit être les flics, cria Dotty en le regardant disparaître derrière la cime des arbres. Tu vois! On a l'argent, alors maintenant, ils la cherchent! Reste couchée, Canny. Reste sous le drap! » Elle se baissa. « Continue tout droit, Aubie! On rejoint l'autoroute et puis on continue de rouler. Mais faut d'abord que je compte ça. Faut que je sois sûre qu'on s'est pas fait baiser. On s'arrêtera plus tard pour téléphoner. » Elle s'efforçait d'ouvrir le sac. « Putain de bordel de merde », marmonna-t-elle en s'escrimant sur la fermeture éclair dont le curseur s'était coincé au bout de deux centimètres. Elle la referma pour forcer de plus belle. « Nom d'un chien! » Elle ouvrit la boîte à gants et fouilla frénétiquement parmi les bouts de papier, les pailles et les cartes routières. Puis elle regarda Wallace. « Où est l'ouvre-boî...? » Incrédule, elle ouvrit de grands yeux et resta bouche bée en se rendant compte qu'il tournait au carrefour. « Quel petit fumier, gémit-elle. Mais, espèce de con... » Elle secoua la tête et les larmes jaillirent de ses yeux bouffis et meurtris. « Où tu vas? On est dans sa rue! » Elle jeta un regard affolé autour d'elle. « Ils vont nous tuer! C'est ça que tu veux? Tu veux qu'on soit tous morts, pauvre connard? » Elle leva le revolver et, le tenant à deux mains, le braqua sur la tête de Wallace.

« T'arrête pas, Aubie! Ne t'arrête pas! » cria-t-elle alors qu'il ralentissait. Elle ne cessait de se passer la langue sur ses lèvres fendues. Elle s'était assise de biais, afin de lui faire face, véritable tourbillon d'énergie qui crachait et sifflait.

« Maman, appela Canny.

– Est-ce que tu m'entends? hurla Dotty. Je t'ai dit de continuer!

– Maman! Qu'est-ce qui se passe? pleura Canny. Dis-moi!

– On va nous zigouiller et il n'en a rien à foutre! dit-elle à l'adresse de Canny qui s'accrocha à son drap de crainte qu'elle ne le lui prenne. Tu crois qu'ils vont nous sélectionner toi et moi, espèce de crétin? demanda Dotty à Wallace. Ils vont la tuer aussi. On sera tous morts! C'est ça que tu veux?

– Papa, t'arrête pas! cria Canny derrière lui. Je t'en prie, papa. Je t'en prie », pleurnicha-t-elle convulsivement. Wallace sentit son souffle sur sa nuque comme une brise tiède.

Devant lui apparut soudain la maison au porche rond et voyant des Bird. Pareil au vieux kiosque à musique qu'il y avait chez lui. Ne seraient-ils pas fiers de lui, là-bas? Les musiciens se lèveraient pour l'accueillir dans leurs costumes blancs et raides, avec leurs chapeaux et ceintures bordés d'or...

Voici l'ami que nous avions depuis si longtemps perdu..., le mari si longtemps disparu de Hyacinth et le père si longtemps attendu d'Answan et d'Arnold, ces deux garçons formidables, je veux parler d'Aubrey Wallace, tonitruerait Hazlitt Kluggs si fort dans son micro que les collines et les montagnes feraient résonner ces mots toute la journée et jusque dans la chaleur de la nuit comme un coup de tonnerre de bienvenue. ... *Aubrey Aubrey Aubrey Wallace Wallace.*

Il sourit presque. Tout était devenu si clair et si simple qu'il se sentait étonné de tant de facilité. Soudainement, comme si l'on venait de tirer une manette, toutes les bonnes connexions s'étaient faites. Son cerveau reconnaissait tout ce que ses yeux voyaient, entendait tout ce qui entrait par ses oreilles, et plus encore. Sa vision était devenue si claire, si pure qu'il pouvait voir à travers les choses. Il percevait de la musique, des battements de tambours et des sonneries de trompettes. Qui se rapprochaient et s'amplifiaient. De loin, de très loin lui revint tout le temps qu'il avait perdu, tous ces jours et ces mois qu'il croyait avoir oubliés.

Il se sentait plus léger. Sa peau était claire et lisse sur ses os. Il redevenait jeune homme, adolescent, enfant. Canny et lui étaient les meilleurs copains du monde. Il la laissait passer devant pour qu'elle puisse crier : « Un, deux, trois! Top! » en touchant le mur.

De toutes les connexions, de tous les centres d'énergie qui l'animaient à présent, son cœur était devenu le plus sûr, le plus précis, le plus fidèle. Si ses yeux s'obscurcissaient, si ses oreilles se bouchaient ou si son cerveau se figeait brusquement, cela n'aurait plus d'importance. Plus la moindre! Maintenant, alors qu'il approchait de la grande maison blanche avec ses volets noirs et brillants et son kiosque à musique qui avançait sur le trottoir, il savait exactement quoi faire.

« Tu ne vas pas... », hurlait-elle. Elle tendit la jambe pour appuyer sur l'accélérateur. « Tu ne vas pas faire ça..., c'est ma dernière chance... » Ils dépassèrent la maison dans un rugissement de moteur.

Derrière lui, Canny devenait hystérique. « Je t'en prie, papa! suppliait-elle. Fais ce qu'elle dit, papa! » Elle mit les bras autour de son cou et le serra fort en criant. « Ils nous pourchassent! Regarde! Ils sont partout! »

Seule résonnait maintenant dans la voiture la voix de Canny, à la fois fluette et perçante. « Papa, ils vont nous tuer », ne cessait-elle de répéter.

Il y avait des voitures de police partout : trois derrière eux, d'autres qui débouchaient de toutes les allées qu'ils croisaient. Un peu plus loin, au carrefour ombragé, deux autres véhicules équipés de gyrophares avançaient lentement.

Le pied de Dotty toujours coincé sur l'accélérateur, l'auto coupa le carrefour dans un nuage de poussière aveuglante. L'hélicoptère avait surgi de nulle part et fondait sur eux comme un gigantesque corbeau, s'approchant si près de l'auto que le tchop-tchop-tchop de ses pales noya tous les autres sons.

La Chevrolet glissait sur les bosses et les ornières, avalait les virages sans bruit et sans moteur, si facilement qu'il ne semblait même plus nécessaire de tourner le volant sur cette route sinueuse et bordée d'arbres.

Il s'efforçait toujours de s'emparer du revolver qu'elle lui enfonçait dans les côtes. Sa main se referma enfin sur celle de Dotty. Il serra et vit alors les yeux de la jeune femme s'agrandir. Elle rejeta la tête en arrière et poussa un cri tandis qu'ils quittaient la chaussée pour aller défoncer un mur épais de vieux rhododendrons noueux qui craquèrent et s'écrasèrent contre le pare-brise. La voiture traversa un bosquet moucheté de buissons et de jeunes arbres puis parvint au sommet du talus boisé et oscilla brièvement avant d'entamer dans des craquements, des grincements, des gémissements, des hoquets de tôle la longue dégringolade en biais jusqu'au fouillis d'herbe jaune de la clairière marécageuse, tout en bas.

La voiture s'était arrêtée. Dotty s'était écroulée en avant, sa joue pressée contre le tableau de bord et le haut de son crâne enfoncé dans le pare-brise étoilé. Un mince filet de sang coulait de son menton sur les courbes douces et blanches de sa gorge.

« Canny? » appela-t-il à mi-voix en écartant les morceaux de papier de sa figure.

Ils étaient tous enfouis sous la montagne de bouts de papier journal en forme de dollars qui avaient jailli du sac.

« Papa! » répondit Canny qui dut lutter pour se relever du plancher arrière. Une partie du siège avant s'était arrachée et lui piquait la jambe. « Maman est morte », murmura-t-elle en se penchant par-dessus le dossier pour attraper le revolver. Puis seuls ses yeux bougèrent, de gauche à droite, vers les policiers qui grouillaient sur la pente. Ils portaient des uniformes divers : certains étaient en gris, d'autres en bleu sombre. D'autres étaient vêtus ordinairement, d'une chemise à carreaux et d'un jean. D'autres encore portaient costume et cravate. L'un d'eux tenait un porte-voix et était coiffé d'un grand chapeau gris. Ils avaient tous des fusils ou des revolvers.

L'hélicoptère revenait. Il stagna au-dessus de la colline, ses pales produisant un son plus doux, plus proche des ailes que de l'acier.

« Ils vont nous tuer aussi, cria Canny en jetant des coups d'œil affolés autour d'elle. Ils vont nous tirer dessus!

– Canny, souffla Wallace en regardant les policiers encercler la voiture.

– Allez-vous-en! piailla Canny en pointant le canon de son arme d'une vitre à l'autre. Espèces de salauds! Foutez-nous la paix, bande de fumiers!

– Ils ne te feront pas de mal, Canny », assura Wallace.

Un grand type mince et voûté, aux traits osseux et anguleux et aux joues creusées de longues rides profondes, fit le tour de la voiture par l'avant. Il avait les yeux enfoncés et rouges de fatigue. Il était seul à ne pas porter d'arme. « Caroline? » appela l'homme d'une voix brisée alors qu'il s'immobilisait pour essayer de voir à travers le pare-brise fracassé. Il s'approcha de la portière de Dotty et, louchant, regarda Canny par la vitre.

Wallace sut tout de suite de qui il s'agissait et il se sentit aussitôt profondément honteux pour cette créature aux yeux et aux cheveux fous qui se mordait la lèvre en levant son arme, la braquant sur Louis Bird, à quelques centimères à peine de son visage usé.

« Canny, répéta Wallace qui regardait désespérément par-dessus son volant. C'est...

– Foutez le camp d'..., fit-elle d'une voix hachée, se recroquevillant alors que Bird se penchait un peu plus près.

– Ô mon Dieu! s'écria Bird d'une voix rauque et étouffée. C'est toi, Caroline, ma... »

Ce fut alors, alors qu'il se penchait vers elle en un mouvement de désir chargé de douleur, alors que la bouche de Wallace s'emplissait d'un goût amer, ce fut alors qu'elle pressa la gâchette de ses quatre petits doigts sales et moites, fermant les yeux lorsque l'explosion puissante et soudaine la projeta contre le dossier de la banquette comme une poupée de chiffon. Puis, à l'instant précis où la balle frôlait la tête de Bird, que les policiers, les trente, quarante ou cinquante policiers présents levèrent instinctivement leur arme à deux mains et plissèrent les yeux vers la voiture, sur la portière qui s'ouvrait, sur le petit homme mal rasé qui en jaillit, un revolver pendant au bout du bras.

« Arrêtez! » cria l'un d'eux, accroupi sur ses jambes puissantes.

De sa démarche boitillante, Aubrey Wallace se précipita vers le talus. Ils se tournèrent tous ensemble et tirèrent à l'unisson. D'abord, son corps sursauta et frémit à chaque balle qui le touchait. Puis il ne sentit plus rien. Wallace les entendait siffler, entrer dans sa chair et s'y enfoncer, mais la douleur avait disparu. Il commença à plonger vers le sol. Ce plongeon dura une éternité. Il avait des yeux immenses, bien plus grands qu'il ne les avait jamais eus, si immenses que le blanc se fondait dans le bleu dur du ciel. Il les vit emmener la petite qui se débattait et mordait et jurait sauvagement.

Louis Bird courait au côté du policier qui emportait l'enfant vers le talus. Leurs pieds produisaient des bruits de succion dans la boue.

« Tout va bien se passer, lui répétait Bird. Tout va aller bien maintenant. » Il tendit la main pour la toucher mais elle la repoussa d'une claque.

« Salaud! pleura-t-elle. Vous l'avez tué, espèces de salauds! »

Une sirène hurla. Une ambulance approchait. Elle s'arrêta au-dessus d'eux dans un crissement de freins. Deux infirmiers en blouse blanche dévalèrent la pente. Un homme qui tenait un talkie-walkie collé contre son oreille les interpella alors qu'ils se penchaient sur Wallace. « Laissez-le! C'est fini pour lui. Occupez-vous d'elle. Sortez-la de la voiture avant qu'elle perde tout son sang.

– Maman! » hurla Canny à travers les arbres.

Ils dégagèrent Dotty de l'automobile.

« Ne vous en faites pas, fit quelqu'un alors qu'elle gémissait. Ça va bien...

– Bon sang! s'exclama quelqu'un d'autre. Regardez sa figure! Regardez ce qu'il lui a fait, cet enfant de salaud! »

Une nouvelle ambulance arriva. D'autres infirmiers se précipitèrent en bas du talus, leurs semelles soulevant des mottes de terre. Ils s'arrêtèrent lorsqu'ils arrivèrent au niveau de Wallace.

« Pauvre bougre », marmonna l'un d'entre eux. Il leva le poignet de Wallace puis le laissa retomber sur la boue noire.

Aubrey Wallace était mort. Tué de onze balles. Et pas une seule n'avait atteint son cœur. Pas une seule.

IMPRIMERIE BUSSIÈRE À SAINT-AMAND (III-1999).
DÉPÔT LÉGAL : JUIN 1992. N° 811.